라르크베르

코

테리스   글래스

필로

라프타리아

오스트

이와타니 나오후미

인물소개

방패용사
성공담

「알 레벌레이션 아우라—!」

용맥의 힘이여. 내 마력과 용사의 힘과 함께 힘을 이루어, 힘의 근원인 방패 용사가 명한다.

삼라만상을 다시금 깨우쳐, 저자들에게 모든 것을 줄지어다.」

…ㄴ 패배한 용사가 영웅을 향을 불러 하늘에 땅을 명하고 땅에 이치를 끊고 연결하여 구름을 토하내게 하노라

목차

# 프롤로그 수색

나는 지금, 필로가 끄는 마차를 타고 황량한 대지를 달리며 용사들을 찾고 있다.

용사들을 찾기 시작한 지도 벌써 얼마나 지났을까.

"렌! 이츠키! 모토야스! 이제 그만 좀 현실을 인정하고 이리 나와—!"

"나오후미 님, 좀 더 다정한 느낌으로 부르실 순 없나요?"

"어쩔 수 없잖아. 도대체 몇 번째 부르는 건지 알기나 해?"

왜 이런 짓을 하고 있는 건가. 그걸 얘기하자면 여러모로 시간을 거슬러 올라가야 한다.

내 이름은 이와타니 나오후미. 나이는 20세.

오타쿠 취미를 갖고 있던, 현대 일본의 대학생이었다.

시간을 때우러 간 시내 도서관에서 발견한 사성무기서(四聖武器書)라는 책을 읽다가, 나도 모르는 사이에 이세계로 소환되었다.

책 속에서 활약하던 네 용사 중에 한 명, 방패 용사로서.

우리를 소환한 자는, 이 세계가 사성무기서 속에 등장하던 '파도'라는 재앙에 시달리고 있으니, 용사들이 파도를 이겨내고 세계를 구해 달라고 애원해 왔다.

꿈과 희망 가득한 이세계 라이프가 시작될 거라고 생각했지만, 시작부터 강간 누명을 뒤집어쓰고 무일푼으로 쫓겨나는 신세가 되고 말았다.

방패 용사는 혼자서는 상대에게 대미지를 입히는 게 사실상 불가능한, 방어에 특화된 용사다.

나의 이세계 생활은, 이렇게 누명을 뒤집어쓰고, 동료도 구하지 못하고, 강해지는 방법의 태반을 상실한 상태에서 시작되었다.

이 세계에는 게임 같은 레벨 개념이 있어서 마물을 물리치면 레벨이 상승한다.

그리고 상승한 레벨에 따라 능력이 상승하는, 노력의 성과를 눈으로 확인할 수 있는 세계다.

뒤집어 말하면, 레벨만 높으면 어느 정도의 노력은 적당히 덮을 수 있는 세계이기도 하지만.

본론으로 돌아가서, 나는 강해지기 위해 푼돈을 모아서 주인을 배신할 수 없도록 노예문을 새긴 노예를 구입했다.

나 스스로는 전투에서 방어밖에 할 수 없으므로, 대신 공격해 줄 존재가 필요했던 것이다.

노예를 파티에 가입시키고…… 동료로서 강제로 싸우게 하고, 마물을 물리쳐서 경험치를 얻는다.

이렇게 함으로써 나에게도 경험치가 들어왔고, 일정한 수

치까지 경험치를 벌어들이면 레벨이 상승했다.

사악한 행위라는 건 나 스스로도 잘 알지만, 나는 이렇게라도 하지 않으면 강해질 수가 없는 것이다.

"그나저나…… 뒷맛이 찜찜하다고 할까, 뭔가 시원치가 못한 상황이란 말이지."

"그러게 말이에요……. 뭐랄까, 일이 해결된 것 같지가 않은 위화감이 남네요."

지금 내 옆에서 얘기를 하고 있는 것이, 내가 구입한 노예였던 라프타리아라는 아인(亞人) 소녀다.

아인은 내가 살던 원래 현대 일본에는 존재하지 않는 인종이다. 주로 동물처럼 생긴 귀와 꼬리 등이 달려 있다.

라프타리아는 라쿤 종이라 하는데, 너구리 같은 귀와 꼬리가 달려 있다.

외모상의 나이는 16세 정도로 보인다.

보드랍고 뽀얀 피부와 더없이 가지런한 이목구비가 조화를 이루어, 어지간한 사람이라면 다들 미인이라고 생각할 것 같은 외모다. 머리는 홍차색인데, 찰랑찰랑한 머리칼이 바람에 나부끼는 모습은, 어떤 의미에서는 예술의 경지에 도달해 있다 해도 과언이 아니지 않을까?

아인이라는 종족은, 레벨이 상승하면 전투에 적합한 외모로 급격하게 성장하는 특징을 갖고 있다.

처음 내가 구입했을 때는 열 살 정도 되는 여자아이였는데, 나와 함께 레벨업을 한 영향으로 이제는 어른 같은 외모로 변해 있다.

그녀의 고향은, 이 세계에 처음으로 일어난 파도 때 출현한 마물의 침략에 의해 궤멸당하고 말았다.

그 후, 노예 사냥꾼에게 붙잡혀서 노예가 되어 있다가, 나에게 팔려 와서 함께 강해지는 길을 걷게 된 것이다.

도중에 노예의 신분에서 해방되는 사건도 있었지만, 나를 믿은 라프타리아는 나의 신뢰를 얻기 위해서 다시 노예 신분으로 돌아왔다.

이때 나는 '노예가 아니라도 괜찮아.'라고 말했지만, 어째선지 계속 노예로 있겠다고 고집을 부리는 것이었다.

어쨌거나, 지금은 내 믿음직한 파트너가 되어 있다.

실력도 상당해서, 얼마 전에는 엄청나게 강력한 마물⋯⋯ 영귀(靈龜)를 물리치기까지 했을 정도다.

나는 그런 라프타리아를 부모와 같은 심정으로 돌봐주고 있다.

성격은 근면한 노력가. 내가 이상한 소리를 하면 태클을 걸어서 바로잡아 준다.

만약의 상황에는 내가 목숨을 바쳐서 지켜야 할, 딸 같은 소녀다.

"필로, 너도 렌이나 이츠키나 모토야스를 좀 찾아보라고."

"에~? 냄새가 하나도 안 나는데?"

그리고 방금 나와 얘기한…… 마차를 끌고 있는 마물은 필로리알이라는 조류형 마물이다.

이름은 필로.

등에 날개가 달린 인간형…… 천사 같은 모습으로 변신하는 능력을 갖고 있다.

마차를 끄는 걸 좋아한다는 별난 특징을 가진 마물로, 용사의 손에 자라면 필로리알 퀸, 혹은 킹이라는, 필로리알의 상위종으로 변이할 수 있다고 한다.

라프타리아에게 노예문을 다시 새기기 위해 노예상 텐트에 들렀을 때, 노예상이 표면상 직업으로 삼고 있는 마물상에 있던 알 뽑기를 뽑았는데, 그 알에서 부화한 게 이 녀석이었다.

성격은 천진난만한 먹보로, 사사건건 쓸데없는 소리만 한다.

인간의 모습으로 변신할 수 있는데, 그 외모는 열 살쯤 되는 벽안금발 소녀이다.

라프타리아와 마찬가지로 가지런한 이목구비를 갖고 있으며, 내가 보기에도 외모는 귀엽다고 인정할 정도다.

전형적인 로리 천사를 상상해 보면 그게 가장 들어맞는 이미지일지도 모른다.

그 내면은 거대한 먹보 조류 마물이지만.

그나저나 은근슬쩍 엄청난 소리를 하는군.

"냄새라니……."

뭐, 필로는 마물인 만큼, 인간과는 다른 감각을 이용해서 찾고 있는 거겠지만.

야생적인 녀석이다. 어쨌거나, 있을 것 같지도 않은 곳에서 계속 찾아다니는 것도 고역이군.

지금 우리가 찾고 있는 것은, 나와 마찬가지로 이세계에서 소환된 용사들이다.

그들 각각은 서로 다른 세계의 일본으로부터 왔다.

원래 세계에 살 때 이 세계와 비슷한 구조의 게임에 빠져 있었는데, 게임의 지식을 이용해서 무쌍난무……를 펼치고 싶어 하던 멍청이들이다.

내가 누명을 뒤집어썼을 때 기다렸다는 듯이 거기에 편승해서 나를 배제……하는 정도는 아니었지만, 진실을 꿰뚫어 보지 못했던 바보들이었다.

내가 뒤집어썼던 누명은, 음모의 주범인 음탕한 왕녀와 멍청한 쓰레기 왕이 진정한 지배자인 여왕의 처벌을 받음으로써 나의 결백이 증명되는 것으로 끝을 맺었다.

그렇게 되기까지, 음탕 왕녀의 여동생인 메르티가 필로의 벗…… 친구가 되어 함께 도망 생활을 하는 등, 이런저런 우여곡절이 있었다.

그렇다. 나는 메르티를 유괴했다는 의혹을 뒤집어쓰고, 온 나라로부터 쫓기는 신세가 되었던 것이다.

최종적으로는 메르로마르크국에서 방패 용사 박해의 필두였던 종교, 삼용교의 교황을 물리침으로써 모든 게 해결되었는데……. 이 삼용교는 지금 내가 찾고 있는 세 용사들을 숭배의 대상으로 삼는 덜떨어진 종교로, 현재는 사교로 지정되어 배척당하고 있다.

"없다면 수색 범위를 확대해 가는 수밖에 없는데……."

"그래야겠죠. 피해를 입은 분들은 아직 위험에 노출된 상태니까요."

의혹이 풀려서 드디어 국가의 보조를 받게 되었으니 이제야 본격적으로 재앙의 파도에 맞설 수 있겠다고 생각했을 때, 여왕이 카르밀라 섬이라는 곳에서 레벨이 급속도로 오르는 활성화 현상이 일어나고 있다는 소식을 가르쳐주었다.

우리는 그 활성화에 참가해서 레벨을 급상승시켰으며, 더불어 활성화 전에 용사들끼리 합동회의를 가졌을 때 각 용사들이 알고 있는 전설 무기의 진정한 강화 방법을 듣고, 섬에서 그 방법을 실천했다.

그럼 일단, 지금 내가 찾고 있는 용사 놈들의 이름과 특징을 다시 한 번 소개해 보자.

우선 검의 용사인 아마키 렌.

나이는 16세였던가? 신장은 나이에 걸맞게 나보다 작다.

윤기 있는 흑발이 특징이며, 약간 여성스러운 얼굴에 쿨한 인상을 주는 소년이다. 검은색을 기조로 한 옷을 즐겨 착용하는 것 같다. 검은색을 좋아하는 건, 그 나이 또래에 흔한 정신 상태가 반영된 것이리라.

성격은…… 이런 말 하긴 좀 그렇지만, 쿨한 척하는 '외톨이'……라는 표현이 적당하겠지.

짐작컨대, 사람들과의 커뮤니케이션을 껄끄러워하는 게 분명해 보인다.

원래 렌이 살던 세계에서는 VRMMO라는, 네트워크 세계로 들어갈 수 있는 장비가 있었다고 한다.

렌이 말하길, 이 세계는 브레이브스타 온라인 속의 세계라나.

그리고 다음은 창의 용사인 키타무라 모토야스.

연령은 나보다 한 살 많은 21세이며, 키도 크고, 용사들 중에서 제일가는 킹카다.

머리칼은 약간 갈색 빛이 돌고, 인정하자니 부아가 치밀지만 얼굴 하나는 정말 잘생겼다.

성격은 바람둥이라는 설명 하나면 충분하다. 여자에 대해서는 지조라고는 찾아볼 수 없다.

다만, 한번 믿은 상대는 바보처럼 끝까지 믿는 성격일 뿐 근본적으로 못돼 먹은 녀석은 아니라는 건 나도 이제 알 것 같다. 같이 있는 여자가 못돼 먹은 거지.

이 녀석이 데리고 다니는 여자가 바로 나에게 강간 누명을 뒤집어씌웠던 주범으로, 현재는 빗치라는 이름으로 개명

당한 전(前) 왕녀다.

모토야스의 주장에 따르면 이 나라는 온라인게임, 에메랄드 온라인의 세계라 한다.

마지막은 활의 용사인 카와스미 이츠키.

생각만 해도 짜증이 치밀어 오르는 녀석이지만, 아무리 그래도 소개는 해 두는 편이 낫겠지.

연령은 17세, 신장은 렌과 거의 비슷하다.

머리는 곱슬머리이고, 가만히만 있으면 예술적인 센스 같은 게 있어 보이는…… 피아노 같은 악기라도 다룰 것 같은 소년이다. 그런 의미에서는 꽤 곱상하게 생긴 부류에 드는 얼굴이라 할 수 있을 것이다.

하지만 실제 성격은 거만하기 짝이 없고, 자신의 정의감을 충족시키기 위해서라면 무슨 짓이든 해도 된다고 생각하는 자기중심적인 놈이다.

빗치와 얽혀 있는 모토야스도 싫긴 하지만, 인간으로서 가장 경멸하고 있는 건 이츠키다.

그 때문에 눈물을 흘리게 된 녀석도 있고 말이지. 그 얘기는 나중에 하도록 하자.

녀석은 여기가 디멘션 웨이브라는 콘솔게임 속 세계라고 생각하고 있는 모양이다.

이렇게 놀라우리만치 다양한 개성을 지닌 용사들과 이 세계에서 강해질 수 있는 방법에 대해 의논한 결과, 각각의 주장이 충돌해서 말싸움으로 번졌다.

각자가 생각하는 이 세계의 정체와, 무기 강화 방법에 대한 주장에 차이가 있었던 것이다.

자기만이 옳다고 생각하는 놈들이라, 다른 용사의 말을 결코 믿으려 하지 않았다.

최종적으로 내가 실천해 본 결과, 나 이외의 세 용사들이 알고 있는 강화 방법들이 모두 사실이라는 걸 진심으로 믿지 않으면 효과가 발동하지 않는, 성가시기 짝이 없는 구조라는 게 판명되었다.

불행 중 다행이라고 해야 할까. 나는 예비지식이 없었던 데다가, 강해지기 위해 온갖 방법을 모색하는 중이었던 것도 있어서, 강해질 수 있는 방법을 습득할 수 있었다. 하지만 다른 용사들은 강화 방법을 실천하지 않아서 차이가 벌어지고 말았다.

"나오후미 님. 용사님들이 어디 있을 거라고 생각하세요?"

"행방불명된 지역이겠지. 아직 한참 남았어."

"먼저 수색하신 분들 얘기로는 못 찾았다고 하던걸요."

"그러게 말이야⋯⋯. 죽지는 않았다니까, 어딘가에 숨어 있는 거겠지."

필로가 끄는 마차는 황야에 새겨진 거대한 발자국들을 되짚듯이 나아가고 있다.

생각해 보면, 이 단계에서 이미 위험한 상태였던 것이었다.

카르밀라 섬으로 향했을 때, 섬으로 가던 배에서 같은 방을 쓰게 됐던 라르크베르크와 테리스라는 2인조.

모험가인 줄 알았던 그 2인조가, 카르밀라 섬에서 벌어진 소동에 크게 관련되어 있었다.

라르크베르크——약칭 라르크는, 싹싹한 형님 같아서 어울리기 편한 사람이었다.

테리스와는 별로 대화를 나눠 보진 못했지만, 라프타리아처럼 예의 바른 인상이었다.

거기까지는 좋았는데, 카르밀라 섬 근해에 가라앉아 있던 신전에서 파도의 도래를 알리는 용각(龍刻)의 모래시계를 발견하면서 일이 틀어졌다. 며칠 내로 카르밀라 섬 근해에서 파도가 일어난다는 것을 알게 된 우리는, 용사들과 국가의 병사들, 모험자들을 모아서 파도에 맞섰다.

파도에서 출현한 강력한 마물…… 게임 용어로 치면 보스는, 지금까지 출현한 파도의 보스 중에 가장 손쉽게 해치울 수 있었다.

그런데 보스를 물리치는 것과 동시에, 어째선지 라르크 일당이 나를 죽이겠다며 덤벼들었다.

이유는 모르겠다. 라르크는 세계를 위해서라 했다.

라르크 일당의 목적은 용사를 죽이는 것이라 한다.

무시무시하게 강한 라르크에게 나를 제외한 세 용사들과 그 동료들은 참패. 전투불능 상태가 되어 바다를 떠다니고

만 있었다.

결과적으로 나와 라프타리아와 필로, 이 셋이서 싸움에 나서는 상황이 되고 말았다.

그래도 고전 끝에 상대를 패배 직전까지 몰아넣는 데는 성공했지만, 그때 두 번째 파도 때 출현했던 강적…… 글래스까지 나타나는 바람에 단숨에 열세에 내몰리게 되었다.

내가 생각해도, 정말이지 살아남은 게 용할 정도다.

두 번째 싸움인 것도 있고 내가 소지하고 있던 방패가 힘을 발휘한 덕분도 있어서, 글래스와 라르크 일당을 가까스로 격퇴하는 데 성공. 다만, 이 라르크와 글래스는 나에게 있어 위협적인 강력한 공격 수단을 보유하고 있다는 게 판명되었다.

방어 비례 공격과 방어 무시 공격이다.

이 두 공격에는, 방어에 특화된 내 능력을 격파할 만큼의 위력이 있다.

다행히도 회피할 수단이 아주 없는 건 아니지만, 연속으로 맞으면 위험할 상황이었다.

그 외에도, 최후의 수단이라는 듯 라르크가 스킬 사용에 필요한 SP 수치를 회복시키는 혼유약을 글래스에게 뿌렸고, 그 탓에 파워업한 글래스가 나를 궁지로 내몰기도 했었다.

결과적으로는 격퇴에 성공했으니 일단 만족하기로 하자.

그 후에, 나는 도움 안 되는 용사들과 함께 재차 대화를 나누었다.

나는 방어밖에 할 수 없는 몸이라, 공격으로 전환할 때는 애로사항이 많다.

라르크와 글래스를 상대로 싸울 때 나와 동등한 힘을 가진 용사가 한 명이라도 더 있었더라면, 격퇴가 아니라 토벌도 가능했었을 것이다.

하지만 용사 놈들은, 자신들은 지금까지 미리 알고 있던 게임 지식을 내게 가르쳐주지 않고 자기들만 써먹어 왔던 주제에, 내가 부정한 방법…… 치트를 이용해서 혼자만 강해졌다고 규탄을 해대지 뭔가.

나는 그래도 진지하게 각자가 얘기한 강화 방법은 모두 옳은 거였다고 주장했지만, 녀석들은 전혀 믿는 기색을 보이지 않았고, 대화는 일시 중단되었다.

카르밀라 섬에서 돌아온 우리와 용사들은 레벨이라는 눈에 보이는 힘 이외의 테크닉, 즉 전투훈련을 위해, 변환무쌍류(變幻無雙流)라는 중2병스러운 유파의 계승자라는 할망구 밑에서 수행을 하게 되었다.

그러나 용사 놈들은 여기서도 불평만 늘어놓은 끝에 태업을 시작했고, 자기들 마음대로 일이 풀리지 않는다는 이유로 타국으로 망명을 시도했다.

우호관계를 정립하려는 나의 노력이 한계에 다다르려 했을 때, 메르로마르크 여왕이 모종의 의뢰를 가져왔다.

의뢰를 달성하면 용사들의 타국 망명을 인정한다…….

그런 조건에, 나와 용사들은 그 의뢰를 받아들였다.

이 의뢰가 어마어마한 사건의 서곡이었다는 건 굳이 말할 것도 없다.

어떤 의뢰였는가 하면, 온 나라…… 아니, 세계 각지에서 출현한 정체불명의 마물을 퇴치하는 것.

그 마물은 영귀의 사역마였는데, 처음에는 용사의 힘을 사용해도 마물명을 읽어낼 수 없었다.

거북이 같은 등딱지를 짊어진, 박쥐 같은 날개가 돋아 있는 것이 첫 번째 괴물이었다.

그리고 사건에 대해 다른 용사들이나 여왕과 얘기를 나눠 봤는데, 용사 놈들은 하나같이 해결 방법을 함구한 채로 돌발 행동에 나섰다.

뭐, 결과적으로는 정체를 알아내는 데 성공했지만.

사역마라면 그 사역마를 부리는 주인이 있기 마련인데, 그 주인은 바로 영귀라는 괴물이었다.

최종적으로는, 용사들이 달려가기도 전에 범인, 아니 영귀가 날뛰어 대며 진군하기 시작했다.

이 영귀는…… 산처럼 거대한 덩치에, 등에는 산맥 하나를 짊어지고 있는 괴물이었다.

용사들은 영귀에게 정면으로 덤벼들었다는데, 그 보고를 끝으로 행방이 묘연해졌다.

다행히도 이 영귀는 나와 내 동료들, 그리고 연합군의 협조 덕분에 가까스로 토벌해 낼 수 있었다.

하지만…… 이 영귀가 부활하는 동시에 시야 한구석에 출현했던, 파란 모래시계 표시가 사라지지 않고 있다.

마치 사건은 아직 끝나지 않았다는 듯이.

"결국, 용사들을 찾으러 가는 여행은 영귀의 봉인이 풀린 곳까지 계속될 것 같군."

"주인님!"

내가 가만히 뇌까리는 순간, 필로가 마차를 급정지시켰다.

"왜 그래?"

"좀 떨어진 곳에서 비명 소리가 들렸어!"

"빨리 그리로 가!"

"응!"

우리는, 필로가 비명 소리를 들었다는 방향으로 마차를 몰았다.

그렇다. '마치' 가 아니다.

사건은, 아직 하나도 해결되지 않은 것이었다.

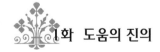 1화 도움의 진의

"우와아아아아아아아아!"

목소리가 난 쪽으로 가니, 마물이 사람들을 덮치고 있는 중이었다.

마물의 정체는 영귀의 사역마(박쥐형)……. 그렇다, 본체를 물리쳤는데도 사역마는 여전히 활동을 계속하고 있는 것이다.

영귀의 사역마(박쥐형)은 이 사건을 겪으면서 우리가 가장 처음 목격했던 마물이다.

그 외에도 몇몇 종류가 존재하지만, 이 녀석이 가장 많다.

"좋아! 간다!"

"네!"

"라저~!"

나는 마차에서 뛰쳐나와서, 습격당하고 있는 사람들을 보호하듯이 영귀의 사역마(박쥐형) 앞을 막아섰다.

방패를 앞으로 내밀어서, 영귀의 사역마(박쥐형)가 내쏘는 열선을 막아낸다.

이 영귀의 사역마는 약한 상대를 중점적으로 노리는 습성이 있어서, 사람들을 보호하기가 상당히 까다롭다.

"헤이트 리액션!"

마물의 주의를 잡아끄는 방패의 기능…… 특수한 힘을 가진 스킬을 사용한다.

내 눈에는 아무것도 안 보이지만, 마물인 필로의 말에 따르면, 나에게서 뭔가가 뿜어져 나와서 의식이 저절로 그리로 향하게 된다고 한다.

"누, 누구세요?"

"얘기는 나중에 해. 너희, 죽기 싫으면 한곳에 뭉쳐 있어."

"아, 네!"

내 말에, 습격당하고 있던 자들이 나를 방패 삼아 한곳에 모인다.

"좋아, 실드 프리즌!"

방패 감옥을 출현시키는 스킬을 사용해서, 공격당하던 자들을 보호한다.

"에어스트 실드! 세컨드 실드! 드리트 실드!"

다시 그 감옥을 보호하듯이, 방패를 만들어내는 스킬들을 발동시켰다.

효과시간은 짧지만, 없는 것보다는 낫다.

"라프타리아! 필로! 프리즌 효과시간이 다 되기 전에 해치울 수 있겠지?"

"당연하죠!"

"열심히 해볼게~!"

라프타리아가 검을 들고 영귀의 사역마(박쥐형)에게 재빨리 접근해서 쓸어버리고, 필로는 필로리알 퀸의 형태로 변신해서 손톱을 발에 신고 걷어찬다.

둘 다 레벨이 높고 공력력도 강하기 때문에, 마음먹고 공격하면 영귀의 사역마(박쥐형) 정도는 한 방에 다진 고기 신세로 전락한다.

일격을 날릴 때마다 영귀의 사역마(박쥐형)이 수십 마리씩 쓸려 나간다.

날아다니는 게 영 성가시단 말이야……. 뭐, 사고 능력이 단순하고 회피하는 동작을 별로 안 해서 조준하기는 쉽지만.

"라프타리아 언니!"

"네!"

라프타리아가 필로의 등에 올라타고 고속으로 사역마들을 쓸어낸다.

흐음……. 나쁘지 않은 움직임이다.

실드 프리즌의 효과가 다할 무렵이 되니, 영귀의 사역마(박쥐형)은 태반이 제거되어 있었다.

"주인님. 큰 게 있는 거 같아."

필로가 가리킨 방향을 보니, 영귀의 사역마(설인형)이라는, 등딱지를 짊어진 설인 같은 인간형 마물이 나타나 있었다.

필로리알 퀸 형태의 필로와 키가 거의 같으며, 외모에 비례하는 힘을 보유하고 있다.

박쥐형은 보통 모험가들도 해치울 수 있지만, 설인형은 굉장한 실력의 모험가가 아니면 처치하기 힘들 것이다.

레벨로 따지면, 박쥐형은 레벨 25 정도면 어느 정도는 싸울 수 있을 것이다. 하지만 설인형은 최소 55는 필요하다.

아니, 박쥐형은 무리를 지어서 몰려오는 경향이 있으니, 25로는 좀 불안하겠군.

이 세계의 모험가들은 특별한 의식을 거치지 않으면 40이 레벨의 상한선이다.

국가가 특별히 인정해 주지 않으면, 그 40의 벽이 그들 앞을 막아선다.

하지만 용각의 모래시계에서 클래스업 의식을 치르면, 레벨의 상한선이 100까지 오른다.

다시 말해 설인형과 정면승부를 벌여서 이길 수 있는 건, 클래스업을 경험한 강한 모험가들뿐이라는 것이다.

물론 지략이나 배짱이 있는 자라면 경우가 달라질 수도 있겠지만, 그런 자라도 퇴치하려면 상당한 시간을 필요로 하리라.

"할 수 있겠어?"

"걱정 마세요."

"웅!"

라프타리아가 검을 들어 필살기의 자세를 취하고, 필로가 고속으로 내달리며 다리에 힘을 불어넣는다.

"음양검!"

"토오오옷!"

설인형은 라프타리아의 검에 베이고, 뒤이어 필로의 발차기를 얻어맞고는 사라져 버렸다.

"후우…… 이쯤 하면 되겠죠."

검을 칼집에 집어넣은 라프타리아가 필로에서 내려 주위를 확인한다.

뭐, 라프타리아와 필로에게 이 정도 수준의 적을 물리치는 것쯤은 식은 죽 먹기겠지.

레벨은 말할 것도 없고, 기술적인 면에서도 날로 향상되고 있다.

"응. 저 마물은 이 부근에는 더 이상 없는 것 같아."

"그래? 둘 다 잘했어."

나는 사역마들에게 공격받고 있던 자들에게 다가가서 말을 건다.

"너희, 괜찮아?"

"방패를 장비하고…… 신비로운 힘으로 사람들을 지킨다……. 당신은 혹시 방패 용사님이십니까?!"

"그런데?"

"감사합니다! 용사님 덕분에 살았습니다!"

공격당했던 사람들은 일제히 내게 감사의 말을 늘어놓는다.

"이 부근은 위험할 텐데. 왜 아직까지 여기 있는 거야?"

"저기…… 저희가 모여서 사는 마을이 이 부근에 있는지라……."

"그렇군."

우리는 용사들을 수색하는 동시에, 역귀가 나아갔던 길을 되짚어가고 있다.

그러는 김에 피해를 입은 사람들을 구제하는 일도 병행하고 있다.

다만, 뭐…… 재해가 일어났을 때 왕왕 나타나는 재해 지역 털이범 같은 자들과 조우하는 경우도 있었기에, 여기 있는 녀석들의 말을 곧이곧대로 믿지는 않는다.

폐허가 된 도시 안에 잠들어 있는 보물 같은 걸 훔치려고 위험 지대에 들어왔다가, 사역마의 공격을 받고 도망치던 중이었다거나…… 그럴 가능성도 있다.

"혹시 몰라서 확인하는 거다. 다들, 갖고 있는 거 다 꺼내 봐."

"——!"

녀석들의 안색이 창백해진다.

이 세계에는 더럽고 비열한 녀석들이 살고 있다.

생활력이 강하다고 듣기 좋게 표현할 수도 있겠지만, 나는 도덕을 저버린 쓰레기들을 도와줄 만큼 한가한 놈이 아니다.

"이건 우리가 찾아낸 거다!"

"하아……."

역시 그랬군. 혹시나 싶어 확인해 봤더니 이 꼴이다.

섣불리 이런 놈들을 구해 줬다가는, 무슨 짓을 저지를지 알 수가 없다.

안전한 곳까지 데려다줬더니, 태연한 얼굴로 우리를 협박하던 놈도 있었다.

꿈과 희망이 가득한 이세계라는 건 순 뻥이라니까.

생활력이 지나치게 강해서, 현대 일본인으로서는 상상도 못할 짓까지 저지르는 놈들이 수두룩하다.

살아남으려면 이렇게라도 해야 하는 건가.

현대사회에서도 그런 나라들이 없지는 않으니 어쩔 수 없지…… 라고 생각해야 하나?

"폐허에서 훔친 물건에 소유권이 있나? 딱히 물건이 탐나서 물어본 건 아니었어. 우리는 이제 떠날 테니까, 영귀의 사역마에게 공격당하지 않게 조심이나 하라고."

내가 구해준 놈들이 일제히 무기를 들고 나를 적대하려 하고 있다.

나는 무관심한 척 넌지시 녀석들을 협박했다.

현재 이 일대는 완전히 혼돈에 빠져 있다.

선의를 가지고 남을 구한다 해도 그렇게 해서 구한 녀석이 쓰레기라면 의미가 없다.

"자, 잠깐만!"

"우리를 버리려는 거냐?!"

"내가 언제 버리겠다고 했어? 아까 공격받았을 때는 분명히 구해줬잖아. 그 뒤처리까지 해 줄 생각은 없다는 것뿐이야."

"큭……."

리더로 보이는 녀석에게로 시선이 집중된다.

"날이 저물기 전에 안전한 곳까지 도착할 수 있기를 기도해 주지."

사역마는 아직 상당한 수가 남아있을 것이다.

지금 당장은 이 부근에 없지만, 다음에는 어떨까?

덤으로 말하자면, 영귀의 사역마는 성가신 성질을 갖고 있다.

그것은 시체를 온상으로 삼아서 수를 불린다는 것이다.

영귀가 부활해서 진군하는 바람에 많은 마을이며 도시들이 희생됐다. 인간과 마물을 불문하고, 그 희생된 곳에서 죽은 자들의 시체를 매개체 삼아서, 영귀는 자신의 사역마들을 불려 나가는 것이다.

현재 연합군이 토벌 작업을 수행하고 있지만 완전히 제거되기까지는 시간이 좀 필요하리라.

그다지 강하지도 않은 재해 지역 털이범들이 그런 위험한 곳에서 살아 돌아갈 수 있을지, 자신이 있다면 한번 가 보는 것도 괜찮겠지.

죽더라도 보상할 생각은 없다. 최악의 경우 산 채로 사역마의 온상이 될 위험성도 있다.

라프타리아와 동향 출신인 키르라는 녀석이, 산 채로 영귀의 사역마의 숙주가 될 뻔한 적이 있었다.

다행히 미연에 방지하는 데는 성공했지만, 지금도 치료 중이다. 이제 슬슬 퇴원……할 수 있으면 좋겠는데 말이지.

"용사 주제에 안 구해 주는 거냐?!"

"난 성인군자가 아니라서 말이야. 게다가 재해 지역 털이범을 버린다고 해도, 나를 책망할 녀석은 아무도 없어."

내 말에 라프타리아가 탐탁잖은 표정을 짓고 있다.

뭐, 잘못한 건 이놈들이니 딱히 나에게 주의를 주진 않겠지만.

필로는 멍하니 하늘만 올려다보고 있다.

이런 일들이 당연한 일상처럼 일어나는 곳이 이세계인 것이다.

생활력 강한 사람들이라고 포장할 수도 있겠지만, 솔직히 거지 같은 세계지.

"우리를 죽게 내버려두려는 거냐?! 이 살인자 자식!"

"알 게 뭐야. 그럼 그만 가 볼까. 필로, 출발하자."

"자, 잠깐만!"

걸려들었다. 나는 내심 히죽 웃는다.

"……뭐야?"

"이건 다 내놓겠다……. 그러니까 제발 우리를 안전한 곳까지 데려다줘!"

재해 지역 털이범들은 각자가 발견한 값나가 보이는 물건들을 내게 내놓았다.

"훔친 거 다 내놔."

"으……. 알았다."

"라프타리아, 혹시 모르니까 샅샅이 뒤져 봐."

"네……. 짐작은 했지만 결국 이렇게 되네요."

라프타리아는 재해 지역 털이범이 값나갈 만한 물건들을 감추고 있지 않은지, 녀석들의 몸을 샅샅이 뒤졌다.

그랬더니, 이거야 원, 끝도 없이 나오잖아.

"빌어먹을……. 개고생을 하면서 찾은 게 말짱 도루묵이 됐잖아."

"그것도 다 살자고 하는 짓이잖아? 자, 타. 안전한 곳까지 데려다줄 테니."

그런 대화를 나누고, 우리는 재해 지역 털이범들을 마차에 태워서 안전한 인근 마을에 데려다주기로 했다.

"그나저나, 너희, 나 말고 다른 사성용사 못 봤어?"

덜컹덜컹 흔들리는 마차 안에서, 나는 도둑들 쪽을 돌아보며 묻는다.

"몰라."

뭐, 보통은 이런 증언밖에 안 나온다. 봤다는 녀석도 있지만, 거짓말이나 착각이 대부분이다.

"아, 나…… 검의 용사 같은 시커먼 녀석이…… 영귀를 향해서 공격하는 걸 봤어."

재해 지역 털이범 하나가 가만히 뇌까렸다.

"정말이냐?"

"그때는 나도 도망치느라 정신이 없었으니까 확실하지는 않아…….."

"그래도 상관없어. 얘기해 봐."

"내가 봤던 녀석은…… 혼자서 영귀를 향해 검을 휘두르고 있었어. 고함을 내지르고 검을 휘두르면서 영귀한테 덤벼들던 것까지는 봤어. 그 뒤는, 나도 도망치는 데 정신이 팔려서 못 봤고."

"그게 어디쯤이었지?"

나는 지도를 펼치고 묻는다.

"이 도시에 있을 때였어."

그건 렌이 행방불명됐다고 들은 도시 인근이었다. 그 도시는 나도 한 번 가 본 적이 있었던 곳이다.

렌의 소식이 끊긴 곳이니까 말이지……. 이건 신빙성이 있는 얘기 같군.

용사들은 각각 다른 도시에서 행방불명되었으니, 여러 개의 목격 정보가 존재한다 해도 이상할 건 없다. 그렇기에 가짜 정보와 진실을 구분해 내기가 힘든 것이다.

하지만 이번 정보는 지금까지 들었던 거짓 정보보다는 설득력이 있다.

"동료는 없었나?"

"영귀가 거추장스럽다는 듯이 걸어가는 건 봤지만……
나도 몰라. 그때는 다들 도망치기에 바빴으니까."

이것 말고도 비슷한 증언이 있었다.

먼저, 검의 용사가 자기 이름을 대고 영귀를 향해 돌격해
갔다……는 것 같다.

'같다' 라고 한 이유는, 그 현장에 있었던 게 아니라서 그
렇다고 한다.

다들 피난 준비를 하고 있었지만, 용사가 왔다는 소식에
일말의 기대를 품고 있었다는 모양이다.

하지만 영귀는 전혀 아랑곳하지 않고 다가와서 도시를 박
살 냈으며, 그 혼란의 와중에서 목격한 게 목격 정보의 전부
였다.

"괜히 기대하게 만들고, 쓸모없는 가짜 녀석 같으니."

아니…… 외모에 대한 증언으로 보아, 진짜일 가능성도
부정할 수 없다.

오히려 진짜일 가능성이 높다. 검은 복장에, 혼자였다는
걸 보면.

그런데 동료들은 어디 간 거지?

렌에게는 좀 거리감 있는 후배 같은 동료들이 몇 명 있었
다.

기본적으로는 혼자 있는 걸 좋아하는 렌이지만, 강력한
적이 있을 경우에는 동료들을 거느리고 싸우기도 한다고 들

은 바 있다.

좋게 해석하자면 후배의 성장을 지켜봐 주는 식이었을 수도 있다.

나쁘게 해석하자면…… 적의 표적을 분산시키기 위한 미끼 정도로만 취급하고 있었던 건지도 모른다.

"그랬군."

떠오르는 가능성은 여러 가지가 있지만, 확증이 없다.

이대로 가면 사성용사가 죽은 상태에서 파도에 맞서는 신세가 될 위험성이 있다.

아무래도 사성용사가 다 함께 살아있는 것에 뭔가 의미가 있는 모양이다.

한 명이라도 빠진 채로 파도가 도래하면 파도의 위력이 증가한다고 한다.

그리고 사성용사에게는, 모두가 죽지 않는 한 재소환할 수 없다는 제약이 있다고 한다.

과거의 용사는 그 재소환에 대한 관리를 전설의 필로리알 피트리아에게 부탁했고, 피트리아는 세계를 위해서 나를 죽이러 올지도 모른다.

그래서 나는 이렇게 용사들을 찾아다니고 있는 것이다.

살아있기는 하다는 모양이니까, 유감스럽기 짝이 없지만, 최대한 빨리 구조해서 보호해야 한다.

좌절이 성장으로 이어지기를 기도하며…… 나는 숨어있

는 용사들을 찾는 여행을 계속하고 있다.

그건 그렇고, 지금까지 나온 목격 정보는 영귀에게 달려 드는 걸 봤다는 것밖에 없다.

하지만 우리가 물리친 영귀 안에서도 녀석들은 발견되지 않았다.

도대체…… 어디에 있는 거야?

수색 루트에서 약간 곁길로 새서, 영귀에게 피해를 입지 않은 도시에 도착했다.

재해 지역 털이범들은 불퉁스러운 표정으로 마차에서 내린다.

이런 녀석들을 보호해 가면서 다니는 통에, 용사 찾기 여행은 영 진도가 나가지 않는다.

영귀가 봉인되어 있던 나라에는, 사성용사 이외의 용사들…… 칠성용사(七星勇士)라 불리는 자들이 가고 있다는 모양이지만.

언젠가 대면하게 될 날이 오기는 오겠지만, 그날은 아직 한참 뒤가 될 것 같다.

"아, 이 부근에서 사용하는 문자는 메르로마르크와 다른 것 같네요?"

라프타리아가 가게 앞에 있는 간판을 가리키며 말했다.

"그러게 말이야."

방패의 능력이 대화는 통역해 주지만, 문자까지는 번역해 주지 않는다.

성가시단 말이지. 같은 이세계라도 지역에 따라 문자가 다르다니.

통일해 주면 편하겠지만, 따지고 보면 내가 원래 살던 세계도 마찬가지였다.

대화 내용이라도 통역해 주니까 그래도 나은 편이지.

"그럼 가까운 모험가 길드에 마차를 맡기고, 오늘은 성으로 돌아가자."

"네."

현재 우리의 이동수단은 두 가지이다.

그중 하나가, 포털이라는 전이 스킬이다.

용사만이 갖고 있는 능력으로, 미리 기억해 둔 장소로 전이할 수 있게 해 준다.

언제 어디서나 사용할 수 있는 건 아니라서, 최소한 한 번은 가 본 적이 있어야 한다는 점, 기억할 수 있는 장소의 수에 한도가 있다는 점, 그리고 마차 등의 큰 물건은 옮길 수 있다는 점 등의 제약이 있다.

모험가 길드로 가서, 메르로마르크 여왕이 도장을 찍어 준 문서를 보여주고 마차를 맡긴다.

"포털 실드."

그리고 나는 포털을 이용해서, 라프타리아와 필로를 데리고 메르로마르크 성으로 돌아갔다.

"다녀왔어~!"

나의 시야가, 낯선 도시의 풍경에서 낯익은 성의 정원으로 순식간에 전환된다.

"어서 오세요, 나오후미 씨."

"어땠지? 진전은 좀 있었나?"

훈련장 쪽에서 리시아와 에클레르가 다가왔다.

리시아의 풀네임은 리시아 아이비레드였던가.

원래는 이츠키의 동료였지만, 내가 그랬던 것처럼 누명을 뒤집어썼다. 그리고 동료들로부터 추방당하는 쓰라린 경험을 해야 했다.

그녀의 얘기에 따르면, 그녀는 원래는 몰락한 귀족 집안 출신인데 위기에 처했을 때 이츠키의 도움을 받았다고 한다.

그래서 그런지, 누명을 뒤집어쓰고 추방당하는 배신이나 다름없는 짓을 당해 놓고도 이츠키에 대한 원망은 조금도 하지 않는다.

성인군자인가? 그런 의심이 들 정도의 정신 상태다.

다만 사사건건 맥없는 비명 같은 걸 지르고, 인형옷을 뒤집어써서 자신의 풀 죽은 모습을 감추려는…… 얼빠진 녀석이기도 하다.

"후에? 제가 뭔가 잘못했나요?"

실제로 지금도 필로리알 퀸 형태의 필로를 본떠 만든 인형옷을 착용하고 있다.

"아니……."

변환무쌍류 할망구의 얘기에 따르면, 이 리시아는 상당한 재능을 갖고 있다는 것 같아서, 현재 수행을 시키고 있는 중이다.

가끔씩, 정말로 가끔씩 좋은 움직임을 보여주기도 하지만 안정성이 부족한 게 단점이다.

내가 보기에는 실외 활동보다는 실내 활동을 좋아할 것 같은, 마법 같은 것에 소질이 있는 타입인 것 같다.

다만 스테이터스가 존재하는 이 세계에서, 리시아의 능력은 터무니없이 낮다.

너무 낮아서 말문이 막힐 정도다.

재능이 꽃을 피울 때가 기대된다…… 아니, 꽃을 안 피우면 싸움에 내보낼 수도 없다.

외모는, 예쁘장한 여자라면 환장하는 모토야스가 인정할 만큼 괜찮은 얼굴이다.

실제 나이보다 어려 보이는 외모로 머리카락은 땋아서 뒤로 늘어뜨리고 있다.

라프타리아나 필로에 필적할 만한 미인이라는 건, 나도 솔직히 인정한다.

"이와타니 님? 보아하니 오늘도 좋은 정보는 못 얻은 모양이군."

다음은 에클레르. 풀네임은 에클레르 세이아엣트.

라프타리아의 고향 영주였던 귀족의 딸이라고 한다.

검술 부문 전투고문으로서, 라프타리아와 리시아에게 검술을 가르쳐주고 있다.

성격은 고지식하다는 표현이 가장 딱 들어맞을 것이다.

머리색은 스트로베리 블론드. 헤어스타일은 긴 생머리다.

야무진 눈매가 다른 자들을 쏘아본다……. 얼핏 보기에도 고지식한 녀석임을 짐작할 수 있다.

직업은 기사다.

정신 똑바로 박힌 놈이 없는 이 메르로마르크에서, 내가 가진 기사의 이미지와 부합하는 건 이 녀석 정도밖에 없는 것 같다.

뭐, 그것도 성실하고 예절을 중시한다는 점만 따진 거지만.

남들에 대해서 정상참작을 하지 않는 게 장점이고, 또한 단점이기도 하다.

이 녀석 또한 이목구비는 가지런하다. 라프타리아와 비교해도 밀리지는 않을 것이다.

피부색도 뽀얗고, 살결도 곱고……. 곰곰이 생각해 보면 내 주위에는 미인들이 잔뜩 모여 있단 말이지.

게다가 전투 실력도 상당히 강한 편이니…… 하늘은 공평하다는 말도 순 거짓말인가 보다.

뭐, 난 라프타리아가 못생겼다고 해도 차별할 생각은 없지만.

"나오후미 님? 뭔가 좀 무례한 생각을 하고 계신 것 같은데요?"

"아닌데?"

라프타리아는 정말이지 감이 예리하단 말이야.

내가 이상한 생각을 할 때면 금세 알아챈다.

"그나저나 이와타니 님, 뭔가 진전이 있었느냐고 아까부터 계속 묻고 있는데……."

"아아, 오늘도 이렇다 할 정보는 못 얻었어."

"그랬군……."

에클레르의 안색이 흐려진다.

대재앙이 일어난 데다가, 세상을 구하는 중추인 용사들이 행방불명된 상태이기까지 하니, 마음이 편하지만은 않겠지. 나 역시 마찬가지이고…….

"오늘이 영귀를 물리친 지 며칠째지?"

"이제 1주일째가 됐군……. 용사들은 도대체 어딜 나돌아 다니고 있는 건지."

그러게 말이다.

이렇게 열심히 찾아다녔는데도, 영귀와 싸우기 전의 목격 정보만 있을 뿐 전투 후의 목격 정보는 전혀 없다. 그런 걸 보면 정말 산속에 숨어있는 것 아닌가 하는 의심까지 들 정도다.

"일단 수색 범위를 넓혀 가고 있지만, 재해 지역 털이범 같은 놈들 때문에 시간을 빼앗기느라 진도 나가는 게 영 시원치 않아."

"그렇군……. 여차하면 나와 리시아도 협조를 아끼지 않을 생각이야. 언제든 부탁만 하도록."

"그래, 알았어. 하지만 에클레르는 할망구랑 같이 리시아에 대한 훈련에 집중해 줘. 키르가 퇴원하거든 그 녀석도 부탁하지."

"알았다. 하지만 나도 여왕님의 호위를 맡아 영귀의 산에 동행해야 할 때도 많아."

아까도 설명했지만, 여왕이란 나를 소환한 국가인 메르로마르크의 여왕을 가리킨다.

방패 용사를 박해하려던 왕인 쓰레기의 아내이자 빗치 왕녀의 모친이지만, 본인은 세계를 위해, 그리고 나라를 위해 나에 대한 협조를 아끼지 않는 인물이다.

전설 등에 대한 지식도 풍부하고, 파도에 관해서도 범상치 않은 탐구심을 나타내고 있다.

파도에 맞설 싸울 때는 나에 대한 후방 지원을 담당하며, 몇 번인가 나를 궁지에서 구해내는 등 도움을 주곤 했다.

작전 수립도 기본적으로는 여왕에게 일임하고 있다.

외모로만 보면 20대 후반으로 보이는 상당한 미인이다. 부채로 입가를 가리곤 하는 버릇이 있다.

다 큰 두 아이의 엄마가 이런 외모라니, 신기하기까지 할 정도다.

딸 중의 하나와 남편은 얼간이의 대명사지만 말이지.

가족 중에서 멀쩡한 정신머리를 가진 건 본인과 메르티뿐이라는 것도 좀 안됐다니까.

"그럴 때 리시아는 변환무쌍류 할망구한테라도 맡겨 두면 되잖아."

"후에에에에에에!"

변환무쌍류 할망구는 내가 행성을 하며 돈벌이를 하던 시절에 구해 주었던 노파다.

존재감 없는 아들 대신 내가 방패의 기능을 이용해 강화한 약을 복용시켰더니, 지나칠 정도로 팔팔한 할머니가 되어 버렸기에, 나는 이제 아예 할망구라 부르고 있다. 아니, 애초에 여자인지도 의심스러울 정도다.

여러모로 인맥도 넓고, 과거에는 다양한 싸움에 임했다……고 한다.

변환무쌍류는 소실되기 직전인 무술이지만, 응용폭이 상당히 넓은 유파라는 모양이다.

그리고 리시아가 그 유파에 적합한 자질을 갖고 있다기에, 그걸 습득하기 위한 수행을 시키는 중이다.

"그러지. 내가 보기엔 리시아도 이제 제법 성장한 것 같더군."

"그, 그런가요?"

리시아가 기운차게 묻는다.

"뭐, 아직 모자란 부분도 있지만, 열심히 노력하면 실력이 더 늘지 않겠어?"

"열심히 할게요!"

"그래, 열심히 하라고."

건성으로 대꾸하며, 나는 여왕에게 인사를 하기 위해 성 안으로 발걸음을 옮긴다.

"나는 여왕이랑 얘기 좀 하고 올 테니까, 라프타리아, 너희는 훈련이나 마법 수련을 하고 있어."

"알았어요."

영귀를 토벌한 지 1주일……. 용사들은 찾아내지 못한 채, 저녁때가 되면 포털을 타고 성으로 이동해서 여왕에게 보고하는 일과가 반복되고 있다.

가는 곳마다 영귀의 사역마들에 의한 피해가 보고되고 있는 마당이라…… 사태가 수습되려면 아직 시간이 더 필요할 것 같다는 문제가 아직 남아있다.

이것이 현재 내가 처한 실정이었다.

이때의 나는, 바로 다음 날부터 사건이 크게 움직이기 시작할 거라는 건, '혹시라도 그런 일은 없었으면 좋겠다.' 라는 정도로밖에 인식하지 못하고 있었다.

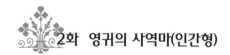

2화 영귀의 사역마(인간형)

이튿날도 나는, 용사에 대한 수색이 이렇다 할 진전 없이 난항을 겪을 거라고만 지레짐작했었다.

성에서 아침을 먹고, 포털을 통해 어제 들렀던 마을로 돌아간 우리는, 도착과 동시에 사건 발생을 알아챘다. 그럴 만도 한 것이, 도시가 온통 비명에 휩싸여 있었기 때문이다.

"우와아아아아아아아아아악!"

"꺄아아아아아아아아아아아아!"

상황을 살펴보니 사람들이 한창 정신없이 도망쳐 다니는 중이었다.

"무, 무슨 일이 생긴 거야?"

"나오후미 님!"

"주인님!"

라프타리아와 필로가 사람들이 도망쳐 가는 쪽의 반대 방향을 가리켰다.

예전에 드래곤 좀비라는 거대한 드래곤 시체가 갑자기 움직여서 우리를 공격해 왔던 적이 있었던 게 떠오른다.

뭐, 지금까지 만났던 마물 중에 제일 큰 건 영귀였지만.

응. 영귀만큼은 아니지만, 거대한 검은 그림자가 지금 막

마을을 습격하려는 순간이었다.

자세히 시선을 집중해서, 마을로 다가오고 있는 마물을
확인한다.

영귀의 사역마(기생혼합총괄형)

으음…… 아마 영귀의 사역마인 모양이다.

기생혼합총괄형?

키는 8미터쯤 될까. 상당히 커 보인다.

마물의 외모는 거대한 파충류…… 판타지에만 존재하는
드래곤 같은 체구에, 사마귀를 연상케 하는 거대한 낫을 갖
고 있으며, 사자의 머리를 가진 거대한 마물이 다가온다.

키메라와 상당히 비슷한 마물일지도 모르겠다.

키메라는 사자 몸통에 염소 머리와 드래곤의 머리가 붙어
있는 괴물이다.

예전에 싸웠던 키메라의 꼬리에는 뱀이 달려 있었다.

하지만 현재 도시를 습격해 온 마물은 드래곤 몸통에, 사
마귀의 낫 같은 팔에, 사자의 머리가 달려 있다.

거기에 드래곤의 머리까지 완비……. 그 와중에 등에는
거북이 등딱지를 짊어지고 있다.

지금까지 만난 영귀의 사역마들은 여러 종류가 있었지만, 그
것들은 다들 형태가 통일되어 있었는데, 저건 뭐란 말이냐?!

응? 뒤쪽에 뭔가를 질질 끌고 오고 있는 것 같은데, 여기서는 잘 안 보인다.

"어쨌거나, 일단 저 녀석을 해치우자!"

"네!"

"간다아~!"

내 호령에 라프타리아와 필로가 고개를 끄덕인다.

그리고 우리는 영귀의 사역마를 향해 내달렸다.

필로는 필로리알 퀸의 형태로 변신해서 선봉을 맡는다.

"조심하라고!"

"응!"

나와 라프타리아와 필로 중에서 가장 빠른 건 필로다. 공격 능력도 가장 높다.

믿음직하긴 하지만, 항상 경계를 게을리해서는 안 된다.

지금은 상대가 어떤 공격을 해 올지 전혀 짐작할 수 없는 상황이니까.

필로가 고속으로 접근해서, 영귀의 사역마 중 드래곤 머리 쪽에 발길질을 날린다.

발길질이 적중하는 순간, 푸슉 하는 소리와 함께 피보라가 튀고 드래곤 머리가 산산조각 나서 날아갔다.

"으엑……. 주인님, 이 녀석, 썩어 있어."

영귀는 시체에 기생해서 수를 불리는 능력을 갖고 있다.

다시 말해…… 시체를 조종하고 있는 셈이리라. 이거 그냥 키메라 좀비잖아.

"그치만…… 뭔가 좀 이상하네~."

"뭐가 이상하다는 거지?"

필로가 고개를 갸웃거리며 영귀의 사역마가 내리찍는 낫을 회피한다.

정말이지 요령도 좋은 녀석이라니까.

"에어스트 실드!"

낫의 움직임에 맞추어 가장 힘이 들어가지 않는 지점에 마법 방패를 출현시킨다.

쩍 하는 소리와 함께 낫이 에어스트 실드에 부딪치더니…… 푸억 하고 살점을 흩뿌리며 낫이 떨어진다.

"우욱……."

그 광경에 라프타리아가 입을 틀어막는다.

하긴…… 상당히 그로테스크한 광경이긴 하군.

"아아, 응! 알아냈어! 주인님."

필로가 뒤를 돌아보고 말한다.

"얘는 썩은 게 아냐. 이것저것 기워 붙인 거야!"

"뭐?"

내 의문에 대답하듯이, 땅바닥에 떨어졌던 낫과 머리에서 힘줄 같은 것이 튀어나왔다. 힘줄은 소리를 내며 낫과 머리를 끌어당겨서는, 몸통에 붙여서 보수해 나간다.

뭐야, 이거?

"그리고…… 이 마물, 뭔가 여러 가지 기척이 느껴져. 생각 없이 짓이기려고 덤벼들었다가는 위험할 수도 있을 것 같아."

"무슨 말이에요?"

라프타리아가 검에 힘을 불어넣어서 사역마의 팔을 찢어 발겨 버렸다.

라프타리아와 필로의 현재 레벨은 70대 후반이다. 그러니만큼 그들의 일격은 상당히 강력하다.

클래스업 후의 만렙은 레벨 100이다.

이 정도면 상당히 강해졌다고 봐도 좋을 것이다.

툭 하고 떨어졌던 팔이 꾸물꾸물 꿈틀거리기 시작한다.

라프타리아는 힘줄까지 절단해 버렸다.

이런다고 더 이상 재생하지 않는다면 그야말로 만만세겠지만, 필로의 말에 따르자면 사태는 안 좋은 방향으로 진행될 것 같다.

"있잖아~, 쓱싹해 버리면 있지, 더 늘어나."

"무슨 소리야! 좀 자세하게 설명해!"

필로는 남들한테 뭘 가르치는 게 엄청나게 어설픈 녀석이라, 친구인 메르티를 거치지 않으면 도통 말을 알아들을 수가 없다.

감각만 가지고 얘기하는 이런 녀석의 말을 알아들으려면 고도의 이해력과 신뢰가 필요하다.

"나, 나오후미 님."

라프타리아가 바닥에 떨어진 사역마의 팔을 가리킨다.

그러자…… 거기에서 영귀의 사역마(박쥐형)들이 우글우글 쏟아져 나온다.

켁……. 다시 말해, 이 마물의 각 부위를 파괴하면 영귀의 사역마들이 증식하듯이 쏟아져 나온다는 건가.

기생혼합총괄형이라는 건, 마물의 시체를 온상으로 삼아, 다수의 마물들을 총괄해서 조종하는 것인 모양이다.

그리고 온상으로 사용되고 있기 때문에, 내부의 살점이 썩은 것 같은 상태가 되어 있는 것이다.

생각해 보면 영귀를 물리친 지 1주일밖에 지나지 않았다.

저 드래곤도 영귀가 날뛰는 와중에 죽은 건지도 모르지만, 아무리 그래도 부패하기에는 아직 이른 감이 있다.

물론 습도 등의 여러 조건이 겹쳐지면 빨리 썩을지도 모르지만, 그걸로는 다른 부위에 대해서는 설명할 수 없다.

사자 머리로 보이는 저건 영귀의 사역마인가?

"크르러어어어어엉!"

사자 부분만 활발하게 잘 움직이는군. 저게 본체인가?

"필로, 라프타리아. 괜히 엉뚱한 부위를 쳐서 숫자가 불어나면 일이 성가셔질 거야. 하지만 그렇다고 대처 방법이 없는 건 아냐."

이런 타입의 마물은 화력 높은 공격으로 해치워 버리는

게 제일 좋겠지.

현대 일본으로 비유하자면 폭탄이나 미사일 같은?

이세계라면 범위 마법이 해당되겠지. 여러 사람이 영창하는 의식마법 같은 걸로 싸우는 게 가장 적합할 것이다.

그 이외의 방법이라면…… 애초에 적이 분열할 걸 각오하고 모조리 제거하는 성가신 방법.

또 하나는, 핵이 되는 부분을 처리하면 전체가 저절로 무너져 버릴 가능성.

응, 이게 가장 좋겠다. 일단 약점으로 보이는 부분을 공격해 보는 수밖에 없다.

"빈번하게 움직이는, 저 사자 같은 부분을 공격해 봐 줘."

"알았어요."

라프타리아가 검에 마력을 주입하기 시작한다.

"알았어~."

필로가 양팔을 교차시켜서 필살기의 자세를 취한다.

둘 다 상당히 강력한 공격을 습득한 상대이기에, 믿음직하게 여기고 있다.

그동안 나는…… 앞으로 어떻게 해야 할지를 궁리한다.

"유성방패!"

나를 중심으로 결계를 만들어내는 스킬을 발동시켜서, 라프타리아와 필로를 보호한다.

이건 일종의 밑바탕 같은 거다.

주위를 확인해 보니, 도시 주민들은 도망을 완료한 모양이다.

영귀의 사역마(박쥐형)들이 주위에서 날뛰고 있지만, 지금은 덩치 큰 녀석부터 해치우는 게 급선무다.

좋아, 우선 상대방의 움직임을 저지하는 것부터 생각하자.

천천히 다가오는 영귀의 사역마 쪽에 의식을 집중하면서, 상대가 스킬의 사정거리 안으로 들어온 걸 확인한다.

"나오후미 님, 준비 다 끝났어요."

"나도~."

"좋아! 에어스트 실드! 세컨드 실드!"

영귀의 사역마가 제대로 움직이지 못하도록, 몸통과 앞다리 근처에 마법 방패를 각각 한 장씩 설치한다.

세 장째도 만들어낼 수 있지만, 그건 상대의 대응에 맞추어 사용할 예정이다.

"캬악—!"

쩍 하고 마법 방패에 충돌한 영귀의 사역마가 성가시다는 듯 휘청거린다.

"지금이야!"

"네! 음양검!"

"스파이럴 스트라이크!"

움직임이 둔해진 영귀의 사역마 중 사자 부분을 향해 라프타리아가 검을 휘두르고, 필로가 돌격한다.

영귀의 사역마 중 사자 부분이 푸슉 하고 찢어발겨지고, 필로의 돌격에 의해 날아가 버린다.

영귀의 사역마의 거구가 휘청하고 비틀거렸다.

"좋아!"

이 공격에 쓰러진다면 최상의 결과……. 박쥐형으로 분리된다면 일이 성가셔지겠지만, 하나하나 제거하는 수밖에 없다.

"이런 말씀 드리기는 죄송하지만, 그런 식으로는 물리칠 수 없습니다."

승리의 예감에 내가 주먹을 움켜쥔 순간, 갑자기 등 뒤에서 여자 목소리가 들려왔다.

"자, 저기 보십시오."

내 등 뒤에 있는 녀석이 영귀의 사역마 뒤에 질질 끌려오고 있는 부분을 가리켰다.

"저기서 보충하게 되어 있습니다. 자세히 보십시오."

그 말대로, 떨어져 나간 머리를 보완하듯이, 댕그랗고 거대한 눈깔이 그 자리에 생겨났다.

으웩…….

"뒤쪽에 있는 것도 본체는 아닙니다. 저건 레기온…… 무리를 지어 여러 마물들에게 기생해서 통합된 것입니다. 부족한 부분이 생기면 다른 부위로 보충하려고 들 뿐이지요. 더 위력이 높은 공격을 하셔야 합니다."

지금, 나는 유성방패를 전개시키고 있는 상태다.

이 유성방패는 결계를 만들어내는 스킬로, 파티 멤버 이외의 존재는 튕겨내 버리는 효과를 갖고 있다.

그런데도 이렇게 내 뒤에 서서 지도하고 있다니, 도대체 어떻게 된 거지?

그리고 그녀는 결계를 뚫고 들어왔다기보다는, 별안간 내 등 뒤에 출현한 것 같은 느낌이었다.

나는 뒤를 돌아보고 목소리의 주인을 확인한다.

"너는?!"

거기에 서 있던 건, 우리가 영귀 사건에 얽히기 조금 전에…… 성 정원에서 내가 혼자 동료들을 기다리고 있을 때 나타났던 정체불명의 여자였다.

투명감 도는 홍차색 머리칼을 땋아서 둥글게 말아 올린 중국풍 헤어스타일에, 눈꼬리가 치켜 올라간…… 사람을 잡아먹을 것 같은 여자.

라프타리아 등에게 익숙해진 나로서도 미인이라고 느낄 만큼 상당히 가지런한 이목구비다.

그리고 가장 인상적인 것은, 요염한 매력이라 할까, 그런 분위기가 전해져 온다는 점이다.

로브를 덮어쓰고 있어서 몸통과 다리 부분에 대해서는 알 수 없지만, 어쨌든 수상쩍은 여자다.

본능이 그렇게 속삭인다고나 할까.

메르로마르크 여왕이나 빗치처럼 혈통이 좋은, 그러면서도 남들을 이용하려 들 것 같은 분위기가 감돌고 있다. 그런 여자가 느닷없이 태연하게 내 바로 뒤에 나타난 것이다.

"지금은 얘기보다는 사역마 섬멸이 선결 과제입니다. 제가 움직임을 저지할 테니, 부디 서두르시길."

그렇게 속삭이더니, 여자가 사역마를 향해 한 손을 뻗고 노려본다.

그러자 사역마의 움직임이 우뚝 멈추었다.

뭔가 마법이라도 쓴 건가?

"어, 어찌 됐건, 이 틈에 공격해!"

"알았어요!"

"필로, 너는 마법을 써! 제일 강한 걸로."

"알았어~."

필로가 마법 사용 자세를 취하고, 라프타리아는 음양검을 유지한 채로 움직이지 않는 사역마를 향해 다가가서 도약, 연신 칼부림을 날린다.

산산조각이 난 살점이 경련하듯 꿈틀대지만, 여자가 뭔가 방해라도 하는 건지 그 이상의 움직임은 보이지 못한다.

"메르가 가르쳐준 강한 마법을 쏴 볼게~."

필로가 자신만만하게 내뱉는다.

그러고 보니 필로는, 요즘 메르티와 같이 이것저것 공부했다고 얘기했었다.

『힘의 근원인 필로가 명한다. 다시금 진리를 깨우쳐, 저 자를 격렬한 진공의 회오리로 날려버려라!』

"드라이파 토네이도!"

드라이파까지 쓸 수 있게 된 건가.

라프타리아도 조금만 더 수련하면 드라이파 클래스까지 쓸 수 있게 될 거라고 했는데, 필로가 먼저 그 경지에 다다른 모양이다.

뭐, 필로는 마법서도 안 읽고 쯔바이트 클래스의 마법까지 구사할 수 있었을 정도니까, 그 정도 능력이 있다 해도 이상할 건 없다.

거대한 진공의 회오리가 하늘로부터 사역마를 향해 쏟아져 내렸다.

일대의 가옥들이 바람에 쓸려 나간다.

진공의 회오리가 사역마를 갈기갈기 찢어발긴다. 피보라가 피어오르는 모습이 보였다.

하지만, 그럼에도 위력이 부족했는지, 사역마는 아직도 그 거구를 유지하고 있었다.

"으헥~. 엄청나게 단단해, 주인님."

"크윽……. 그렇다면 비장의 수를 쓰는 수밖에 없는 건가."

나는 여자에게 시선을 보내고는, 천천히 한 발짝 앞으로 나선다.

내가 가진 능력 중에 강력한 범위 공격이라고는 하나밖에 없다.

내 최후의 비책이자, 별로 사용하고 싶지 않은 비장의 방패.

"라프타리아, 필로. 물러서 있어."

"설마……. 괜찮으시겠어요?"

"이런 성가신 마물을 이대로 풀어 두는 게 훨씬 더 위험해. 다음에 또 맞닥뜨리게 되면 의식마법을 쓸 줄 아는 자들을 파견해야지."

"조심하셔야 해요."

"나도 알아. 분노에 잡아먹히는 일은 없을 테니 걱정 마."

그것은 라스 실드라는…… 사용하면 마음을 침식당할 위험이 있는, 저주받은 방패다.

나는 일전에 이 방패에 내장되어 있는 스킬을 사용했다가, 빈사 상태에 이를 정도의 중상을 입고 능력치의 3분의 1 정도가 깎여나가는 저주를 받은 적이 있었다.

이제 거의 완치되긴 했지만 안이하게 사용할 수는 없는 방패인 것이다.

그렇지만…… 라프타리아와 필로의 힘으로 제압할 수 없는 상대와 싸울 때는 사용할 수밖에 없지 않겠는가.

나는 방패에 손을 얹고, 방패를 라스 실드로 변형시켰다.

시야가 어렴풋이 어두워지는 듯한 감각이 들고, 마음속에 과거의 분노가 떠오른다.

동시에 라프타리아가 나를 인정해 준 기억, 나는 강간범이 아니라고 믿어 주었던 기억들도 떠올라서 분노를 억제해 준다.

응…… 아직 괜찮아. 충분히 억제할 수 있다.

시선을 필로에게로 보내 보니, 필로의 팔다리에는 검은 불꽃이 깃들어 있었다.

라스 실드는 필로와도 약간 연결되어 있어서, 내 분노의 감정을 필로가 약간이나마 나누어 받아 준다.

라프타리아와 필로 덕분에 나는 이성을 유지할 수 있다.

한 발짝, 다시 한 발짝, 사역마 쪽으로 걸음을 내딛는다.

어렴풋이 발이 타들어가는 것 같은 감각에 휩싸이며, 나는 사역마 바로 앞까지 접근했다.

그리고 고개를 돌려 여자를 노려본다.

여자는 꾸벅 고개를 끄덕이고 손을 약간 내린다.

직후, 라스 실드로부터 검은 불길이 분출된다.

라스 실드의 전용 효과인 다크 커스 버닝S라는 카운터 효과가 작동되었다.

이 불꽃은 내 증오의 감정을 불씨 삼아, 일대를 불사르는 불길을 이루어 분출된다.

"우오오오오오오오오오오오오오오오오오!"

"크르꺄아아아아아아아아아아아아아아아아아아아아

아아아아아―!!"

다크 커스 버닝S로 분출된 불길이 사역마를 불살라 나간다. 그리고 거미 새끼들처럼 도망치는 영귀의 사역마(박쥐형)들까지 모조리…… 잿더미로 만들었다.

"하아…… 하아……."

적이 무너져 내리는 것을 확인하고, 나는 방패를 원래 상태로 되돌린다.

"우우…… 얼얼해~."

필로가 양팔과 양다리를 휘저으면서 울먹이는 목소리로 중얼거린다.

"좀 참아. 나중에 치료해 줄 테니까."

"응."

일단 확인이 급선무다.

영귀의 사역마(기생혼합총괄형)은 어떻게 됐지?

잿더미가 된 부분을 라프타리아가 검으로 찔러서 확인한다.

"퇴치에 성공한 것 같아요."

"그래? 그렇다면 다행이지만……."

역시 어지간해서는 사용하기 싫은 수단이라니까.

어찌 됐건 나는 공격 능력이 없는 방패 용사인 것이다.

그 때문에 공격 수단은 반격 능력을 가진 방패에 의존하는 경향이 강하고…… 그 외의 공격 수단은 사용하기에 까다로운 조건들이 너무 많아서 사용할 기회가 제한된다.

"이 녀석의 움직임을 멈춰 준 것에 대해서는 감사를 표하지. 그래서? 넌 누구지?"

"나오후미 님, 혹시 이분이었어요?"

"그래, 영귀 사건이 시작되기 전에 나타났던 정체불명의 여자야."

"으~응?"

필로가 인간형으로 변신해서 여자 근처에서 냄새를 맡는다.

이 여자는 예전에, 내게 자신을 빨리 해치워 달라는 영문 모를 부탁을 했었던 녀석이다.

게다가 나를 부를 때도 '성무기의 소지자'라느니 하는 이상한 용어로 불렀다.

방패도 정체불명의 반응을 나타냈었고…… 수수께끼투성이 여자라는 건 분명하다.

게다가 그때, 내가 캐물으려고 했더니 유령처럼 모습을 감추기까지 했었다.

"해치워주셔서 감사합니다. 이제 여기 계신 분들의 피해는 억제할 수 있을 것입니다……. 하지만……."

여자는 서쪽 방향을 쳐다본다.

예전에는 동쪽 방향을 가리켰던 것 같은데……. 공통점

은, 현재 영귀가 위치한 방향이라는 것이다.

"저는 아직 쓰러지지 않았습니다. 방패 성무기의 소지자여. 어서 저를 해치워주십시오. 저는 이제 역할을 완수할 수 없습니다. 한시라도 빨리, 저를 처치해 주십시오."

"그러니까, '나' 라는 게 뭘 얘기하는 거야? 어렴풋이 알 것 같기도 하지만, 제대로 설명을 해 달라고."

"나오후미 님 말씀이 맞아요. 부탁을 할 땐 하더라도, 자기가 누구인지를 밝히지 않으면 도울 길이 없는걸요."

나와 라프타리아의 말에, 여자는 가만히 고개를 끄덕였다.

"그때 저는 최후의 저항을 하느라 초조함에 휩싸여 있었습니다. 하지만 지금은 대화를 나눌 여유가 있습니다."

"있잖아, 주인님~."

여자가 얘기를 시작하기 직전, 필로가 말을 걸었다.

"필로, 좀 조용히 있어."

"있잖아, 이 사람, 인간도 아니고 아인도 아냐."

"뭐?"

필로의 말에, 어렴풋이 느끼고 있던 의혹이 확신으로 변했다.

"네. 저는…… 영귀의 분신. 분류에 따라 말씀드리자면, 영귀의 사역마(인간형)이랍니다."

3화 영귀의 부활

"뭐?"

이 여자가 지금 무슨 소릴 하는 거야?

그런 생각부터 들지만, 부정만 해서는 대화 자체가 성립되지 않는다. 참고삼아서라도 얘기를 들어 보는 게 좋을 것이다.

"먼저 얘기를 정리해 보자고. 얘기는 할 수 있는 거지?"

"네. 그러기 위해서 여기 온 거니까요. 하지만…… 유예 시간은 길지 않습니다."

그렇게 말하며, 영귀의 사역마(인간형)이라 자칭하는 여자는 서쪽 하늘을 쳐다보고 있었다.

이 녀석을 데리고 성으로 돌아갈까 하는 생각도 했지만, 포털 실드의 쿨타임 때문에 당장은 이동할 수 없다.

사역마들을 해치우는 데는 성공했지만, 마을 주민들이 돌아오기까지는 약간 시간이 걸리리라.

"대화 장소로 모험가 길드를 좀 빌려 쓰도록 하지."

……길드 건물 안은 무시무시하게 조용했다.

도시를 습격한 영귀의 사역마 잔당을 퇴치하러 용감한 모험가들이 나서는 바람에, 도시 안에 인적이 드물어졌다…… 라는 식의 상황은 아니지만. 접수대도 용기 있는 녀석이 안전을 확인하고 나서야 간신히 영업을 재개한 것 같은 느낌이다.

나는 여왕에게서 받은 문서를 내보이고, 대화를 나눌 수 있는 회의실로 안내해 줄 것을 부탁했다.

영귀의 사역마(인간형)이라 자처하는 여자는 묵묵히 따라온다.

회의실로 들어간 나는, 편안해 보이는 좌석에 앉아서 말을 꺼낸다.

"그래서? 자세한 경위를 좀 설명해 줄 수 있겠어?"

여자는 덮어쓰고 있던 로브를 벗었다.

차이나드레스 같은 옷을 입고 있고, 등에는 깃털옷 같은 것을 두르고 있다.

중국풍 선녀 같은 분위기군. 악녀 같은 외모의 영향도 있어서, 구미호 같은 게 연상된다.

"네. 저는 본래, 제 몸이 봉인되어 있는 나라의 왕에게 환심을 사서…… 국가를 부패시키고, 사람들의 목숨을 빼앗고, 희생자의 영혼을 모으는 역할을 맡고 있었습니다."

"그, 그랬었군……."

……뭐지? '저는 목적을 위해서 악행을 저지르려고 했습니다.' 라는 얘기를 이렇게 대놓고 진지한 얼굴로 말하니, 기분이 어째 묘하단 말씀이야.

"그래서? 왜 그런 짓을 하는 거지?"

"재앙의 파도로부터 세계를 지키기 위한 방벽을 만들려면 대량의 영혼이 필요합니다. 물론, 사람의 영혼이든 마물의 영혼이든 상관없이 말이지요."

"그랬군."

이건 예전에 필로리알의 여왕인 피트리아가 했던 얘기와도 부합되는 얘기다.

"세계를 위해서 희생을 강요한다는 거지……."

영귀의 등에 있던 나라의 사원 벽에 적혀 있던, 과거의 용사가 남긴 희미한 글자를 상상으로 복원해 본 결과 역시, 결국은 비슷한 얘기였다.

영귀는 살아있는 것들의 목숨을 빼앗고, 그 영혼을 이용해서 세계를 지키는 결계를 생성하는 성질이 있는 모양이다.

뭐, 까놓고 말해서 이 세계 녀석들이 죽는다 해도, 나는 아픔 같은 건 딱히 느끼지 않는다.

나를 믿어 준 녀석들만 살아남는다면 나쁜 선택은 아닐 거라고 생각한다.

물론 도망치듯이 그런 선택을 하는 건 나도 내키지 않지만.

도망치기 싫어서 영귀와 맞서서 물리쳤던 거고, 용사들을 찾아다니는 것도 그 때문이다.

"하나 더 묻겠는데…… 내 시야에 떠 있는 파란 모래시계에는 어떤 의미가 있는 거지? 7이라고 적혀 있는 숫자의 의미는?"

"그건 용각의 모래시계가 아니라, 축적된 영혼을 표시하는 것입니다. 7은 파도의 위험도…….."

위험도……. 그리고 보니 파도도 처음에 겪은 파도에 비해서 점점 강해져 가고 있긴 하지.

으음, 지금까지 내가 맞서 온 파도는, 여기 소환된 지 얼마 안 되었을 때 겪었던, 이 세계의 기준으로 따지면 두 번째에 해당하는 파도였던가? 그리고 글래스와 싸웠던 게 세 번째. 가장 최근인 카르밀라 섬에서의 파도가 네 번째…….

응. 어렴풋이 느끼고는 있었지만, 출현하는 적들은 확실히 단계적으로 강해져 가고 있다.

만약 첫 번째 파도…… 라프타리아가 피해를 입었던 파도 때 이런 적들이 나타났었더라면 훨씬 더 끔찍한 피해가 발생했을 것이다.

다시 말해 영귀는 지금까지 겪은 적들보다 월등하게 강하다는 건가.

그러고 보면, 지난번에 싸웠던 카르밀라 섬의 파도가 겨우 네 번째였으니까.

"7단계에 해당하는 힘을 소유한 저와 맞서 싸우는 용사에게 주는 지침인 셈이지요."

"파도에 대해서 자세히 알고 있는 거야? 메르로마르크에서 겪은 파도가 아마 세 번째이고, 카르밀라 섬에서 겪은 파도는…….."

"그렇게까지 자세히 알지는 못합니다. 원래 저는 파도라는 위협으로부터 세계를 지키기 위해서 창조된 존재이니까요……. 파도는 일어나는 국가에 따라 제각각이랍니다. 하지만 위험도는 기껏해야 2나 3 정도가 고작일 것입니다."

으음……. 그 말인즉슨, 위험도 2나 3 정도의 파도에도 고전했던 내가, 위험도 7이나 되는 괴물에게 맞서야만 하는 신세가 됐었다는 건가.

"파도 때, 지능을 가진 사람이 용사 살해를 목적으로 나타나곤 하는데, 그것도 파도의 일부라고 봐도 되는 건가?"

이건 핵심을 파고드는 질문이다.

글래스 일당의 정체를 알아낼 수만 있다면, 이 기회에 물어보는 게 제일이다.

"아마도…… 그건 아닐 것입니다. 파도에 그런 효과는 없었던 걸로 기억하니까요."

"으음……."

아무래도 수상쩍은 녀석이다. 정말 사실을 얘기하는 거 맞아?

"그럼 화제를 바꿔 보지. 그 영귀의 사역마(인간형)이…… 흠, 부르기가 영 껄끄러운데. 권력자에게 접근할 생각이었다면 따로 이름이 있을 거 아냐?"

"네. 제 이름은 오스트……. 오스트 호라이라고 합니다."

오스트라면, 내 세계의 언어 중에 '동쪽'을 오스트라고 하는 언어가 있었던 것 같은데?

호라이는 일본어로 '봉래'니까, 영귀가 등에 짊어지고 있다는 봉래산을 가리키는 건가? 이름 참 단순하게도 짓는군.

"그래서? 그 오스트가 왜 자기 임무를 내팽개치고 나한테 접촉한 거지? 영귀는 저절로 봉인이 풀려서 날뛰게 된 거 아냐?"

"거기에는 커다란 이유가 있습니다. 우선, 제 본체인 영귀가 임무를 완수할 수 없는 사태에 빠졌기 때문에 이렇게 방패 성무기의 소지자에게 협조를 요청하러 온 것입니다."

"임무라는 건 세계를 보호하는 결계를 생성하는 것 말이야? 우리는 그걸 막으려고 영귀를 처치한 건데?"

"아뇨, 제 본체는 아직 죽지 않았습니다. 그리고 부활한 후로 임무를 전혀 달성하지 못하고 있지요. 이대로 가면 지금까지 저에게 희생당한 사람들의 죽음이 물거품으로 돌아가고 맙니다."

"……그게 무슨 뜻이지?"

얘기가 점점 살벌한 방향으로 흘러가고 있는 것 같은 예감이 든다.

용사들끼리 사이가 너무 나쁜 걸 보다 못한 피트리아가, 파도에 맞서는 걸 포기하고 영귀를 동원해서 세계를 보호하는 결계를 만들게 하고 있다거나…….

지금까지 벌어진 희생들은 아무런 의미도 없었다고 하는

거나 마찬가지잖아?

"제 본체는…… 누군가에게 장악당한 상태입니다. 그자는 저를 이용해서 재해의 규모를 키우는 데에만 전념하고 있습니다."

"뭐라고?"

"적의 목적은 알 수 없습니다. 저를 매체로 삼아서 에너지를 수집하고 있는 것 같지만, 결계를 생성하는 부분을 정지시켜 둔 상태입니다."

"그럼 봉인이 풀린 건……."

"네. 적정한 봉인 해제 방법도 따르지 않았습니다. 본래는 제가 시간을 들여서 술책을 이용해 영혼을 모으게 되어 있고, 그게 실패했을 경우에는 다른 사역마들이 서둘러서 모으게 되어 있고, 마지막으로…… 그것마저 실패했을 경우에는 제 본체가 날뛰어서 영혼을 강제적으로 모을 예정이었습니다만."

"봉인이 봉인으로서 제구실을 하지 못했다는 건가?"

내가 들은 얘기로는, 봉인 해제 방법은 용사가 무덤까지 가져갔다고 했는데?

"그래서 그런 계획이 실행되는 걸 막기 위해, 제가 성무기와 권속기의 용사들에게 본체의 봉인 해제 방법에 대한 힌트를 알려주는 역할을 맡고 있었던 것입니다……. 하지만 저에게도 당해내지 못하는 자에게 본체 봉인 해제를 맡길 수는 없습니다."

"너는 자기 자신을 저지해 줄 자를 기다리는 역할도 맡고 있었다는 거야?"

"네. 가능하면 성무기의 소지자가 제 야망을 폭로하고 토벌해 주기를 기다렸지요."

그렇게 고분고분 대답해 버리면 오히려 내가 황당하잖아.

하지만 그 표정이나 기백을 보니, 그 말이 사실이라는 게 전해져 온다.

그건 그렇고…… 권속기라고?

글래스 패거리도 비슷한 말을 했었던 거 같은데, 그건 뭘 가리키는 말이지?

나중에 물어봐야겠다.

"그래서, 절차를 건너뛴 것도 모자라서, 본체를 누군가에게 빼앗겼다? 그런 일이 있을 수 있는 건가?"

"본래는 불가능한 일입니다. 하지만, 무슨 힘을 이용해서 그렇게 했는지는 모르지만, 적은 제 본체를 분명히 빼앗았습니다."

"흐음……. 하지만 우리는 네 본체의 머리를 날려 버렸는데."

"영귀의 본체는 그 정도 타격에는 죽지 않습니다. 올바른 퇴치법으로 물리치지 않는 한 영귀의 활동은 멈추지 않습니다."

"그러고 보니 나오후미 님이 읽으신, 용사가 남긴 벽화 속의 문자에도 그런 내용이 있지 않았나요?"

"그랬지. 떨어져 나간 부분이 많아서 자세한 부분까지는 못 알아냈지만."

오스트가 가만히 나를 바라보고 있다.

워낙 얼굴이 예쁘장하다 보니, 녀석이 진지하게 대답해 준 만큼 나도 성실하게 대답해 주고 싶은 심정이지만, 이 녀석이 거짓말을 하고 있을 가능성도 부정할 수는 없다.

"그럼, 너는 그 올바른 퇴치법을 알고 있는 거냐?"

"아뇨……. 거기까지는……."

도움이 안 되는 녀석이잖아! 다짜고짜 영귀에게 덤비게 만들어서 날 죽이려는 거냐?

아니, 영귀는 이미 활동을 정지한 상태다.

그런 얘기를 하고 있으려니, 누군가가 회의실 문을 똑똑 두드린다.

"실례합니다!"

도망치지 않고 버티고 있던 모험가 길드 담당자가 파랗게 질린 얼굴로 들어왔다.

"무슨 일이지?"

"방패 용사님께 긴급한 연락이 왔습니다."

아아, 일전에, 이 세계의 정보 전달 기술에는 어떤 게 있는지 궁금해서 물어본 적이 있었다.

극히 일부의 부서에 한정된 수단이라는 모양이지만, 마법을 이용한 전화 같은 게 있다는 모양이었다.

다만, 전용 설비와 기술, 마법을 사용해야 하기 때문에 전언 정도가 한계라고 한다.

현대 일본으로 따지면 전보와 비슷한 느낌이다.

그 정도라면 차라리 편지가 나은 경우도 많다고 한다.

"그래서? 무슨 연락이지?"

"영귀가 활동을 재개했다는 보고입니다! 서둘러 귀환해 달라는 지시가 내려왔습니다!"

흐음……. 오스트 말대로 됐다는 건가.

"어서 제 본체를 처치해 주십시오. 그러기 위해서라면 조력을 아끼지 않겠습니다."

"그럼, 아까 사역마의 움직임을 멈췄던 것처럼 본체의 움직임을 멈춰줄 수 있겠어?"

"……죄송합니다. 그것까지는 힘듭니다. 본체는 고사하고, 아마 본체 근처에 있는 사역마들의 움직임도 저지할 수 없을 것입니다."

"그럼 뭘 할 수 있다는 건데?"

그냥 부탁하러 온 것뿐이라면, 한낱 애물단지에 불과하다.

나아가 이 녀석이 흑막일지도 모른다는 의심까지 들 정도다.

"마법을 이용해서 지원해 드리는 건 가능합니다. 그 외에도 영귀의 사역마에게 간섭해서 움직임을 둔하게 만드는 것 정도는 가능할 것입니다. 방패 성무기의 용사님, 부디 저를 파괴하기 위해 협조해 주십시오."

오스트는 나를 향해 깊숙이 고개를 숙인다.

흐음…… 그 정도라면 나쁘지는 않군.

내 동료 중에는 마법 지원 능력을 가진 녀석이 부족하다. 기간 한정이지만 그래도 없는 것보다는 낫다.

"귀찮지만…… 할 수밖에 없는 것 같군."

나는 오스트에게 편대 파티 신청을 보낸다.

오스트는 흔쾌히 받아들인다.

"그나저나, 자신 있는 마법은?"

"흙과 지원마법……. 그리고 현재는 실전된 마법을 사용할 수 있습니다."

실전? 아, 게임을 하다 보면, 가끔씩 현재는 사라졌다는 계통의 마법 같은 게 나오기도 하지.

그런 마법을 사용할 수 있다는 건가.

"알았어. 하지만 그렇다고 널 신뢰하는 건 아니라고."

"알고 있습니다. 방패 성무기의 소지자께 힘이 될 수 있도록 최선을 다하겠습니다."

딱 하고, 오스트가 뭔가 나에게 마법을 내쏜다.

그러자 오스트의 스테이터스가 시야에 상세하게 표시된다.

으음……. 능력치가 상당히 높다. 라프타리아보다도 좀

높은 것 같은데?

필로와 비교하면 약간 낮지만 전체적으로 균형 잡힌 능력치다.

방어 쪽이 약간 강한 건, 자칭 영귀의 사역마라서 그런 건가?

그런데 아무리 찾아도 레벨 표시가 안 보이는데?

"일단 자기소개가 먼저겠지. 내 이름은 이와타니 나오후미야."

"제 이름은 라프타리아라고 해요. 잘 부탁드려요."

"필로의 이름은 필로! 잘 부탁해, 영귀 언니!"

"이 정도면 됐겠지? 그리고 일시적으로나마 같이 싸우게된 사이니까, 방패 성무기의 소지자라느니 하는 거창한 호칭은 쓰지 마. 그런 호칭은, 뭐랄까…… 분위기를 봐 가면서 쓰라고. 이름으로 부르는 게 껄끄럽다면 그냥 방패 용사라고 불러도 되고."

방패 성무기의 소지자는 장황해도 너무 장황하잖아. 지금까지 방패 용사라는 이름으로 불린 적이 많으니, 내 입장에선 그나마 그쪽이 대하기 편하다.

"아, 네. 저…… 영귀를 쓰러트릴 때까지의 짧은 기간 동안이지만, 잘 부탁드립니다. 방패 용사님, 라프타리아 양, 필로 양."

영귀를 쓰러트릴 때까지의 짧은 기간 동안이라.

뭐, 오스트가 자기 사명을 다하지 못한 탓에 이렇게 영귀를 쓰러트려야 하는 상황이 된 거니까.

영귀의 사역마인 이상, 영귀를 퇴치하면…… 그렇게 되는 거겠지.

오스트의 말을 완전히 신뢰하는 건 아니지만, 또 성가신 일을 떠맡게 된 건지도 모르겠는데.

그런 생각을 하면서, 나는 영귀의 사역마(인간형)이라 자칭하는 오스트를 동료로 맞아들였다.

"하나 더 물어볼 게 있는데 말이야."

"무슨 질문인지요?"

"성무기의 소지자라는 거창한 호칭도 그렇고…… 성무기라는 건 이 방패를 가리키는 이름이라고 봐도 되는 건가?"

"네. 현재는 사성무기라고 불리는 것들의 과거 호칭이랍니다."

"흐음……. 내가 상상한 그대로군."

그렇다면 권속기라는 건 뭐지?

"권속기는?"

"성무기에게 힘을 빌려주는 무기 소지자를 가리키는 호칭입니다."

힘을 빌려주는 무기의 소지자? 그런 녀석이 있었던가?

으음……. 내가 가진 지식의 범위 안에서만 따지자면, 칠성용사가 뇌리에 떠오르긴 하는데…….

"칠성용사라고 불리는 녀석들 말이야?"

"아마도……."

이쪽도 고풍스러운 호칭이라는 거군.

그나저나…… 이러면 사성과 칠성의 전설이 서로 이어져 있다고 봐도 되는 건가?

"아무래도, 저 역시 그렇게까지 자세하게 아는 건 아니라서……."

"알았어. 얘기는 이쯤 해 두고, 일단 포털을 타고 영귀가 있는 곳으로 날아가 보자고."

방패에 의식을 집중시켜서, 포털 실드를 발동시킨다.

사실 이건 굳이 소리 내서 방패 이름을 말하지 않아도 작동시킬 수 있단 말씀이지.

등록되어 있는 전송처가 시야에 표시된다.

등록 가능한 위치는 세 군데다.

그 이상 등록하면 오래된 것부터 지워지게 되어 있어서 관리가 성가시지만, 나도 그걸 허술하게 관리할 만큼 게으른 놈은 아니다.

그럼, 영귀를 해치웠던 곳으로…….

전송처를 선택하려던 바로 그때, 지직 거리는 노이즈가 시야를 가득 채웠다.

"뭐, 뭐야?"

저도 모르게 목소리가 튀어나온다.

"왜 그러세요?"

"영귀를 물리쳤던 곳으로 전이하려고 했더니 시야에 노이즈가……."

강제로 전송을 지시한다.

전송 불가.

그런 아이콘이 떠오른다.

큭…….

"전이 능력을 쓰시려는 거군요. 아마도 자기장의 영향 때문에 제 본체 주변에서는 전이가 불가능할 것입니다."

흔한 전개로군. 전송을 이용해서 영귀 주위로 갈 수는 없다는 건가.

여기서부터 가려면 시간이 얼마나 걸리려나……. 메르로마르크에서 출발하는 편이 빠를 것 같다.

"일단 메르로마르크로 이동하자. 우리 힘만 갖고 싸우는 것도 좀 그러니까."

"알았어요. 국가 분들이나 리시아 양이나 에클레르 양과 힘을 모아서 싸워요."

"분부 받들겠습니다."

오스트의 말투……. 어째 좀 옛날 사람 같은 구석이 있다니까.

예의가 바르다고 생각할 수도 있지만, 생긴 게 악녀 같아서 엄청나게 진지한 말투로 저렇게 대답하면 반응하기가 껄끄럽다.

외모와 성격이 완전 딴판이라니까.

"왜 그래, 주인님?"

나는 고개를 갸웃거리며 나를 올려다보는 필로로부터 홱하고 시선을 돌린다.

뭔가 마음을 들킨 것 같은 기분이 들었기 때문이다.

"그럼 메르로마르크로 가지."

나는 성의 정원을 전송처로 지정하고 동료들과 함께 도약한다.

전이해 간 지점에서는 여왕과 병사들, 그리고 리시아와 에클레르가 한창 출발 준비를 하는 중이었다.

"이와타니 님, 오셨습니까. 소식은 들으셨는지요?"

"그래. 영귀가 활동을 재개했다고 했던가?"

"네. 이와타니 님께서 귀환하시거든 저희끼리 재조사를 떠나려던 참이었습니다만……."

"운이 좋은 건지 나쁜 건지……."

활동을 재개한 그 자리에 여왕이 있었더라면 어떻게 됐을까?

죽었을 것 같아서, 생각만 해도 무섭군.

"연합군 쪽 상황은 어떻지?"

"영귀 주위를 수색하고 있던 자들은 긴급히 철수했습니다만, 일부는 제때에 대비하지 못했는지…… 연락이 두절되었습니다."

상황은 썩 좋지 않은 방향으로 흘러가고 있는 모양이다.

"그런데 거기 계신 분은…… 그 나라 왕의 첩이셨던 오스트 호라이 비(妃) 아니신지요?"

"네. 몇 번인가 뵌 적이 있었지요. 메르로마르크 여왕님……."

오스트가 여왕에게 가볍게 묵례하며 대답한다.

악녀 같은 이미지의 두 여인이 눈싸움을 벌이기 시작하……는 일이 벌어지는가 싶더니, 오스트가 부탁하듯 고개를 숙이고는, 그대로 꼼짝도 하지 않는다.

그 동작에 놀란 듯, 여왕의 눈이 휘둥그레져 있다.

진심으로 놀란 것 같은데? 이게 그렇게 신기한 광경인가?

"이번 일과는 도대체 어떻게 연관이 있으신 건가요? 당신이 제게 그렇게 고개를 숙일 줄은 생각도 하지 못했었는데요."

"아는 사이야?"

"세계회의 때, 그 나라의 왕이나 사신과 함께 몇 번인가 뵌 적이 있었던지라……."

"말하자면…… 정적으로서 싸웠던 사이입니다."

오스트가 솔직하게 대답한다.

"쇄국정책을 펴고 있었던 나라라고는 해도, 고위층들은 외국과의 회의에 나서는 경우도 있었으니까요. 뭐랄까…… 솔직히 말씀드리자면 재수 없는 여자를 연기했었지요."

아아, 악녀 구실을 해서 악정을 펼치게 만들려 했다고 했었던가?

지금의 태도만 봐서는 그런 건 상상도 안 가는데.

"그 나라의 비께서 어떤 경위로 이와타니 님과 동행하게 되신 건지?"

"메르로마르크의 암여우라 불리는 총명한 여왕님……. 방패의 성무기 소지자와 협조체제를 구축하고 계시니, 여왕님께서도 들어 주십시오."

오스트는 자신이 영귀의 사역마라는 것, 영귀의 본체가 누군가에게 탈취당했다는 것을 여왕에게 얘기했다.

그리고 영귀의 임무를 다하지 못했다는 것도 얘기했다.

오스트는 공적인 자리에서는 여전히 나를 방패 성무기의 소지자라고 부르는군.

여왕은 부채를 접어서 입가를 가린 채 생각에 잠겼다가 대답한다.

"원래부터 저희의 목표는 영귀의 목적을 저지하는 것이었으니까요. 신뢰는 하지 않겠습니다만, 거부도 하지 않겠습니다."

"나와 같은 의견이군. 그런 의미에서 본론으로 돌아가겠는데, 영귀를 물리쳤던 곳으로 갈 때 포털은 이용할 수 없을 것 같아. 여기서 다 같이 출발하는 게 좋겠어."

"이와타니 님 뜻대로……. 저희도 가는 수밖에 없는 것 같군요."

"가는 동안에 작전회의라도 하자고. 다들 준비는 끝났나?"

"출발 준비는 이미 완료된 상태입니다."

"그럼 출발하지."

내 목소리에 메르로마르크 병사들이 함성을 질렀다.

4화 폭군 영귀

메르로마르크 성에서 출발한 지 하루……. 영귀에 관한 정보는 그사이에도 속속들이 전해져 왔다.

현재, 영귀는 사람들이 많은 지역을 중점적으로 순회하고 있다고 한다.

다만…… 지난번보다도 더 강력한 공격을 내쏘아 대는 통에 막대한 피해가 발생하고 있다……. 그런 식의 보고가 들어오고 있다.

"현재, 영귀는 메르로마르크 국내에 침입, 조금씩 성을 향해 이동하고 있다고 합니다."

"그렇군요……."

마차 안에서 여왕이 지도를 펼치고 영귀의 현재 위치와 진행 방향을 가리킨다.

현재 위치에서 가까운데……. 조금만 더 있으면 시야에 들어오지 않을까?

"이미 국내에서도 상당한 피해가 발생했습니다."

여왕은 울분에 차서 말한다.

그건 나도 알고 있다. 어쨌거나 나도 메르로마르크 국내를 돌아다니고 있었으니까.

파괴당한 마을들도 다 내가 알고 있던 곳들이다.

"그나저나, 영귀는 올바른 퇴치법으로 물리치지 않으면 멈추지 않는다고 그랬던가?"

"네."

"지난번에는 머리통을 날려서 해치웠었는데?"

"아까도 말씀드렸지만, 그 정도는 얼마든지 재생됩니다."

"연합군 쪽에서도 같은 보고가 들어와 있습니다. 절단된 영귀의 몸통에서 머리가 돌아다니더니 몸을 일으켰다고 하더군요."

흐음……. 그 말을 뒤집어 생각해 보면, 머리를 날려 버리면 한동안은 재생에 힘을 쏟느라 움직임을 멈춘다는 거군.

그사이에 진짜 퇴치법을 찾아내야만 한다.

"칠성용사 쪽은 어떻게 됐지?"

칠성용사란 나를 비롯한 사성용사 이외의 전설의 무기 소지자들을 가리킨다.

우리와 마찬가지로 세계를 위해 싸우고 있다고는 하지만, 활동하는 지역이 달라서 아직 만날 기회가 없었다.

"영귀가 봉인되어 있던 국가에서 조사를 하고 있던 중이었기에, 여기까지 달려오려면 시간이 걸릴 거라고……."

"도움이 안 되는 놈들이군……."

뭐, 나도 용사들을 찾느라 칠성용사가 있는 나라로 가고 있던 중이었지만.

생각해 보면 어느 정도 그들 가까운 곳까지 와 있는 상태니까, 차라리 마중을 나가는 게 나으려나?

돌아올 때는 포털로 단번에 귀환할 수 있으니까.

하지만…… 문제는 칠성용사들이 어떤 모습을 하고 있을지 알 수 없다는 것과, 합류를 위해 지시를 내리려면 수고가 든다는 점, 그리고 칠성용사의 실력이다.

내가 아는 세 용사 놈들보다는 강하다고 듣긴 했지만…….

"이봐, 여왕."

"왜 그러시죠?"

"칠성용사는 어느 정도나 강하지?"

내 질문에, 여왕은 생각에 잠긴다.

뭐야, 그렇게 고민할 만큼 어려운 질문이었어?

"솔직히 말씀드려도 괜찮을지요?"

"그래."

"제가 본 바로만 따지면, 이와타니 님 만큼의 힘은 갖고 있지 않습니다. 물론 실력을 전부 다 본 건 아니라서 확답은 드릴 수 없습니다만."

"그렇군……."

"라프타리아 양이나 필로 양 정도의 힘은 갖고 있다고 생각합니다."

으—음……. 그 녀석들에게는 미안하지만, 그 정도 실력이라면 라프타리아나 필로만으로도 충분하다.

일손이 늘어나면 좋긴 하겠지만, 이번에는 우리끼리 일찌감치 먼저 가 있는 편이 좋겠군.

"지난번에 했던 것처럼……."

내가 여왕과 의논을 시작하려 한 바로 그때, 필로가 떠들어대기 시작했다.

"주인님! 저거!"

"뭔데 그래, 필로?"

마차 밖으로 고개를 내밀어서, 필로가 가리키는 방향을 쳐다본다.

그것은, 뭔가가 하늘을 향해 올라가는 모습이었다.

뭐야, 저건?

얼핏 보기에는 미사일처럼 보였는데, 이 세계에 미사일

같은 게 있는 건가?

중세 같은 느낌의 세계라고, 이 세계는…….

그런 생각을 하고 있으려니 주위의 숲에서 조류형 마물들이 푸드덕거리며 도망친다.

뒤이어 구름들이 마치 후욱 하고 옆으로 비껴나는 것처럼 보였다.

엄청나게 불길한 느낌이 드는데……. 그런 생각을 하고 있으려니, 하늘에서 거대한 꼬치 같은 것들이 수도 없이 쏟아져 내리기 시작했다.

그 꼬치들이 진행 방향 앞쪽에 있는 산 너머에 낙하한다.

그러자 꼭 전쟁 영화의 한 장면처럼…… 연속된 폭발음이 메아리치고, 무시무시한 폭풍이 이쪽을 향해 몰려왔다.

낙하 지점에는 불기둥, 아니 돔 형태에 가까운 폭발이 일어나고 있다.

그것도 하나가 아니다. 여러 개다.

마치 세계 그 자체를 통째로 날려 버릴 기세로 나무들이 타오르고, 대지가 파여 나가 있다.

내가 살던 세계로 치면, 지형 자체가 바뀔 정도의 대규모 폭격이라도 벌어지면 이렇게 될까?

그런 생각이 들 만큼 무시무시한 광경이었다.

"무, 무슨 일이 벌어진 거야?"

라프타리아와 필로도 나와 마찬가지로 멍하니 그 광경을

처다보고 있다.

"후에에……. 무서워요오."

"리시아, 겁먹으면 안 돼."

"성인님 말씀이 옳습니다. 보아하니 우리는 폭발이 일어난 바로 저곳으로 가게 될 것 같으니까요."

"후에에에에!"

아아, 진짜, 후방이 왜 이렇게 시끄러워?

"이봐……. 저거, 혹시 영귀의 공격이야?"

그럴 리가 없겠지. 내가 싸웠던 영귀는 저런 공격은 안 했으니까.

영귀가 가진 성가신 공격 방법이라고는, 산을 뚫어 버릴 만큼 강력한 전격을 내뿜는 것 정도밖에 없었다고.

응. 영귀와 싸우고 있는 연합군이 의식마법을 사용한 거라고 생각하는 편이 현실적이겠지.

"저기…… 집단합성의식마법 중에 '운석'이라 불리는 것이 있습니다. 앞서 간 연합군이 사용한 것으로 보입니다."

"으~응?"

식은땀을 흘리며 얼버무리는 여왕과는 딴판으로, 필로는 고개를 갸우뚱거리고 있다.

도대체 왜 그러는 건데? 저게 아군의 공격이 아니라면 보통 문제가 아니라고.

"있잖아, 주인님."

"왜 그래?"

"아마 아닐 것 같아. 마법이랑은 뭔가 다른 느낌이 들어."

"아니, 아니, 저게 마법이 아니라면 도대체 뭐라는 거야? 내 세계에나 있는 중화기 수준이라고!"

"설마……."

오스트가 공포에 질린 얼굴로 폭발이 일어난 방향을 바라본다.

"아무래도, 방패 성무기의 소지자님이 상상하신 게…… 옳은 것 같습니다."

뭐야……. 저게 영귀가 쏜 공격이라고?

이윽고 마차는 전망이 탁 트인 공간으로 나왔다.

거기에는…….

"어이, 영귀라는 건, 그 산처럼 거대한…… 그냥 걸어 다니면서 피해를 일으키기만 하는 마물 아니었어?"

"제 본체는 점거당한 상태입니다……. 방패 용사님, 부디 저를 처치해 주십시오."

내 시야에는, 영귀가 걸어 다니는 모습이 보이고 있었다.

다만, 지난번에 보았던 영귀의 모습은 온데간데없이…… 마치 광견병에라도 걸린 것처럼 벌린 입에서 침을 질질 흘리고, 눈은 새빨갛게 충혈된 채로 쿵쿵거리며 돌아다니고 있다.

예전에는 분명 등에 짊어진 등딱지에 도시의 잔해 같은

것이 있었는데, 이동하는 와중에 떨어져 나갔는지…… 아니면 성장의 영향으로 떨어져 나간 건지 모르지만, 상당히 줄어들어 있었다.

거기에 있는 것은, 흉악하면서도 날카로운 거대한 가시가 돋아난 등딱지를 짊어진…… 거대한 거북 괴물이다.

지난번보다도 훨씬 더 파워업했잖아.

폭군 영귀라는 표현이 어울릴 법한 거구가 지난번보다 더 빠른 속도로 걸어 다니고 있다.

게임 밸런스가 완전 개판이잖아. 내가 승리한다는 게 아예 상상도 안 간다고!

그런 생각을 하고 있으려니, 문득 영귀가 멈춰 섰다.

"뭐야?"

그 직후, 등에 돋아있던 가시가 꿈틀대더니, 푸슉 하고 천공을 향해 수도 없이 사출된다.

얼마 뒤, 영귀가 내쏜 가시들이 하늘에서 쏟아져 내렸다.

아까 보았던 것과 같은 거대한 폭발이 영귀 주위에서 전개되었다.

으음……. 광범위 폭격?

뭐 이런 성가신 공격을 습득한 거냐?!

방금 그 공격에, 근처에 있던 도시가 흔적도 없이 날아갔다.

……예전에 했던 게임에 이것과 비슷한 공격을 하는 녀

석이 있었지.

지구를 날려 버리는 느낌으로.

이 녀석과 맞서 싸워야 하는 건가……. 게임이었다면 그야말로 끝판왕에 해당될 것 같은 놈이다.

하지만 이건 게임이 아니라 이세계의 현실이다. 이 녀석을 물리친다고 끝나는 게 아니다.

피트리아의 얘기에 따르면, 저걸 보고도 모른 척 방치하면 파도가 잠잠해지고 영귀는 결국 잠들게 된다고 한다.

하지만 영귀의 의지…… 혹은 분신이기도 한 오스트가 얘기하길, 지금은 영귀의 본체가 강탈당한 상태라고 했다. 그 이야기가 사실이라면, 저 녀석은 퇴치되지 않는 한 멈추지 않을 것이다.

이대로 두면 세계가 영귀의 공격을 받아 멸망하는 꼴이 될 지경에 처한 것이다.

하아……. 이런 적을 상대로 용사가 앞에 나서지 않으면 누가 맞설 수 있겠는가?

"좋아! 연합군은 어디 있지?"

작전회의를 하기 위해서, 나는 전망이 탁 트인 곳에서 연합군의 현재 위치를 찾는다.

……어디 있는 거야? 주위가 잔해로 뒤덮여서 안 보이잖아!

"저쪽이에요!"

여왕이 가리키는 쪽을 보니, 연합군이 영귀를 멀찍이 포위하는 형태로 분산 대형을 취한 채 이동하고 있는 것 같았다.

알 것 같다. 영귀는 생명체가 많은 곳을 노리는 습성을 갖고 있다. 분산 대형을 취해서 타깃을 혼란시키려는 건가.

"일단 합류를 서두르자고. 필로!"

"응!"

우리는 서둘러서 연합군 진지를 향해 이동을 개시했다.

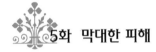

5화 막대한 피해

지난번에 영귀와 싸웠을 때보다 더 넓게 분산된 느낌의 연합군……

유도가 성공한 건지, 피해는 발생했을지언정 사망자는 적은 모양이다.

이번에는 마차 한 대에 모여서, 이동하면서 회의를 벌이기로 했다.

나와 여왕, 그리고 오스트가 궁지에 내몰린 연합군의 마차로 들어간다.

"이렇게 협소한 곳으로 모셔서 죄송합니다."

지난번에 나에게 경례했었던 연합군 간부 하나가 미안해

하며 말했다.

"지금은 비상사태잖아. 신경 쓸 것 없어."

"비행선을 준비했더라면 좋았을 테지만……."

"그런 것도 있는 건가……."

하긴, 있을 법도 하지. 이세계니까.

"포브레이 쪽에서 파견해 주면 사용할 수도 있습니다. 현재, 이쪽으로 오는 중이라고 합니다만……."

메르로마르크에 도착하려면 아직 시간이 더 걸린다거나, 뭐 그런 거겠지.

칠성용사는 그걸 타고 오는 건가?

"있지도 않은 것에 기대를 걸어 봤자 헛수고야. 현재 상황은 어떻게 돌아가고 있지?"

"영귀가 활동을 재개한 후 저런 모습으로 변모했습니다. 멀리서는 확인하기 힘들지만, 등딱지 위의 도시는 아직도 존재합니다."

"그렇군."

가시에 가려서 안 보이는 것뿐이었나 보다.

"연구반이 수집해 온 자료의 복사본이 여기 있습니다."

그렇게 말하면서, 엄청나게 두꺼운 자료 뭉치를 쿵 하고 내 앞에 내려놓는다.

내용물을 확인해 보니 영귀 위에 있는 도시에서 발견된 현상들이 빼곡하게 적혀 있다.

하지만 지금은 그걸 확인하고 있을 시간이 없다.

뭐, 이런 일들은 똑똑한 녀석들한테 읽으라고 시키면 되겠지.

"나중에 한번 훑어봐. 덤으로 리시아한테도 가져다줘. 그 녀석은 이쪽 방면에서 도움이 될지도 모르니까."

"분부 받들겠습니다."

"그런데…… 방패 용사님 뒤에 계신 분은?"

"아아, 영귀의 사역마라는군."

"네?!"

연합군의 간부 녀석들이 경악한 표정을 짓고 있다.

하긴, 그럴 만도 하지.

"그 나라에서는 오스트 호라이라는 이름을 쓰고 있습니다. 기억해 두시길."

오스트가 예의 바르게 고개를 숙이니, 연합군 간부 녀석들은 입만 뻐끔거리며 그녀를 삿대질하고 있다.

그리고 우리는 연합군 간부 녀석들에게, 영귀가 자신의 역할을 다하지 못한 채 누군가에게 몸을 점거당하고 말았다는 것을 얘기했다.

"그럼, 저 영귀에게, 저희가 미처 상정하지 못한 문제가 발생했다는 겁니까?"

"그런 셈이지. 하지만…… 어찌 됐건 물리칠 거니까 문제 될 건 없어."

"하, 하긴 그렇습니다만……."

"여러분의 협력을 구하고자 합니다."

"누구 마음대로?! 네놈과 영귀 때문에 얼마나 많은 사람들이 죽었는지 알기나 하는 거냐?!"

"그 점을 알면서도 희생을 발생시키려 했던 것입니다. 하지만, 이것도 제가 만들어진 목적인지라…… 목적을 완수하기 위한 범위 안에서 했던 일이라면…… 사죄는 하지 않겠습니다."

여왕이 사이에 끼어들어서 오스트와 간부들을 노려본다.

"말하자면 이자는 우리와는 다른 방법으로 세계를 구하려 하던 자…… 지금은 싸워야 할 때가 아닙니다. 함께 사태를 수습하기를 원하는 자니까요."

……좀 억지스러운 논리군. 간부들도 납득하지 못하는 표정이다.

"원래는 용사들이 너무 약해서 세계를 구해내지 못할 경우에 대비한 안전장치였을 거야. 그야말로 희생을 강요하는 영귀의 대변자인 셈이지."

나의 그런 옹호를 무시하고, 단죄의 목소리가 울려 퍼진다.

"지금 당장 그 자식을 제물로 바쳐야 해!"

오스트는 조용히 눈을 감고, 자신의 옷을 꼭 붙든 채 욕지거리를 참아내고 있다.

"희생이라……."

나는 연합군 녀석들을 향해 가만히 뇌까린다.

"그럼 네놈들은 아무런 희생도 안 내고 세계를 구할 수 있을 거라고…… 진심으로 생각하고 있는 거냐?"

내 말에 간부 녀석들이 고개를 갸웃거린다.

무슨 소리를 하는 건지 도통 이해가 안 간다는 표정들을 하고 있군.

이쯤 되니 나도 슬슬 넌덜머리가 나서 인내심의 한계를 시험받는 기분이다.

지난번에 영귀와 싸울 때는 온갖 폼을 다 잡았었지만, 이렇게 계속 거만하게 나온다면 한 번 못을 박아 둘 필요가 있겠다는 생각이 든다.

"이봐……. 자기들이 위험에 처하니 용사에게 의지해야겠다면서 멋대로 소환하고, 용사에게 도움을 청하는 너희는 말이야…… 자기들이 용사를 희생시키고 있다는 자각을 갖고 있긴 한 거냐?"

"용사를…… 희생시킨다?"

"소환된 용사가 문제를 해결하는 건 당연한 거 아닌가!"

아아, 거기부터 인식을 바로잡아야 한다는 거군.

스스로의 입장을 이해 못하고 있는 녀석들이 많아서 골치가 다 아플 지경이다.

"내 말은, 용사에게 희생을 강요하는 너희가 하는 짓도 본질적으로는 영귀가 하는 짓과 다를 게 없다는 얘기야."

"뭐가 어째?!"

"내 말이 틀렸나? 너희는 용사를 소환해서 세계를 구해달라고 부탁했지. 그런 생각을 한 걸 보면, 용사를 제물로 삼아서 세계를 구할 수 있다면…… 너희는 주저 없이 그렇게 할 거 아냐?"

"으……."

내 말의 의미를 깨달은 간부 녀석들의 절반이 입을 다문다.

나머지 절반은 격앙된 표정으로 입을 모아 소리쳤다.

"용사에겐 세계를 위해 싸워야 할 의무가 있단 말이다! 그게 무슨 잘못이라는 거냐!"

나도 모르게 한숨이 나온다.

지난번에 싸웠을 때는 폼을 잡으면서 '용사란 마음이다. 그 어떤 절망적인 상황에서도 포기하지 않는 마음, 사람들을 지키고자 하는 의지가 바로 용사다!' 라느니 하는 소리를 지껄였었지만, 이제 그것도 철회해야 하는 건가?

"용사란 용기 있는 자의 칭호……. 힘을 갖고 있기에 사람들을 위해 싸우지만……. 너희의 장기짝은 아니야. 아무리 경이적인 힘을 갖고 있다 해도, 결국은 인간이야. 제물이 아니라고."

제물이라는 말에, 연합군 간부들의 얼굴에 곤혹스러운 빛이 깃들었다.

남의 힘에만 의존하고, 사사건건 용사에게만 의지하는 세계에 사는 녀석들이니까. 그 점을 찔리면 쓰라릴 법도 하다.

"네놈들도 마찬가지 아냐? 네놈들이 영귀에게 희생당해서 죽으면 세계를 구할 수 있어. 그게 뭐가 이상하다는 거지?"

내 대꾸에 화내고 있던 자들이 퍼뜩 제정신을 차린다.

"이 세계 사람들과 용사는 다르니까 괜찮다는 식으로 딴 죽을 건다면, 나는 네놈들에게 아무런 힘도 안 빌려줄 거야. 네놈들이 다 죽어 없어진 후에, 내 말의 의미를 이해하는 녀석들이랑 같이 영귀를 해치울 건데, 그래도 괜찮겠나?"

"크윽……."

"방패 용사님……."

오스트가 고개를 들어서 묵례한다.

사이에 끼어들었던 여왕이 입을 연다.

"지금은 책임 문제를 따질 때가 아니라고 생각합니다. 본래 영귀는 세계를 위해서…… 인도적인 방법은 아닐지라도, 그 목적을 위해 행동하는 마물. 그런데, 지금 그 영귀가 역할을 완수하지 못하게 된 채로 날뛰고 있습니다. 어느 쪽이건, 그 영귀를 해치우는 것 이외에 저희가 해야 할 일이 있나요?"

여왕의 말에 주위는 정적에 잠겼다.

그렇다. 영귀를 퇴치한다는 해답은 결국 달라지지 않는 것이다.

영귀에게 목숨을 바쳐서 세계를 구해낸다는 선택지는 이

제 없어진 셈이다.

"이 사실을 몰랐다고 해도 저희가 할 일에는 차이가 없습니다. 이와타니 님의 말씀대로, 오스트 비의 정체 같은 건 아무런 문제도 되지 않는 것이지요."

"그럼…… 어떻게 하면 되겠습니까? 솔직히, 지난번에 싸웠을 때도 저희는 영귀를 상대로 속수무책 아니었습니까?"

"우리가 할 일은 하나밖에 없잖아? 지난번에 했던 것처럼 우리가 앞장서서 영귀의 머리를 날려 버려서 시간을 버는 거지."

"하, 하지만……."

확실히 지난번보다도 공격이 격렬해진 상황이니…… 내가 영귀의 공격을 버텨낼 수 있을지 장담할 수 없다는 문제점은 있겠지만.

"오스트도 영귀 퇴치법은 모른다고 했었지?"

"네……. 제 역할은 영귀의 선봉으로 활동하는 것으로, 어디까지나 봉인 해제 방법에 대한 힌트를 용사들에게 제공하고 죽을 운명이었으니까요."

썩 믿음직하지는 않지만 없는 것보다는 낫다고 생각하는 수밖에 없겠지.

"그래도 혹시 뭔가 알고 있는 거 없어?"

"궁정에서 왕족에게 접근하면서 영귀에 대한 전승을 배우기는 했습니다만……."

"그럼 리시아…… 내 마차에서 인형옷을 입고 있는 여자랑 얘기를 해 봐. 네 얘기를 통해서 뭔가 힌트를 찾아낼 수 있을지도 몰라."

"알겠습니다."

오스트는 우리가 타고 있던 마차 쪽으로 돌아왔다.

그 움직임이 어쩐지…… 신비로운 느낌이 드는데.

중력을 느낄 수 없는 사뿐한 걸음걸이로, 마치 공중에 떠 있는 것처럼 마차로 돌아갔다.

뭐랄까, 인간의 차원을 벗어난 것 같은 움직임을 보인다. 이것도 영귀의 사역마(인간형)이기에 가능한 행동인가?

"여왕도 나중에 얘기에 참여해 줘."

"네. 영귀 전승이라……. 관심이 가네요. 뭔가 좋은 방안이 떠오르면 좋을 텐데요."

여왕은 전승 탐구가 취미인 것 같으니까……. 지금 이 상황이 여왕에게는 취미와 실익 둘 다 얻을 수 있는 일석이조의 기회일지도 모른다는, 별 의미 없는 생각이 뇌리를 스친다.

"우리 쪽에서도 얘기를 해 볼 필요가 있어. 진형은 그렇다 쳐도, 지난번보다도 더 강력한 공격을 무슨 수로 헤쳐 나갈지……."

"네. 우선은 지난번에 했던 것처럼, 싸움에 적합한 위치로 유인하는 게 좋을 거라고 생각합니다."

"피난 유도 상황은?"

"아무래도 영귀의 움직임이 워낙 빠르다 보니, 좀 늦어지는 것 같습니다."

지난번과 딱히 크게 달라진 건 없는 건가.

"하지만 눈앞의 연합군 쪽에 정신이 팔려 있는 만큼, 시간은 지난번보다 더 충분히 벌 수 있을 것입니다."

"그렇다면야 좋겠지만 말이지……."

지난번에는 연합군보다는 다른 도시를 더 중점적으로 노렸으니, 그나마 지금이 조금 양호한 상황이라고 할 수 있으려나?

"영귀 본체의 공격이 워낙 맹렬해서, 그 반작용으로 영귀의 사역마들이 적고…… 가끔씩 움직임을 멈추는 덕분에 유도 자체는 순조롭게 진행되고 있습니다. 지난번에 방패 용사님께 쏘았던 공격은 아직까지는 사용하지 않고 있는 덕분에…… 그럭저럭 버티고 있습니다."

"뭐……. 그렇게 강한 공격을 쏴대니 그럴 만도 하지……."

지난번에도 자신의 사역마들까지 말려드는데도 아랑곳하지 않고 우리를 공격해 댔었다.

그런 공격을 하면서 아군과 적군을 분간할 여유까지 있을 리는 없다.

사정거리는 생각보다 짧다는 게 불행 중 다행일까?

응? 움직임이 멈췄잖아?

그렇게 생각하며 뒤쪽을 돌아보니, 영귀가 멈춰 서서 멍하니 넋을 놓고 있었다.

거기에 맞추어 마차가 멈춰 선다.

"한번 멈추면 짧게는 30분에서 길게는 2시간까지 움직임을 멈춘다고 합니다."

"흐음……."

하긴, 쉴 새 없이 움직였다면 연합군도 도망칠 수 없었겠지.

군인들의 스태미나가 고갈되거나, 마차의 경우에는 말이나 필로리알 등이 지쳐서 나자빠질 테니까.

"접근전을 벌일 경우…… 녀석이 무슨 짓을 벌일지 모르니까 세심하게 주의를 기울여 줘."

"지시하신 대로 하겠습니다, 이와타니 님……."

결국은 무슨 수를 써서든 시간을 버는 수밖에 없는 건가.

그렇게 생각하면서, 연합군 녀석들과 함께 구체적인 의논을 나누었다.

회의를 마치고 내 마차로 돌아온다.

"어서 오세요. 작전은 어떻게 됐나요?"

라프타리아가 곧바로 회의 내용을 물어보았다.

에클레르와 할망구는 여왕 쪽에 가서 질문하고 있다.

리시아와 오스트는 각각 자료를 손에 든 채 대화를 나누고 있는 것 같았다.

"좀 더 전진한 후에 싸우기로 했어. 다음에 영귀가 걸음을 내딛는 게 작전 개시 신호가 될 거야."

아, 참고로 영귀는 걸음만 멈추고 있을 뿐, 두리번두리번 주위를 둘러보며 경계를 늦추지 않고 있는 것 같았다.

접근하면 바로 움직임을 보인다고 하니, 섣불리 나서는 건 위험할 것 같다.

그건 그렇다고 쳐도…… 멈춰 있는 영귀 주위가 어째 좀 이상하게 느껴진다.

내 의문에 대답하듯이, 오스트가 자리에서 일어섰다.

"대지의 힘을 흡수해서, 아까 그 공격을 내쏘기 위한 준비를 하고 있는 것 같습니다. 조심하십시오."

"아까 그 공격이라는 건, 등에 돋은 가시를 사출하는 거 말이야?"

"네."

오스트만이 느낄 수 있는 건지도 모르겠군.

"지금 이 틈을 타서 공격에 나서는 게 좋을까?"

"당장 공격이 가능하다면 그게 좋겠지만, 그게 무리라면 하지 않는 게 좋을 것입니다."

"그건 왜지?"

"조금 더 이동하면 대지의 힘이 적은 지역이 나옵니다. 거기까지 가면 보충되는 대지의 힘도 적을 것입니다."

"호오……. 그런데 그 대지의 힘인지 뭔지 하는 건 뭐지?"

"인간의 언어로 표현하자면 경험치……. 그리고 대기에 녹아 있는 마력. 이 두 가지를 가리킵니다."

흐음, 오스트는 말투는 고리타분하지만 여러모로 세계에 대해 잘 알고 있는 것 같군.

"그럼 기다리는 게 최선의 방책이라는 거지?"

"네. 이쪽도 최대한의 준비를 갖춰 두는 게 좋을 거라고 생각합니다."

"알았어."

뭐, 준비해 둬서 나쁠 건 없다.

지금까지 그랬듯이, 우리가 할 수 있는 것들을 하나하나 해 나가면 된다.

"조금만 더 있으면…… 다시 영귀와 맞서 싸우게 되겠네요."

"그래. 가능하면 지난번에 했던 것처럼 머리통을 날려 버려서 시간을 벌면 돼."

아직 제대로 된 퇴치 방법을 찾아내지 못했다.

라프타리아, 필로와 힘을 모아서 시간만 벌면 될 거라고 생각하지만, 아무래도 일말의 불안감이 가시지를 않는다.

우리는 멀리서 영귀를 바라보며, 그저 시간이 지나기만을 조용히 기다리는 수밖에 없었다.

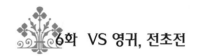# 6화 VS 영귀, 전초전

그 후로 한 시간이 경과했을 무렵.

"영귀가 움직였어~."

마차를 끄는 필로가 떠들기 시작했고, 나는 마차 뒤쪽에서 고개를 내밀어 영귀를 살펴본다.

그러자 영귀가 다시 붉게 물든 눈으로 이쪽, 즉 연합군이 있는 방향으로 발걸음을 옮기기 시작했다.

"이제 곧 전투에 들어가게 되겠군요. 이와타니 님, 무운을 빌겠습니다."

오스트, 리시아와 얘기를 나누고 있던 여왕이 마차에서 내린다.

나는 이 한 시간을, 자료를 대강 훑어보는 데에 몽땅 소모하고 말았다.

성가신 비유며, 메르로마르크에서는 사용되지 않는 문자를 인용한 부분이 많아서, 자료 자체를 해독하는 작업처럼 되어 버렸기 때문이다.

몇 나라의 언어로 기록되어 있는 자료인지는 모르겠지만, 그걸 당연하다는 듯 읽고 있는 리시아와 여왕은 변태가 분명하다.

물어보면 가르쳐주지만, 그것만으로도 시간이 낭비된다.

중간중간 알고 있는 글자로 적혀 있는 부분만 읽었다.

오스트 역시 영귀가 언제쯤 봉인되었는지 하는, 국가의 자료에 나와 있는 정도의 지식밖에 없는 수준.

게다가 오랜 세월 속에 소실된 것이 많다는 얘기에는 황당하기까지 할 지경이었다.

얼마나 오래전에 봉인된 괴물인지는 모르지만, 소실이라니…….

여왕이 그 사정에 대해서 얘기해 주었다. 여러 번의 전쟁 끝에 불타 버렸다고 했던가?

국가의 전승이니 자료니 하는 건, 그 국가 자체가 사라져 버리면 자세하게 조사할 길이 없긴 하지.

영귀의 등에 있었던 나라는 두 번의 전쟁 때문에 국가 자체가 변해 버렸다고 한다.

게다가 한때는 칠성용사의 무기가 잠들어 있다는 전승까지 있었지만, 그 칠성무기도 새로운 용사들이 나타나는 바람에 이동했다는 것이다.

그 과거의 전승을 빌미로 용각의 모래시계도 없으면서 칠성용사를 내놓으라고 우겨댔다고도 하고……. 어느 세계에나 역사를 확대 해석하는 나라는 존재하는 법이군.

"그래서? 자세한 사정은 알아냈어?"

"후에…….."

화들짝 놀라는 바람에 리시아의 목소리가 뒤집혔다.

화내는 것도 아닌데 뭘 그렇게 놀라는 거냐.

이 반응으로 미루어 보면, 확신이 없는 정보거나 나한테 얘기하기 곤란한 정보거나 한 건가?

"그게 있죠, 영귀 퇴치법 말인데요……. 영귀의 몸속에 침입하는 방법이 있대요."

"…………."

그거 혹시, 저 영귀에 올라타서 확인하고 오라는 소린가?

영귀가 푸슉 하고 미사일 같은 가시를 주위에 흩뿌리기 시작한다.

폭발로 발생한 빛 때문에 내 그림자가 리시아를 가린다.

단지 그것뿐이었지만, 리시아는 내가 화를 내고 있다고 제멋대로 착각한 듯 바들바들 떨고 있다.

"후에에…… 과거의 용사님이 남긴 신문(神文)에도 그렇게 나와 있다고 하는걸요오……."

신문……. 용사가 남긴 글 말이지?

일본어로 적혀 있는 경우도 있어서, 이 세계 사람들은 거의 읽지 못한다.

하지만 다른 용사의 세계에도 저마다의 일본어가 있고, 다른 세계의 일본어는 문법이 다른 경우도 있을 테니, 나라고 해서 제대로 읽을 수 있을지 어떨지는 의문이다.

지난번에 영귀의 등에 있는 나라에서 발견한 문자는 리시아가 얘기한 신문과는 다른 내용이었지만, 어쨌든 나는 읽을 수 있었다.

"오스트……. 넌 읽을 줄 알아?"

"아무래도 거기까지는…….."

"자료 중에 스케치 같은 건 없고?"

"후에에에……."

하긴, 상당히 망가져 있었으니 얼핏 보면 그냥 돌멩이와 다를 게 없었을 것이다.

판별이 어려운 것도 이해가 간다.

영귀가 움직임을 멈춘 사이에 조사를 마쳐야 했을 거 아냐.

그런데 리시아가 내민 자료의 한 페이지에 스케치가 적혀 있었다.

뭐야, 어느 정도는 조사해 봤던 거냐.

가까스로 읽을 수 있는 부분이 있다. 다른 부분은 깨져 나갔는지, 적혀 있지 않다.

목적은 파도에 의한 세계 · ·의 저지

세계 · ·의 저지?

뭘 저지하는 거지? 붕괴? 멸망? 세계를 지키기 위해 결계를 치는 거 아냐?

"오스트, 영귀의 목적은 세계를 지키기 위해 결계를 만들어내는 거 맞지?"

"네. 저는 그렇게 알고 있습니다."

하지만 이 비문을 읽어 보면 다른 의미로 받아들일 수도 있다.

파도에는 뭐가 있는 거지? 정체를 파악할 수가 없다.

영귀의 수수게끼를 조사하다 보면 결국은 파도의 수수께끼에 다다르게 된다.

"영귀의 목적이 '파도에 의한 세계' 다음에 나올 무언가를 저지하는 거라는데, 짐작 가는 거 있어?"

"죄송합니다. 저는⋯⋯."

으음⋯⋯. 뭐, 여기서 이런 생각을 해 봤자 의미 없는 짓이겠지. 싸움이 끝난 후에 조사해 보면 될 일이다.

어쨌거나 용사가 남긴 비문의 잔해가 여기에 잠들어 있다는 건 확실해 보이는군.

"알았어. 일단은 영귀의 움직임을 멈춰 놓고, 등에 쳐들어가서 퇴치 방법을 조사해 보도록 하지."

"알았어요."

"알겠습니다."

필로도 마차 밖에서 "알았어~!"라고 기운차게 떠들고 있다.

리시아는 정신 사납게 "후에에."거리고 있고, 에클레르는 검의 칼자루를 움켜쥐고 있었다.

할망구는 손가락의 관절을 꺾으며 전투태세에 들어가 있다.

"좋아! 필로는 마차를 끌고 영귀 바로 앞까지 폭주! 단숨에 영귀 눈앞까지 가야 해. 다들 마차에서 떨어지지 않도록 조심하라고!"

이렇게 해서 우리는 급속 전개로 영귀를 향해 내달리기 시작했다.

"너희, 내가 만들어낸 결계 밖으로 벗어나지 않게 조심해! 유성방패!"

내 주위에 투명한 결계가 전개된다.

유성방패가 있는 이상, 영귀의 공격은 막아낼 수 있을 것이다.

영귀는 급속도로 접근하는 우리를 발견하고 그 거대한 머리를 아래로 향한다.

지난번에는 그 입으로 전격을 내쏘았지만, 지금은 그럴 기색은 보이지 않는다.

푸숫 하고 등에 달린 등딱지에서 가시를 사출해 낸다.

"토옷~!"

필로가 능숙하게 마차를 좌우로 이동시켜서, 날아드는 가시를 회피한다.

풍경이 순식간에 눈앞을 스쳐 지나간다. 도대체 얼마나

속도를 내서 내달리는 거냐.

바퀴가 덜컹덜컹 비명을 내지르고 있다.

뭐, 국가에서 준 임시 마차지만.

서서히 영귀의 거구가 다가오는 이 감각은, 일본에서는 맛볼 수 없는 느낌이군.

산까지 난 일직선 도로를 고속으로 내달려 가면 이런 느낌이 들지도 모른다.

쿵쾅쿵쾅 뒤흔들리는 마차 속에서 뒤를 돌아보니, 라프타리아와 에클레르가 진동과 악전고투를 벌이고 있다.

그런 상황에서 손을 내밀어준 것이 바로 오스트였다.

뭔가 의식을 집중하는가 싶더니, 마법을 영창하기 시작한다.

『나, 오스트 호라이가 하늘에 명하고, 땅에 명하고, 이치를 끊고, 연결하여, 고름을 토해내게 하노라. 나의 힘이여, 내 앞에 있는 자들의 중력을 완화하라!』

"중력반전, 부유!"

둥실 하고 라프타리아와 에클레르가 마차 안에서 떠올랐다.

그 덕분인지, 덜컹덜컹 흔들리는 마차 안에서 자세 제어를 하지 않고도 견딜 수 있었다.

"이건……."

"들어 본 적이 없는 마법이네요."

"마물들 중 일부만이 영창할 수 있는 것인데, 인간들 사이에서는 실전된 마법이라고 전해지는 마법입니다. 바로 전투에 들어갈 수 있도록 제 힘을 이용해서 몸을 띄워 드렸습니다."

"편리한 마법이군."

말하자면 일종의 전용마법 같은 건가?

필로는 못 쓰려나?

필로가 끄는 마차의 승차감은 워낙 형편없다고들 하니까, 그걸 사용하면 편리할 텐데.

"이번 마법은 제 힘을 행사한 것이라, 매개체에 따라 효과가 달라지는 마법입니다만……."

"그런 거야?"

"네. 저는 스스로의 중력을 조절할 수 있는 힘을 갖고 있는데, 이 마법은 그 범위를 확장한 것에 불과합니다."

그러고 보니, 아까도 둥실 뜬 것 같은 느낌으로 마차 사이를 이동했었지.

뭔가 인간을 초월한 행동 같다니까.

"만약…… 찬찬히 얘기할 시간이 생긴다면, 방패 용사님께도 가르쳐드릴까요?"

"나도 쓸 수 있는 거야?"

"축복을 해야 할 필요가 있지만, 사용하실 수 있도록 해 드리겠습니다."

흐음……. 그렇다면 편리할지도 모르지만, 공격마법 같은 건 못 익히는 것 아닐까?

나는 회복이나 지원마법 이외에는 적성에 안 맞으니까 말이지.

"아, 하지만 혹시라도 저처럼 스스로의 힘을 끌어내시면 안 됩니다. 자칫 잘못 사용하면 죽을 수도 있고, 인간의 마법이 더 효율적이니까요."

"호오……."

"본래는 대지나 물, 광석 등에서 힘을 뽑아내는 마법이라, 매개체에 따라 효과가 달라진답니다."

뭔가 게임 같은 곳에서 본 적이 있는 것 같은 계통의 마법이군.

아니, 그 이전에 테리스도 비슷한 마법을 썼던 것 같다.

테리스의 마법은 보석…… 액세서리를 매개체로 사용했었다. 장비하고 있던 보석이 빛을 내며 호응하는 것 같았으니까. 그것과 비슷하다.

"보석 같은 것의 힘도 끌어낼 수 있는 건가?"

"네, 할 수 있습니다. 보석은 쉽게 힘을 끌어낼 수 있는 매개체지요."

좋아, 테리스가 쓰던 마법의 정체가 이거였군. 상당히 쓸모가 많은 마법처럼 보였으니, 사용할 수 있게 된다면 여러모로 편리할 것 같다.

잘만 되면 나도 공격마법을 쓸 수 있게 될지도 모르겠군.

근본적으로 힘의 매개체가 나 자신이 아니니까 말이지.

"알았어. 나중에 가르쳐줘. 시간이 있으면 말이지."

"네……."

"뭐, 뭔가 새로운 마법에 대한 논의를 들은 것 같은 기분이 든다만."

에클레르가 나와 오스트를 번갈아 쳐다보면서 중얼거린다.

"오스트 양 덕분에 편하게 대기할 수 있는 거니까 좀 가만히 내버려 두자구요."

라프타리아가 에클레르에게 주의를 주었다.

뭐, 에클레르가 얘기에 끼고 싶어 하는 것도 이해는 간다.

아까부터 필로가 오른쪽으로 갔다가 왼쪽으로 갔다가 거칠게 마차를 몰면서 영귀의 공격을 회피하고 있다.

가끔씩 공격에 얻어맞지만, 가까스로 유성방패가 튕겨내준 덕분에 큰 문제는 없다. 하지만 마차 안은 완전히 뒤죽박죽이 되어 버린 상황이다.

섣불리 벽에 손을 짚을 수도 없다.

오스트의 마법이 없었더라면, 영귀의 눈앞에 도착했을 때에는 눈이 핑핑 돌아서 몸도 못 가누는 지경이 됐을지도 모르겠군.

"그, 그러지."

그런 얘기를 하는 동안, 영귀의 얼굴이 눈앞까지 닥쳐와 있었다.

"라프타리아, 필로……. 단숨에 끝내자. 준비해 둬. 에클레르와 할망구는 영귀의 공격을 요격하고, 리시아와 오스트는 마법으로 지원해!"

모두는 내 지시에 고개를 끄덕이고 공격 준비를 한다.

"━━━━━━!"

영귀의 강렬한 범위 공격. 하늘에서 가시가 쏟아져 내린다!

"실드 프리즌! 에어스트 실드! 세컨드 실드! 드리트 실드!"

마차를 중심으로 실드 프리즌을 만들고, 그 상공에 세 장의 방패를 전개.

"유성방패!"

나는 거기에 다시 유성방패를 이용한 방어막을 쳐서, 영귀의 공격에 대비한다.

그러는 사이에 라프타리아와 필로가 앞장서서 필살 공격 준비에 들어가고, 나는 마차 모서리에 서서 방패를 들어 올린 채 마법을 사용한다.

"쯔바이트 아우라!"

라프타리아와 필로에게 각자의 모든 능력치를 상승시켜 주는 마법을 걸어 준다.

동시에 오스트와 리시아가 마법을 사용하기 시작했다.

"후에에……. 힘내세요. 퍼스트 파워!"

『나, 오스트 호라이가 하늘에 명하고, 땅에 명하고, 이치를 끊고, 연결하여, 고름을 토해내게 하노라. 나의 힘이여, 내 앞에 있는 자들에게 힘을 주어라!』

"금강력!"

불끈하고, 라프타리아와 필로에게 힘이 부여된 것 같은 느낌이 든다.

리시아 쪽은 바닷물에 물방울 하나 더하는 수준인 것 같지만, 오스트의 마법은…… 상당히 강력한 거 아닌가?

영귀의 공격이 명중한 건지, 쩌억 하고 방패에 충격이 몰아쳤다.

세 장의 방패가 파괴되고, 프리즌까지 깨져 나가서 시야가 트인다.

주위는 아직도 폭발이 끝나지 않은 듯, 폭풍이 몰아치고 있었다.

유성방패가 가까스로 버텨 주고 있지만 언제 파괴돼도 이상할 게 없다!

게다가…… 영귀 녀석은 지난번에 쏘았던 공격을 이쪽으로 날릴 준비를 이미 완료한 상태였다.

이러다가는 정통으로 얻어맞는다.

나는 재빨리 앞으로 나서서 방패를 내민다.

영귀가 입을 벌리고, 하전입자포와도 같은 번개를 내뿜었다.

빠직빠직하는 소리와 함께 내 방패에 충돌했고, 유성방패는 순식간에 깨져 나갔다.

크윽……. 뒤를 돌아보니 라프타리아와 필로는 아직 공격 준비를 마치지 못한 상태다.

"변환무쌍류 극의, 선풍!"

할망구가 내 뒤에 서서 양손을 치켜든다.

그러자 공기의 흐름 같은 무언가가, 영귀가 내쏜 번개를 살짝이나마 옆으로 밀어내 주었다.

하지만 밀려나간 부분은 극히 일부에 지나지 않는다.

방패가 뜨겁게 달아오르고, 따끔따끔하게 내 피부를 태우는 것 같은 감각이 느껴진다.

"크윽……. 나는 이와타니 님을 도와줄 방법이 없잖아."

에클레르가 답답한 듯 서 있다.

검술이 주 무기이니 어쩔 수 없지 않느냐고 말해 주는 것쯤은 어려운 일도 아니다.

하지만…… 지금은 그런 말을 해 줄 여유조차 없다.

"…………."

에클레르는 양손에 검을 쥐고 마법 영창에 들어간다.

"쯔바이트 라이트실드!"

순간적이나마, 내 앞쪽에 빛의 방패가 출현한 것처럼 보였다.

뭐야, 너 빛 계열 마법을 쓸 줄 아는 거였냐?!

그런 생각이 들었지만, 순식간에 사라져 버리니 도움은 안 되겠군.

"내 적성은 빛 마법과 지원마법……. 그래 봤자 방어용 빛 마법과 속도 상승 마법밖에 못 쓰지만."

에클레르는 아무 도움도 되지 못하는 자기 자신을 저주하는 것 같았다.

"아뇨……. 그거면 충분합니다!"

오스트가 내 등 뒤에 서서 방패에 손을 얹는다.

"뭐, 뭘 하려고……."

내가 반응하기도 전에, 오스트가 마법을 영창했다.

『나, 오스트 호라이가 하늘에 명하고, 땅에 명하고, 이치를 끊고, 연결하여, 고름을 토해내게 하노라. 나의 힘이여, 내 앞에 있는 방패의 성무기에 힘을!』

방패의 보석 부분이 빛을 내뿜고, 방어하는 범위가 확 넓어진다.

조금 전까지만 해도 아슬아슬했던 방어가, 이제 완전히 막아낼 수 있는 영역에까지 도달해 있다.

하지만 이 마법을 지속하는 건 상당히 버거운 일인 듯, 오스트의 얼굴에서는 식은땀이 폭포수처럼 흘러내리고 있다.

"크윽……."

나도 잠자코 구경만 하고 있을 수는 없는 노릇이다.

스킬의 쿨타임이 찰 때까지, 최대한 여유를 쥐어짜서 스스로와 오스트에게 회복마법을 건다.

"쯔바이트 힐!"

아직도 안 끝난 건가?!

너무도 길게만 느껴지는 영귀의 전격을 계속 막아낸다.

지난번보다 더 길어졌잖아…….

이윽고 빠직빠직 소리를 내며, 영귀가 전격 방출을 끝마쳤다.

"지금이야!"

내 목소리에 집중하고 있던 라프타리아와 필로가 재빨리 마차에서 튀어나온다.

"팔극진천명검(八極陣天命劍)!"

"스파이럴 스트라이크~!"

라프타리아와 필로는 바로 코앞에 있는 영귀의 머리를 향해 달려들어서, 각자의 무기를 있는 힘껏 움켜쥐고 필살기를 내쏘았다.

푸죽 하는 맥없는 소리와 함께 영귀의 목에 라프타리아와 필로의 공격이 각각 명중한다.

먼저 필로의 공격이 영귀의 목을 후려쳐서 피보라를 일으키고, 공격은 다시 빛을 내뿜고 회전하며 영귀의 목을 관통해 나간다.

뒤이어 라프타리아가 빛나는 검을 움켜쥐고 영귀의 목을 마구 찢어발기고, 그 상처가 빛을 뿜으며 벌어져 간다.

"하아아아아아아아아아아아아!"

"타아아아아아아아아아앗!"

고함과 함께 기세가 한층 더 거세져 간다.

"지난번보다 단단하네요……. 하지만 여기서 물러설 수는 없어요!"

"필로, 모두를 위해서 최선을 다할 거야아아아아아아아!"

두 사람은 힘을 쥐어짜듯이 파워를 올리고 있다.

해치워! 녀석의 공격을 견뎌낸 나와 오스트의 몫까지!

"나도 가만히 구경만 하고 있을 수는 없지!"

에클레르가 뛰쳐나가서 검을 내질렀다.

마력이 담긴 찌르기였는지, 검은 영귀의 턱에 살짝 박혀들었다.

지난번에 싸웠을 때보다 상처가 깊게 새겨졌다.

"아뵤!"

할망구도 질 수 없다는 듯 다리를 휘둘러서 초승달 모양의 진공 공격을 내쏜다.

"후에에에……."

리시아도 뭔가 하려고 하고는 있는데, 따라가지를 못하는 느낌이군.

"하아…… 하아……."

"괜찮아?"

오스트의 안색이 창백하다. 어깨에 상당히 힘을 주고 있는 것 같았다.

이러다가 쓰러져 버리기라도 하면 앞날이 걱정되는데.

"저는 신경 쓰지 마시고……."

"아무리 그래도……."

"저는 괜찮습니다……. 그보다…… 어서……."

나는 다시 라프타리아와 동료들에게로 시선을 돌린다.

"라프타리아! 필로! 해치워!"

"네! 하아아아아아아아아아아아아아앗!"

"응! 타아아아아아아아아앗!"

내 지시에 부응해서, 두 사람이 우렁찬 목소리로 기합을 넣고 안간힘을 쓰자, 쩌억 하는 소리와 함께 영귀의 목이 절단되었다.

"해냈어!"

"좋아!"

영귀의 목이 공중으로 날아가고, 목에서 선혈이 터져 나온다.

탓 하고 라프타리아와 동료들이 착지해서 마차에서 내린 우리 쪽으로 달려온다.

"해냈어요!"

"목을 잘라냈어!"

"그래. 다들 잘했어!"

"스스로의 무력함이 원망스럽군……."

"아직 다음 싸움이 더 남아있지 않습니까."

당장에라도 쓰러질 듯 비틀거리는 오스트를 부축하고, 나는 영귀의 몸통 쪽을 쳐다본다.

이제 한동안은 움직이지 않고 잠자코 있겠지.

뒤쪽을 확인하니 연합군이 우리를 향해 회복마법을 외우고 있다.

응? 뭔가 스태미나가 회복된다고나 할까, 피로가 풀리는 것 같은 느낌이다.

그러고 보니 스태미나를 회복시키는 마법이 있었더랬지.

대신 술사의 스태미나가 깎여나가고, 술사 자신에게 걸 경우에는 소모된 마력만큼 스테이터스 회복량이 줄어드는 마법이었을 터.

오스트의 안색이 약간이나마 회복되어 있다.

나는 마력을 회복시켜주는 마력수를 방패에서 꺼내 오스트에게 건넸다.

"이걸 마시면 마력이 회복될 거야."

"아닙니다……. 마력은…… 괜찮지만, 저 자신의 힘을 과도하게 사용하는 바람에……."

생명력이랄까, 스테이터스는 후방 지원 마법 덕분에 회복된 거 아니었어?

그것만으로는 회복이 안 되는 건가?

나는 품속에서 리시아의 변환무쌍류 수행을 돕기 위해 사용했던 명력수(命力水)를 꺼낸다.

"이걸 한번 마셔 봐."

약으로 생명력을 회복시킬 수도 있지만, 이번에는 뭔가 경우가 다른 것 같은 느낌이 든다.

오스트는 인간이 아니니까.

그러니까 명력수, 할망구의 표현에 따르면 '기'를 회복시켜 주는 약을 줘 보려는 것이다.

"아, 네……."

오스트는 천천히 명력수를 입에 머금고, 삼켰다.

그러자 서서히 안색이 돌아온다.

"조금…… 회복되었습니다. 감사합니다."

"마음 쓸 것 없어."

내 역할은 동료들을 보호하는 것.

보호한다는 건 물리적인 의미도 있지만, 동료들이 최상의 컨디션으로 싸울 수 있는 환경을 만들어준다는 의미도 있다.

라프타리아와 필로는 말할 것도 없고, 리시아 역시 내가 컨디션을 체크해 주는 입장인 것이다.

뭐, 그쪽은 여왕의 도움도 받고 있고, 일시적으로나마 오스트와 협력하는 관계에 있는 상황이니만큼, 지금은 오스트의 몸 상태를 걱정하는 것도 필요한 일이라고 생각해 두도록 하자.

그리고…… 내 방패에 힘을 불어넣어서 방어력을 극적으로 상승시키는 특출한 기술을 갖고 있는 녀석을 허투루 대할 수는 없는 일이다.

본래는 나에게 상당한 대미지가 가해져야 했을 상황 아니 었던가?

물리적인 공로자는 라프타리아와 필로겠지만, 오스트의 활약도 그에 못지않게 대단했다는 건 의심의 여지가 없다.

"어쨌든, 영귀가 잠잠해진 이 틈을 타서⋯⋯."

다음 작전으로 넘어가기 위해 지시를 내리려 한 바로 그때.

뭔가가 꿈틀거리는 것 같은 소리가 영귀 쪽에서 울려 퍼 진다.

우리는 말없이 영귀의 몸통 쪽을 바라본다.

영귀의 몸통이 일어서더니⋯⋯ 사라졌던 목 부분에서 살 점이 꿈틀거리고⋯⋯.

촤악 하는 소리를 내며, 아무 일도 없었다는 듯 머리가 재 생되었다.

"이⋯⋯."

이게 도대체 어떻게 된 거야? 도대체 얼마나 강한 재생능 력을 가진 거냐?

지난번에 머리를 날려 버렸을 때는⋯⋯ 1주일은 못 움직 였잖아? 원래 재생능력이 강한 것 같긴 하지만⋯⋯ 이 정도 까지 재생이 빠르다니, 무슨 신화에 나오는 히드라 같잖아.

과거의 용사가 심장을 봉인하는 데 그쳤던 것도 이 재생 능력 때문이었나?

"――――――――――――――!"

"크윽?!"

영귀가 입을 벌려서 울부짖는다.

동시에 조금 전에 내쏘았던 뇌전을 다시 내뿜었다.

재빨리 방패와 프리즌을 동시에 전개시켜서, 아까와 같은 방어수단을 취한다.

"크……윽…….."

"나, 나오후미 님?!"

"아아~!"

"후에에에에에에?!"

감옥이 깨져 나가고, 결계도 맥없이 돌파당하고, 살갗이 타들어가는 냄새가 내 코끝을 스친다.

"방패 용사님!"

비틀거리다가 내 등에 부딪치려는 오스트를 라프타리아가 부축한다.

"무리하지 마세요. 좀 쉬셔야 해요."

"하지만…… 제가…….."

"됐으니까…… 물러나 있어!"

책임감이 강한 녀석인지, 오스트는 나를 향해서 손을 뻗는다.

가까스로 뇌전 공격을 견뎌내고는 있지만, 전신이 타들어가는 듯한 고통이 몰아친다.

나에게 있어 그 시간은 마치, 영원처럼도, 찰나처럼도 느껴졌다.

정신이 혼미해져 버릴 정도의 공격을 끊임없이 막아낸다.

블러드 새크리파이스를 썼을 때 이래로, 이렇게 큰 대미지를 입은 건 처음이었다.

아니, 그 이상인가……. 살점 깊은 곳까지 타들어가는 게 느껴졌다.

"주인님?!"

"나오후미 님?!"

"방패 용사님!"

크윽……. 회복마법을 쓰고 싶지만 정신집중이 안 된다.

그 순간, 나를 중심으로 따스한 빛이 쏟아져 내렸다.

내 상처가 순식간에 회복되어 간다. 다만 완치하기에는 시간이 턱없이 부족하다.

좋아, 회복된 덕분에 사고 능력도 돌아온 것 같다. 여왕이 써 준 후방 지원 마법이다.

이렇게 상황이 급변했는데도 재빨리 대응해 준 것은 칭찬할 만한 일이다.

"쯔바이트 힐!"

스스로에게 회복마법을 걸고, 영귀가 승부에 쐐기를 박으려는 듯 내뻗은 발을 막아낸다.

간신히 살았다. 소울 이터 실드로는 견뎌내기 힘들 정도의 공격이었다.

"필로, 마력을 회복해 둬."

"응!"

마력수를 필로에게 던져서 먹인다.

"외부로부터의 공격은 힘들 것 같아. 일시 후퇴한다. 필로! 빨리 마차를 끌어!"

"응! 마차~!"

영귀의 공격을 견뎌내면서, 유성방패를 전개. 그 결계를 이용해 영귀의 발을 회피한다.

지축이 뒤흔들리고, 영귀가 다시 한 번 우리를 짓밟기 위해 발을 치켜든다.

하지만, 우리에게 그 틈은 오히려 기회였다.

"다들 빨리 마차에 올라타!"

"네!"

"후에에……."

"원통하군……."

저마다 아쉬운 표정을 지으며 신속하게 마차에 올라탄다.

"오스트! 빨리 타!"

영귀를 뚫어지게 노려보고 있던 오스트가, 미련을 떨쳐내듯이 이쪽으로 달려왔다.

"네 본체, 너무 강한 거 아냐?"

"정말…… 죄송합니다."

마음먹고 싸우면 이런 괴물 같은 움직임도 취할 수 있는 거냐.

빌어먹을…… 내 계획을 모조리 짓밟아 버리다니!

"하이퀵~!"

필로가 마차를 끌고 고속으로 이탈한다.

내 방어력을 돌파하고, 경이적인 생명력으로 머리까지 재생해 내는 녀석에게 정공법으로 붙으면 승산이 없지 않은가.

정공법으로는 이길 수 없다……. 그렇다면 뭔가 묘책을 짜내야 할 필요가 있겠군.

철수해서 여왕이나 리시아와 얘기를 나눠 보는 편이 나을 것 같다.

그 두 사람이라면, 해치우는 방법까지는 아니더라도, 효율적으로 싸우는 방법 정도는 알아낼 수 있을지도 모른다.

적어도 혼자서 고민하는 것보다는 훨씬 낫겠지.

"일단 후퇴한다. 필로, 전속력으로 달려."

"알았어~."

우리는 필로가 끄는 마차를 타고 영귀 주변에서 탈주했다.

 **7화 시간 벌기**

본진으로 돌아온 나는, 작전회의가 열리고 있는 연합군

마차로 향했다.

연합군 고위층의 안색이 어둡다.

하긴, 워낙 절망적인 상황이니까.

"후방에서 지켜보고 있었습니다만, 설마 저렇게까지 강한 재생력을 갖고 있을 줄이야⋯⋯."

여왕이 심각한 표정으로 신음하듯 말한다.

"정말 죄송합니다⋯⋯."

오스트가 깊숙이 고개를 숙인다. 지금은 그러고 있을 때가 아니련만.

"그래. 나도 시간벌이 정도는 할 수 있을 줄 알았는데 말이지⋯⋯. 과거의 용사가 했던 봉인 같은 걸 다시 한 번 시도해 보는 수밖에 없지 않겠어? 그것 말고는 다른 퇴치 방법이 안 떠오르니까."

이런 상황에서 영귀의 등에 있는 도시의 잔해나 몸속으로 가는 건 어려울 것이다.

"봉인 방법은 찾아냈습니다만⋯⋯."

여왕이 오스트에게 시선을 보낸다.

"할 수 있을 것 같아?"

"네. 조사 결과, 사용은 가능하다는 게 밝혀졌습니다."

"우리도 다룰 수 있는 마법인가?"

"그건⋯⋯."

여왕이 말끝을 흐린다. 아무래도 우리 힘으로는 다룰 수 없는 모양이다.

일이 그렇게 순탄하게 풀리지는 않는다는 건가.

"그렇단 말이지……."

"연합군 마법부대의 집단의식마법을 동원하면 가까스로 재현할 수 있는 정도입니다."

그때 오스트가 끼어들었다.

"근본적인 해결책은 되지 않을 것입니다. 그 봉인은 언젠가 찾아올 날까지의 한정적인 봉인이었던지라……."

"아직 정식으로 풀린 건 아니잖아? 그럼 효과가 있을지도 몰라."

그렇다. 오스트의 얘기에 따르면, 봉인은 올바른 해제법으로 풀린 게 아니라고 했다.

어떤 방법으로 봉인이 풀린 건지는 모르지만, 그 봉인이 아직 효력을 상실하지 않았을 가능성은 있다.

"확실히 그럴 가능성을 부정할 수는 없다고 생각합니다. 나라 곳곳에 있는 지하 사원의 석상이 파괴되지 않았다면……."

"그런 게 있나요?"

오스트의 말에 여왕이 놀라서 묻는다.

"네. 그것이 봉인의 핵심……. 세 개의 봉인을 풀지 않는 이상, 영귀는 본격적으로 움직이지 못하게 되어 있었습니다."

"그럼…… 봉인 마법을 사용해서 조금이라도 움직임을 억제할 수 없을지, 한번 시험해 보는 수밖에 없겠군."

"알겠습니다. 다만 별로 효과적이지는 못할지도 모릅니다."

"머리를 날려버려도 안 죽는 녀석을 무슨 수로 제압할 건지……. 결국은 조사해 봐야 해. 우리끼리만 필로를 타고 사원 안을 뒤져보는 방법도 있지만. 그건 첫 번째 작전이 실패했을 때 시도해 봐도 늦지 않아."

간접적인 수단으로 영귀를 봉인할 수만 있다면, 그보다 좋은 수단은 없다.

효과는 새 발의 피와 다를 바 없다 해도, 안 하는 것보다는 낫겠지.

"전승에 따르면…… 영귀의 심장부까지 가지 않으면 봉인은 불가능하다고 나와 있습니다."

다시 말해, 여러 사람이 몸속에 들어갈 만한 시간이 필요하다는 건가…….

우와……. 무지하게 성가신데.

"……비문을 먼저 조사해 볼까?"

"그것도 한 방법이 되지 않을지……."

으음……. 솔직히, 조사해 봤는데도 아무것도 찾아내지 못했을 경우가 제일 두렵단 말이지.

"주인님~."

그런 얘기를 하고 있는데, 필로가 회의 중인 마차와 나란히 달리며 말을 걸었다.

"뭐지? 지금 중요한 얘기를 하는 중이니까, 시답지 않은 소리 하면 화낼 줄 알아."

"있잖아, 저 멀리 성이 보이기 시작했어."

켁! 어느 틈엔가 메르로마르크 성이 보이는 곳까지 오고만 건가.

"조금만 더 가면…… 대지의 힘이 활발하게 흐르는 곳에 다다릅니다."

게다가 오스트까지 압박을 가하다니…….

아, 메르로마르크 성은 함락당하는 건가.

짧은 부귀영화였군. 영귀를 물리치거든 타국에 가서 원조를 구하는 게 나을 것 같다.

"이와타니 님?"

여왕의 목소리에 흠칫 놀라서 반사적으로 몸을 젖힌다.

라프타리아나 필로처럼 내 생각을 알아채거나 하는 건 아니겠지?

"있잖아~, 주인님. 피트리아가 할 얘기가 있대."

"피트리아가? 뭐지?"

"조금만 더 시간을 벌어 달래. 지금 이리로 오고 있대~."

"뭐라고? 왜 이제 와서 이리로 오는 건데?"

설마 나를 죽이러 오는 건 아니겠지?

피트리아는 용사들끼리 서로 화목하게 지내지 못한다면 세계를 위해 용사들을 모조리 죽여 버리겠다느니 하는, 살벌한 소리를 지껄이는 전설의 필로리알이다.

그렇기에 용사들끼리 불화만 일삼는 우리를 포기하고, 영귀와의 싸움은 방관하기로 마음먹었다고 알고 있었다.

"사태가 사태다 보니, 피트리아도 협조할 수밖에 없게 됐다고 그러는데?"

"그럼…… 피트리아가 올 때까지만 시간을 벌어 놓으면, 피트리아가 영귀를 해치워 주는 거야?"

그렇게 해 준다면야 더할 나위 없이 고마운 일이다.

전설의 필로리알 님이 몸소 영귀를 물리쳐 준다면, 나는 지구전으로 맞서도 될 것이다.

"할 수 있으면 그렇게 하겠지만, 머리를 부숴도 재생한다면 힘들지도 모르겠대."

"흐음……. 역시 거기까지는 힘든 건가."

솔직히 말하자면, 무슨 수로 처치해야 할지 모른다는 게 가장 큰 문제다.

하지만 협력자는 많으면 많을수록 좋은 법이다.

"그치만 이대로 가면 성이 부서질 것 같은데, 주인님."

"하아……. 알았어. 피트리아가 여기 도착하려면 얼마나 더 걸릴 것 같지?"

으음……. 이 속도 그대로 가면, 한 시간이면 성에 도착

127

할지도 모르겠는데?

그렇게 되면 성은 영귀의 공격 사정 범위 안에 들어가고
도 남게 될 거다.

그 가시 공격과 뇌전 공격에 당하면, 메르로마르크 성은
눈 깜짝할 사이에 초토화되고 말겠지.

방향을 잘 생각하고 싸우지 않으면 뇌전 공격만으로도 끝
장이 날 수도 있다.

"한 시간쯤 걸릴 거래."

……응. 성은 함락되겠군. 덤으로 메르로마르크 성 밑 도
시도 끝장나지 않을까?

"여왕, 피난 유도는 끝났나?"

"아직 완전하게는……. 영귀가 도착하기 전에 피난하기
는 힘들 것 같습니다."

뭐, 눈앞에서 영귀가 쿵쾅쿵쾅 소리를 내며 달려오고 있
으니까, 성 밑 도시 녀석들도 알아서 도망치긴 할 테지만.

하지만 그렇다고 쳐도…… 상황이 상당히 안 좋은데.

"어쩔 수 없지. 지금은 천하의 필로리알 님이 도착할 때
까지 시간을 버는 수밖에……."

피트리아가 도착한다 해도 승리를 장담할 수 없다는 게
난감하기 짝이 없다.

"그럼 이와타니 님께서 영귀의 발을 묶어 주시겠다는 말
씀인가요?"

"그런 셈이지."

어디까지나 일시적이라는 게 난관이란 말이지.

버텨낼 수 있다는 확증은 없다.

영귀의 공격 패턴으로 미루어 보아, 가시 사출에는 시간이 걸리고, 뇌전도 한 번 내쏘면 다음번에 내쏘기까지 시간을 필요로 한다. 하지만…… 아까는 곧바로 두 발째를 쐈었다.

그러고 보면, 대미지가 축적되면 다음 탄의 장전이 빨라지거나 하는 건가?

섣불리 자극하지만 않으면 버텨낼 수 있을지도 모른다.

영귀 자신으로서도 난발하기는 힘든 필살기 같은 거라고 생각해 두는 게 옳을 것 같군.

어찌 됐건 연합군과 함께 영귀의 등으로 올라가려면 시간이 필요하다.

피트리아가 달려와 주기만 하면, 그 문제를 어떻게든 해결해 줄지도 모른다.

이것도 일종의 도박인 셈이군.

……지구전이라면 공격에 그렇게까지 신경을 쓸 필요는 없다.

그보다는 피난 유도를 우선시하는 게 좋으리라.

좋아.

"여왕, 시간을 버는 포진에는 여왕의 후방 지원이 필요해. 의식마법으로 우리를 그때그때 회복시켜 줘."

"이와타니 님의 지시대로 하겠습니다."

"연합군 녀석들은 지원군이 올 때까지 인근 주민들을 피난시켜 줘. 그리고 영귀 봉인을 염두에 두고 대열을 편성해 줘."

"분부 받들겠습니다."

여기 오는 중에 연합군이 비룡을 마련해 두고 있었던 걸 확인했다.

그걸 사용하면 재빨리 영귀의 등에 올라갈 수 있을 것이다.

나에게는 도약력 높은 필로가 있으니까 알아서 해결할 수 있을 테고.

우리가 먼저 가서 심장을 파괴해 보는 수단도 없는 건 아니지만, 문제는 머리를 부쉈을 때와 같은 효과만 발생할 가능성도 있다는 점이다.

어쩔 수 없다. 나는 라프타리아와 동료들이 대기하고 있는 마차로 이동한다.

"어서 오세요. 저희는 뭘 하면 될까요?"

"라프타리아, 리시아, 에클레르, 그리고 할망구는 메르로마르크에 가서 피난 유도를 맡아 줘. 영귀 본체 주위에는 사역마들이 없겠지만, 성 쪽으로 향하고 있을 수도 있어."

아까부터 메르로마르크 성 주위에 검은 그림자들이 모여드는 게 마음에 걸리던 참이었다.

만약의 사태에 대비해야 할 필요도 있고, 이번 지구전에서는 라프타리아 등은 그다지 필요가 없는 것이다.

"후에에…….."

"알았다. 한 명이라도 더 많은 사람들을 구하도록 하마."

"대답 참 믿음직하군. 할망구도 부탁할게."

"분부 받듭지요."

그럼…… 하고 중얼거린 나는, 필로와 오스트에게 말을 건다.

"너희는 내 쪽으로 와 줘. 필로는 만약의 사태가 발생했을 때 영귀의 머리를 날려 버리는 역할과, 우리를 데리고 도망치는 역할을 담당해 줘."

"네~에."

"오스트는 아까 했던 것처럼 나에 대한 지원을 부탁하지."

내 방어력을 배가시킬 수 있는 오스트의 지원 능력은 이 상황에서 큰 도움이 될 것이다.

"다만 스태미나를 고려해 가면서 싸우도록 해. 나도 최대한 회복마법을 써서 스스로를 회복시킬 생각이니까. 무엇보다, 싸움은 아직 갈 길이 멀어. 소모는 최대한 피하는 게 좋아."

"알겠습니다. 최대한 스태미나를 보존하겠습니다."

나는 메르로마르크 성과 영귀를 번갈아 쳐다본다.

……내 인생에서 가장 긴 한 시간이 될 것 같다고 생각했다.

"나오후미 님……. 제가 도움이 되지 못한다는 건 잘 알고 있지만……."

영귀를 바라보는 나에게, 라프타리아가 이의를 제기한
다.

"저도 곁에 둬 주시면 안 될까요?"

"이번 싸움은 그냥 버티는 게 전부인 싸움이 될 거야. 그
러니까 너희에게는 다른 일을 맡기고 싶어."

"하지만……."

"걱정해 주는 건 고맙지만……."

내 의도를 알아챈 라프타리아는, 가슴에 손을 얹고 지그
시 눈을 감는다.

라프타리아는 내 신변을 걱정하고 있는 것이리라.

솔직히 나로서도 하기 싫은 싸움이고, 내가 이런 괴물의 공
격을 견뎌내고 있다는 게 스스로 생각해도 황당할 지경이다.

나 이외의 용사들로부터 무기 강화 방법을 배우지 않았더
라면, 순식간에 증발해 버리지 않았을까? 그런 생각까지 든
다.

현대 일본에 대입하자면 고〇라를 상대로 인간이 맨몸으
로 싸우는 거나 마찬가지 아닌가.

아니, 영귀는 거북이니까 가〇라 쪽인가? 알 게 뭐야.

뭐, 가〇라 자체가 현실에는 존재하지 않는 거지만, 그만
큼 무모한 싸움이라는 얘기다.

"절대로 무모하게 싸우시면 안 돼요."

"나를 너무 과대평가하는 거 아냐? 난 무모한 싸움을 하

느니 차라리 도망치는 길을 선택하는 놈이라고."

"아뇨, 나오후미 님은 도망치지 않고 무모하게 싸우시잖아요."

아주 단호하게 딱 잘라 말하잖아. 내가 그렇게 못 미덥나?

애초에 라프타리아 마음속의 나는 도대체 어떤 이미지인거야?

설마 목숨을 걸고 누군가를 지키려 애쓰는 캐릭터를 상상하고 있는 걸까?

헛! 웃기지도 않는 소리.

"걱정 마. 상황이 위험하다 싶으면 바로 내뺄 거야. 이건 시간만 벌면 되는 싸움이니까."

지금 이 순간순간에도 시간은 흐르고 있는 것이다.

한 시간이라고 해 봤자, 그렇게까지 길지는 않단 말이지.

"지금은 1초라도 빨리 메르로마르크 성에 있는 사람들을 피난시키는 게 먼저야. 우선순위가 있단 얘기야."

"그치만……."

"라프타리아, 이와타니 님이 이렇게 얘기하고 있잖나. 그 말을 믿고 명령받은 임무를 완수하는 게 나아. 그러지 않으면 우리는 걸림돌이 될 뿐이다."

"에클레르 말이 맞아. 내 걱정은 안 해도 되니까, 희생자를 조금이라도 더 줄일 수 있도록 노력해 줘."

"……네. 알았어요."

미련이 남는 듯, 라프타리아는 마지못해 고개를 끄덕인다.

라프타리아 등은 피난 유도를 위해 메르로마르크 성으로 가는 마차에 올라타서, 필로의 등에 올라타고 있는 나와 오스트를 쳐다본다.

"절대로 무모하게 싸우시면 안 돼요."

"그만 좀 해, 라프타리아. 네가 내 엄마라도 되냐?"

"뭐예요, 그 표현은……."

뭐, 오히려 내가 부모 구실을 해야 할 판에, 아이에게 엄마 같은 걱정을 하게 만드는 것도 좀 문제가 있는 것 같지만.

"필로, 그리고 오스트 양. 나오후미 님을 잘 지켜보셔야 해요. 무모한 짓을 하려고 하면 꼭 막아 주세요."

"응. 알았어~."

"이 목숨을 바쳐서라도 방패 용사님을 지키겠습니다."

"내가 보호를 받으면 어쩌자는 거야."

오스트도 참, 나를 어떻게 보고 있는 건지.

자기 자신의 본체를 처치해 달라고 의뢰하러 온 녀석이 할 소리냐.

"그럼 작전을 개시한다!"

이렇게 해서 나와 오스트, 필로는 영귀를 향해 재차 돌격했다.

그리고 동시에, 라프타리아 일행과 연합군 절반은 피난

유도를 위해 메르로마르크로 출발한다.

"주인님이랑 같이 간다~."

필로가 신이 나서 나를 태운 채 영귀를 향해 내달린다. 긴장감 없는 녀석이라니까.

보유한 약의 숫자를 확인하고…… 우리는 영귀의 눈앞에 선다.

"――――――――――――――――!"

영귀는 우리를 발견하고는 우렁차게 울부짖었다.

그리고 거대한 발이 우리를 향해 날아들었다.

"쯔바이트 아우라! 유성방패!"

나는 목청을 높여서 지원마법을 영창하며, 유성방패를 전개시킨다.

영귀의 발이 지축을 뒤흔들면서 내 머리 위로 떨어져 내린다.

고지식하게 고분고분 맞고 있을쏘냐!

유성방패가 깨져나가기 전에, 그대로 미끄러지듯 영귀의 발을 피한다. 지면이 쩍쩍 갈라진다.

모래 먼지가 일어나는 가운데, 나는 영귀가 발을 들어 올리기 전에 그 거대한 발을 온몸으로 붙들었다.

"――――――――――?!"

뜻대로 다리가 올라가지 않는 상황에 영귀 녀석은 경악에 찬 포효를 내지르고 있다.

꼴사납게 됐군.

다만, 조금이라도 빈틈을 보였다가는, 발을 들어 올리는 영귀의 힘에 맥없이 허공으로 나가떨어질 것 같다.

불행 중 다행이라면, 영귀의 목이 내가 매달려 있는 앞다리 끝부분까지는 닿지 않는다는 점일까. 다리를 자기 쪽으로 당기려 하고 있다.

"——————————————!"

그때 영귀가 쿵 하고 가시를 바닥에 떨어트렸다……?!

그랬더니 시야에 마물의 이름이 떠오르는 게 아닌가?!

영귀의 사역마(돌격형)

가시에 다리가 돋아서 나를 향해 돌진해 온다.

"이 정도는…… 아직. 하앗!"

오스트가 돌격형을 향해 손을 내뻗는다. 그러자 돌격형의 다리가 멈춘다.

그사이에 상공에 대량의 마법진이 전개되고, 여왕의 지원 공격인 불의 비가 쏟아져 내린다.

후방으로부터 돌격형을 일소하는 지원마법이 쏟아지고, 그 사이사이를 누비며——

"타아앗!"

필로가 돌격형을 걷어차서 나를 보호한다.

빙글빙글 돌며 나가떨어진 돌격형이 땅에 박혀서 움짝달싹 못하게 되었다.

"마침 잘됐습니다!"

오스트가 돌격형을 향해 손을 뻗고 마법 영창에 들어간다.

뭐지? 뭘 하려는 거지?

『나, 오스트 호라이가 하늘에 명하고, 땅에 명하고, 이치를 끊고, 연결하여, 고름을 토해내게 하노라. 나의 힘이여, 내 앞에 있는 자들에게 힘을 주어라!』

"금강력!"

돌격형을 매개체로 해서 나에게 지원마법을 걸었다?!

"저 사역마는 저와 같은 힘을 갖고 있습니다. 이렇게 힘을 빼앗으면…… 적은 힘으로도 마법을 구현할 수 있습니다."

오스트는 영귀의 사역마들과 이어져 있다는 건가……?

"본체에서 힘을 빼앗아 쓸 수는 없는 거야?"

"안타깝게도…… 직접 빼앗기는 어렵습니다."

그렇군. 그렇다면 영귀의 사역마들을 살려둔 채로 싸우면, 오스트의 마력을 절약해 가면서 지원마법을 사용할 수 있다는 건가.

그런 생각을 하는 사이에도 영귀는 발에 힘을 불어넣고 있다.

위험한데. 조금이라도 딴 데 정신을 팔면 영귀의 발을 막아낼 수 없다.

오스트의 지원마법 덕분에 조금 편해지긴 했지만.

영귀는 발이 뜻대로 들리지 않는 상황에 당황하면서, 발악하듯 날뛰어댄다.

다만 나에게 의식이 집중된 덕분에 진군은 멈춘 상태다.

좋아……. 빠직빠직하는 진동이 영귀의 다리를 통해서 전해져 온다.

이건…… 영귀가 나를 향해 그 필살기를 쏘려 하고 있다.

"필로!"

"응!"

필로가 내 등 뒤로 피한다.

"충분히 힘을 빼앗았습니다. 이번에는 문제없습니다."

오스트가 내 방패에 손을 대고 힘을 불어넣는다.

돌격형은 아직 버둥버둥 날뛰고 있는 것 같지만, 자세를 바로잡기 전에 오스트에게 상당량의 힘을 빼앗긴 듯, 움직임이 둔해져 있다.

영귀는 자기 발까지 통째로 날려 버릴 작정인지, 입을 벌려서 그 강렬한 뇌전을 내쏜다!

이번에는 확실히 막아낼 수 있을 것 같다는 생각도 들지만, 신중에 신중을 기하는 게 좋을 것 같다는 생각에 방패를 라스 실드로 변형시킨다. 마음 깊은 곳에 왈칵 분노가 출현했다.

"주인님."

필로의 팔다리가 검은 불길에 휩싸인다.

나는 아직…… 견딜 수 있다. 라프타리아와 필로가 힘을 빌려주고 있으니까.

다시 스킬로 방패를 만들어내서, 영귀의 공격으로부터 몸을 보호하기 위해 다중으로 전개한다.

한 박자 늦게, 눈부실 정도의 섬광과 폭음이 몰려왔다.

한 손으로 영귀의 다리를 붙잡고, 다른 한 손으로는 방패를 앞으로 내밀고, 라스 실드로 몸을 보호한다.

……아무런 통증도 없다.

역시 라스 실드군. 멀쩡하다.

그렇게 생각하며 영귀의 공격을 기다리고 있을 때, 시야 구석에 카운트다운이 나타나 있는 걸 발견했다.

4 : 37

매 초마다 줄어드는 이 숫자…….

뭐지, 이건?

그 숫자가 4 : 15까지 내려갔을 때 영귀의 공격이 멎는다. 좋아, 버텨냈어.

꽤 여유롭게 막아낼 수 있어서 한결 마음이 놓였다. 그때 깨달았다. 어쩐지 몸에 힘이 들어가지 않는다는 걸.

"주인님?"

"방패 용사님?"

무슨 일이 벌어진 거지? 스테이터스를 확인했다.

……SP가 0으로 떨어져 있잖아?!

뭐야? 왜 SP가 0이 된 거야?

설마 방금 그 영귀의 공격에 SP드레인 효과가 걸려 있었던 건가?

방패를 소울 이터 실드로 변형시켜서, SP를 자동 회복시킨다.

"유성방패!"

동시에 혼유약을 꺼내 마시고, 유성방패를 사용한다.

라스 실드를 사용했을 때 나타났던 숫자가 사라져 있잖아…….

불길한 예감이 든다.

그 숫자, 혹시 나나 필로가 라스 실드에 지배당하지 않을 수 있는 시간을 수치화한 거 아닐까? 0까지 떨어지면 뭔가 안 좋은 일이 일어날 것 같다.

영귀가 시커멓게 탔던 발을 재생시켜서 우리를 짓밟으려 한다.

"또냐?!"

나는 다시 영귀의 발을 붙잡아서 저지한다. 라스 실드로 바꾸었다간 근접공격 때문에 다크 커스 버닝S가 작동해서 오스트나 필로까지 말려들게 된다. 최후의 순간까지 바꾸지 않는 게 좋다.

그러자 영귀는 기다렸다는 듯이 또 그 전격을 내쏘려 한다.

뭐야?! 이건 빨라도 너무 빠르잖아?! 게다가 이번에는 오스트가 마력을 빼앗을 수 있는 사역마도 없어!

끈적끈적한 땀방울이 뺨을 타고 흐른다.

SP드레인 효과가 있다면…… 그렇게 회복한 SP로 전격을 내쏘고, 그 전격으로 내게서 빼앗은 SP로 다시 내쏘는 식이다. 라스 실드를 쓰면 피해는 입지 않지만, 그래도 SP는 빼앗긴다. 소울 이터 실드를 쓰면 대미지는 입지만 드레인 무효 효과 덕분에 SP를 빼앗기지 않아서, 영귀가 전격을 쏘는 데 시간이 걸리게 된다.

대충 이런 식인가?

"칫! 실드 프리즌!"

영귀의 머리 쪽에 방패 감옥을 소환한다.

하지만, 방패 감옥은 출현과 동시에 깨져 나갔다. 역시 저렇게까지 큰 건 못 가두는 건가.

이래서야 아이언메이든도 못 쓰겠군.

라스 실드를 사용해서 다음 전격을 버텨낸다.

하지만 그 대가로 SP를 몽땅 빼앗겼다!

소울 이터 실드로 되돌려서 카운터를…….

"주인님, 괜찮아?"

"큭……."

필로를 타고 도망칠까?

전격 공격의 위력은 장난이 아니다. 괜히 피했다가 연합
군 부대에게 맞기라도 하면 엄청난 타격을 입게 된다.

"오스트, 필로, 버텨 내야 해."

"응!"

오스트와 필로가 나를 떠받치고, 나는 아까와 같은 스킬
을 사용해서 방패 포진을 짠 채 대비한다.

…………?

영귀의 입안이 아까보다 훨씬 더 밝게 빛나고 있었다.

"방패 용사님! 밀도가…….."

"나도 알아!"

빠직빠직 영귀의 등딱지까지 빛을 머금더니, 그야말로 온
몸으로 빛을 내뿜으며 뇌전을 내뿜었다.

"으윽…….."

약 45초 동안 전격이 나를 꿰뚫는다.

그 화력은 아까의 것과는 비교할 수도 없을 정도다.

오스트의 지원마법이 있었음에도 불구하고, 나에게 상당
한 대미지가 들어간다.

타들어가는 것 같은 아픔과 함께 전신이 감전되는 것 같
은 이 감각은, 일본에서 지내던 시절에는 느껴 본 적이 없는
고통이었다.

……의식이 날아가 버릴 뻔했다.

내가 회복마법을 사용하는 동시에, 후방부대에서 지원마법을 발동한다.

상처는 회복됐지만, 부상으로부터 회복되는 과정에서 소실된 체력은 피로로 누적된다.

"필로도 싸울게."

"알았어. 혹시 다른 사역마가 있거든, 죽지 않을 정도로 패서 근처에 떨어트려. 오스트의 회복에 쓸 수 있게."

"응!"

방패 용사라고 해서, 공격을 막아내는 것 이외의 행동을 해서는 안 된다는 규칙은 없으니까.

필로가 영귀의 머리를 걷어차서 의식을 유인한다.

영귀는 입을 벌려서 필로를 물어뜯으려 하지만, 필로는 재빨리 회피하며 도발을 거듭했다.

영귀는 성가시다는 듯 필로를 향해 공격을 반복한다. 우리는 그 틈에 태세를 재정비했다.

내 결계 안으로 도망쳐 온 필로의 어깨가 피곤한 듯 축 늘어져 있다.

이윽고 시간이 경과함에 따라, 영귀가 다시 전격을 내쏘기 위해 입을 벌린다.

"필로, 다음에 또 이 녀석이 짓밟으려고 하거든 오스트를 안고 여길 벗어나."

"응!"

이제 마력을 회복할 시간을 벌 수 있다는 생각에서인지, 필로는 깃털을 곤두세운 채 의식을 집중하고 있다.

그러고 보니 영귀가 전격을 준비하는 시간보다 필로가 마력을 모으는 시간이 빠르군.

"하아…… 하아……."

"오스트, 너는 무리하지 마! 네 힘을 아끼려고 다루기 까다로운 강력한 방패로 바꾼 거니까!"

"하, 하지만……."

"여기서 네가 무리하는 게 가장 큰 소모야. 참아 줘."

"으윽……. 알겠습니다."

영귀가 전격을 내쏘고, 나는 방패를 라스 실드로 바꿔서 버텨낸다.

그리고 영귀는 검게 타들어간 발을 재생시키고, 나를 짓밟으려 했다.

"지금이야!"

"네~에!"

필로가 오스트를 태워서 고속으로 이탈하고, 나는 영귀의 발길질을 라스 실드로 막아낸 후 안면을 향해 내달린다.

다크 커스 버닝S가 작동해서 나를 중심으로 흑염(黑炎)이 일어난다.

저주의 불길이 영귀의 발과 안면을 불살랐다.

"어떠냐!"

다크 커스 버닝S의 효과는 치료 지연의 저주. 그 경이적인 재생력을 억제할 수 있을지도 모른다. 그렇게만 되면 시간 벌기쯤은 충분히 가능하다.

하지만…… 잿더미로 변했던 얼굴 일부는 아무 일도 없었다는 듯이 재생되었다.

"—————————!"

무, 무슨 재생력이 이렇게 강해?

"주인님!"

"그래, 나도 알아."

라스 실드를 소울 이터 실드로 바꿔서 시간을 절약한다.

이거…… 장기전이 되겠는데.

쑤욱쑤욱…… 영귀의 가시가 재생돼서, 다시 우리를 향해 떨어져 내린다.

영귀의 사역마(뇌전돌격형)

으음…….

"필로가 해치울게~!"

"기다려!"

필로가 사역마를 걷어차 버리려고 냉큼 다가간다.

그걸 저지하려고 말린 것이었지만, 한발 늦어서…… 필로가 뇌전돌격형을 걷어차고 말았다.

"꺄아아아아!"

빠직빠직하고 필로의 몸이 감전돼서 젖혀진다.

"따, 따가워."

피시식 하고 연기를 내뿜으며 내 쪽으로 돌아온다.

"뭐 하는 짓이야?!"

하지만 가만히 있었더라면 미사일처럼 나를 향해 돌격해 오리라는 것쯤은 손쉽게 예상할 수 있는 상황이었다. 성가시게 영귀의 다리를 붙잡고 방해하는 나를 해치우기 위해서.

후방에서 지원용 회복마법을 발동해서 상처와 스태미나를 회복시켜 준다.

오스트도 뇌전돌격형 사역마를 향해 손을 내뻗어서 기력 회복을 완료한 모양이었다.

"큭……."

다시 전격을 견뎌낸 후, 나는 필로에게 전언을 지시했다.

"필로, 타이밍을 봐서 여왕에게 진행 상황을 물어보고 와줘. 이쪽은 상황이 많이 안 좋아. 피난 유도를 최대한 서둘러 달라고 얘기해. 최악의 경우, 피트리아가 도착하기 전에 영귀가 성에 도달할 수도 있어."

"그러면 주인님이……."

필로가 당장에라도 울음을 터뜨릴 것 같은 목소리로 나에게 하소연한다.

"걱정할 거 없어……. 오스트 덕분에 버티기가 꽤 수월해졌으니까."

"제게 맡겨 주십시오……. 방패 용사님, 어려운 주문인지도 모르지만, 영귀의 사역마가 공격에 맞지 않도록 보호해 주시면 도움이 될 것 같습니다."

그렇군. 힘의 매개체를 보호해 두면, 나에 대한 지원을 계속하기도 용이해진다는 건가.

"알았어. 그렇게 해서 공격을 견뎌낼 수 있다면 그것도 나쁘지 않지. 그러니까 필로, 내 걱정은 안 해도 돼."

"응……."

소울 이터 실드의 효과 때문에 SP를 못 빼앗아서 그런지, 영귀 녀석은 울분에 찬 포효를 내지르고 있었다.

다음 발사까지는 견뎌낼 수 있을 것이다.

필로는 영귀에게서 등을 돌리고 내달린다.

"하이퀵!"

고속으로 내달려서 여왕에게로 향하는 필로.

『나, 오스트 호라이가 하늘에 명하고, 땅에 명하고, 이치를 끊고, 연결하여, 고름을 토해내게 하노라. 나의 힘이여, 내 앞에 있는 자의 영혼을 위안하라!』

"혼광(魂光)!"

오스트가 나를 향해 손을 내뻗자, 야금야금 내 SP가 회복되어 간다. 동시에 의식이 또렷해진 것 같은 기분이 든다.

그런 마법도 있는 건가……. 엄청나게 편리한데.

나는 유성방패를 전개하고, 영귀의 발을 붙드는 작전을 되풀이한다.

전격 때문에 바닥이 울퉁불퉁해서 서 있기가 어렵다. 땅이 갈라지고 크레이터가 파여 있다.

생각한 것 이상으로 버겁잖아…….

이따금 영귀의 가시가 떨어져서는, 사역마로 변해서 공격해 온다.

종전의 돌격형과는 비교가 되지 않을 만큼 강력한 공격력을 갖고 있는 것 같았다.

수가 얼마 안 되니, 소울 이터 실드의 카운터 효과를 이용해서 SP 회복을 도모하기도 힘들다.

오스트가 적절하게 지원마법을 걸어 준 덕분에 버티고 있는 상황이라 할 수 있다.

영귀의 사역마가 유성방패로 만들어낸 결계를 퍽퍽 공격해 대고 있다.

만일 다른 용사들에게서 강화 방법을 배우지 않았더라면, 결계가 뚫려서 죽지 않았을까?

정말이지, 항상 아슬아슬한 싸움만 떠맡는다니까. 넌덜머리가 난다.

나도 좀 여유롭게 싸워 보고 싶다고.

"갑니다!"

오스트가 마법을 영창한다.

『힘의 근원인 오스트 호라이가 명한다. 다시금 삼라만상을 깨우쳐, 내 힘의 발현을 원한다!』

"중력장! 초중력!"

반투명한 검은 구체가 사역마에 명중해서, 묵직하게 짓누른다.

으음……. 영창하는 마법이 독특해서, 보다 보면 흥미가 인다.

뭐, 잠자코 구경이나 하고 있을 여유 따위는 없지만.

『힘의 근원인 필로가 명한다. 다시금 진리를 깨우쳐, 저 자를 격렬한 진공의 회오리로 날려버려라!』

"드라이파 토네이도!"

필로가 회오리를 일으켜서 사역마를 조각내 버렸다.

오스트가 사용한 중력 마법 때문에 몸에 금이 간 상태였기에, 그런 녀석들의 숨통을 끊는 데는 충분했던 모양이다.

"다녀왔어~!"

"어땠어?"

"서두르고는 있지만 좀 더 시간이 걸릴 거래."

"그랬군……."

"아, 그리고 이건 스태미나를 회복시켜 주는 약이래. 마법으로만 회복하면 효과가 약해지니까 이걸 쓰래."

필로는 여왕에게 갈 때는 갖고 있지 않았던 보따리에서 뭔가를 꺼내서 내게 건넨다.

사탕 같은 약이었다.

입에 머금으니 민트 같은 맛이 났다. 약간이나마 힘이 회복된 것 같은 기분이 든다.

"그리고 이건 주인님 전용으로 특별히 준비한 거래."

"뭔데?"

……루코르 열매다.

이건 알코올 도수가 엄청나게 높은 원액 같은 거라는 모양이다.

다만, 아무래도 나한테는 알코올에 대한 면역이라도 있는 모양인지, 오히려 마력과 SP가 회복되는 효과가 있다.

"그래, 그래."

그것도 입에 집어넣는다.

……아까 그 사탕보다 더 많이 힘이 돌아온 것 같은 느낌이다.

스테이터스 마법으로 확인해 보니, SP와 마력이 회복되어 있었다.

"회복 아이템을 얻었어. 오스트, 이제 내 SP는 신경 쓸 필요 없으니까, 다른 곳에 힘을 분배하도록 해."

애초에 SP 쪽은 혼유약으로 회복시킬 수도 있다.

집중력도 어느 정도 돌아왔으니, 다음 공격까지는 버텨낼 수 있을 것이다.

"알겠습니다."

영귀가 다시 뇌전을 내쏘려 한다.

큭……. 어느 쪽 방패로 막아내야 하지?

"방패 용사님…… 검은 방패를……."

"응? 알았어!"

오스트의 지원마법 덕분에 싸우기가 상당히 수월해졌다.

그러니 지시를 따르기로 하자.

『나, 오스트 호라이가 하늘에 명하고, 땅에 명하고, 이치를 끊고, 연결하여, 고름을 토해내게 하노라. 나의 힘이여, 약탈하는 힘으로부터 저자를 보호하라!』

"드레인 실!"

라스 실드로 영귀의 뇌전을 막아낸다.

이러면 SP를 빼앗기게 되는 거였지.

회복을 위해 루코르 열매를 먹으려다가 스테이터스를 확인한다.

그랬더니…… SP가 남아 있지 뭔가.

오스트가 뭔가 조치를 취해 준 건가?

"한동안 방패 용사님을 보호하는 가호를 걸어 두었습니다. 이러면 힘을 빼앗기시지 않을 거라고 생각합니다만, 어떠신지요?"

SP드레인을 경감시켜 준 건가?

영귀 쪽을 보니 입은 빠직빠직 전기를 머금고는 있지만, 내쏘기에는 위력이 충분치 않은 모양이다.

이런 식으로 영귀의 발을 묶는 기나긴 싸움이 이어졌다.

이런 공방은 두 번 다시 하기 싫었다.

때로는 라스 실드로 버텨 내고, 때로는 소울 이터 실드로 막아내는 일을 되풀이했다.

야만인의 갑옷이 여기저기 해져 있다.

자가 수복 능력이 파괴 속도를 따라잡지 못하고 있는 것이리라.

버거운데.

"하아…… 하아……."

라스 실드의 타임 카운트가 0 : 30 밑으로 떨어졌다. 이쯤 되니 필로도 머리를 쥐어뜯다시피 하며 뭔가를 참는 것 같은 모습이었다.

나 역시 마음속을 지배하는 어떤 검은 감정에 돌아 버릴 것만 같은 기분이다.

"주, 주인님…… 필로는, 더 이상은……."

해소할 길 없는 분노로부터 벗어나려 애쓰는 필로와 나.

한계가 코앞에 닥쳐왔군.

이 이상 라스 실드로 변형하는 건 불가능하다.

"나도 알아. 이젠 안 바꿀 거야! 버텨 내자!"

"기다려 주십시오."

오스트가 지그시 눈을 감고, 의식을 집중하는 것 같았다.

그리고…… 내 방패에 손을 얹는다.

방패에서 검은 불길이 뿜어져 나와서 오스트의 손을 불사른다.

"이, 이게 무슨—."

『나, 오스트 호라이가 하늘에 명하고, 땅에 명하고, 이치를 끊고, 연결하여, 고름을 토해내게 하노라. 증오의 방패의 힘이여, 내 앞에 있는 자를 쓸어버려라!』

"흑룡염(黑龍炎)!"

오스트의 손에서 불길이 뿜어져 나와서, 영귀의 안면에 퍼부어진다.

"————?!"

미친개처럼 발버둥 치며 날뛰어대던 영귀의 표정이 고통에 일그러진다.

검은 불길이 영귀의 안면을 불사르고 있는 것 같다.

그 대가로, 오스트의 손에도 심각한 화상의 흉터가 생긴다.

게다가 강력한 저주를 뒤집어쓴 것 같다. 손이 검게 물들어 있었다.

"방패에 깃든 증오의 힘을 이용했습니다. 이러면…… 조금이나마 시간을 벌 수 있을 것입니다."

"너……."

확인해 보니 잔여 시간이 대폭 증가해 있었다.

3 : 00까지 회복되어 있다.

끝내주잖아……. 지금까지 이 세계에서 살아오면서, 가장 편리한 마법을 구사하는 녀석을 만난 건지도 모르겠다.

본래는 적이 되어 싸워야 할 사이였겠지만 칭찬할 만한 실력이다.

이 사태를 최대한 빨리, 최소한의 피해로 틀어막으려는 의지가 전해져 왔다.

"자! 아직 한참 더 버텨야 할 거예요!"

"하긴 그렇지……. 필로, 피트리아는 도착하려면 얼마나 더 걸린대?"

"있잖아, 뭔가 잡음이 많아서 잘 안 들리지만, 앞으로 30분 정도 더 걸릴 거래."

아직 반이나 더 남아있는 거냐.

아직까지는 영귀의 공격을 저지해 내고 있지만…….

그때, 영귀의 공격이 한층 더 거세어졌다.

푸숙 하고…… 가시를 하늘로 사출하기 시작했다.

오스트 쪽으로 시선을 보내자, 그녀는 가만히 고개를 끄덕였다.

가까스로 발을 묶고 있었건만, 그럼에도 어느덧 지맥인지 뭔지가 흐르는 범위까지 다다르고 만 모양이다.

"아직도…… 더 버텨야 하는 건가."

이쯤 되니 도망치고 싶은 생각이 굴뚝같아지는데.

하지만 조금씩 성이 가까워져 가는 모습을 보고 있자니

그런 소리를 할 수도 없는 상황이다.

근처에는 마을도 있는 것이다.

그 마을도, 영귀가 내쏜 가시가 낙하한 충격에 의해 발생한 폭발에 휘말려서 흔적도 없이 사라지고 말았다.

지금은…… 조금이라도 더 버티는 수밖에 없다!

"으윽……."

몇 번째일지 모를 공격에, 내 의식은 반쯤 날아가 버린 상태였다.

야만인의 갑옷은 이제 곳곳이 크게 파손돼서 형태조차 유지하지 못하고 있다.

영귀도 바보는 아닌 듯, 더 이상은 사역마를 내보내지 않고 있었다.

그 때문에 오스트의 마력 회복도 뜻대로 되지 않고 있는 상황이다.

명력수는 이미 보유량이 바닥난 상황이고, 나 역시 회복 마법과 스킬을 연발한 탓에 루코르 열매를 모두 소진했다.

"상황이 이 지경이니, 이제 후퇴도 고려해 봐야 할 것 같은데."

"하지만, 그러면 피해가……."

"이 정도면 시간은 충분히 벌어 줬잖아. 그런데도 못 도망쳤다면, 못 도망친 놈이 나쁜 거라 생각하고 포기하는 수밖에 없어."

영귀의 맹공격을 버텨 내다 보니 시간 감각이 이상해져 있다.

필로에게 물어봤지만, 이제 피트리아의 통신도 안 되는 지경까지 다다랐다는 모양이다.

오랜 시간 강력한 공격에 노출되는 바람에, 주위의 마력 같은 게 변조되거나 한 탓이리라.

뒤쪽에서 날아드는 여왕의 지원도 점점 간격이 벌어지고 있다.

때때로 엄청나게 강력한 마법을 내쏘곤 하지만, 영귀에게 치명상을 주지는 못하고 있다.

그리고 나는 라프타리아와 약속도 하지 않았던가.

무모한 짓을 안 하면서, 최대한 지켜내겠다고.

하지만 그것도 이제 한계에 다다른 거나 다름없다.

오스트의 손도 라스 실드의 저주를 받아서 검게 물들어 있다.

분노의 힘을 오스트가 빼내 준 것도…… 벌써 세 번을 넘었다.

드레인 감소 효과도, 벌써 몇 번째로 효과가 다한 건지 기억도 안 날 지경이다.

이제 제발 그만 좀 해 줬으면 좋겠다.

이렇게 처절하게 버텨냈건만, 도대체 몇 번이나 위험한

다리를 건너다녀야 하는 건가.

교황과의 전투 때보다도 확실하게 더 가혹한 싸움이라고 자신 있게 장담할 수 있다.

나도 나름 강해졌다고 생각했건만, 편하게 싸우는 경우가 더 드물다니…….

그렇게 철수를 염두에 두기 시작한, 바로 그때!

영귀 뒤쪽에서, 흙먼지가 이쪽을 향해 다가오는 것이 보였다.

"아!"

필로가 날개로 흙먼지 쪽을 가리킨다.

직후, 지축이 뒤흔들리며 커다란 바람이 불어 올랐다.

그 바람을 타고, 커다란 하늘색 깃털이 날아오른다.

필로리알…… 필로와 같은 필로리알 퀸의 깃털이다.

당연하게도, 그 깃털 색깔은 눈에 익은 것이었다.

"늦어서 미안……. 시간을 벌어 줘서 고마워. 피트리아도 방패 용사의 노력에 보답할게."

그렇다. 그것은 피트리아가 이쪽을 향해 전속력으로 달려오는 모습이었다.

'기운'이라는 것 때문일까? 영귀가 우리를 무시한 채 그쪽 방향을 돌아본다.

피트리아가 커다랗게 날개를 교차시키는가 싶더니…… 온몸이 뭉실뭉실 부풀어 오른다.

어느덧 그 키는 영귀가 치켜든 머리 높이에 맞먹을 만큼 커져 있다.

물론, 전체적인 덩치는 영귀보다 훨씬 작다. 어디까지나 영귀가 네발로 서 있을 때의 머리 높이와 같다는 것에 불과하다.

"하아아아아아아아아아!"

드높이 도약한 피트리아가 영귀의 머리에 힘차게 발톱을 휘둘러 내린다.

푸억 하는 소리와 함께 영귀의 머리가 짓부수어졌다.

오오! 어마어마한 위력!

이 정도면 영귀를 이길 수도 있는 거 아냐?!

하지만——

영귀는 자기 머리를 자기가 갈기갈기 찢어버리더니, 곧바로 머리를 재생시키고, 빠직빠직 뇌전을 내쏘아서 피트리아를 공격한다.

그러나 피트리아는 가볍게 몸을 틀어서 그 공격을 회피하고, 원심력이 걸린 다리로 다시 머리를 걷어찼다.

이번에는 머리가 아주 날아가 버리지는 않고, 옆으로 쭉 늘어나는 정도에 그쳤다.

이건 완전히 제2회 괴수 대결전이 따로 없군.

지난번에는 공룡이었는데, 이번에는 거북이다.

괴수영화 중에 비슷한 게 있었더랬지.

아니……. 이런 상황에서 넋 놓고 구경만 하고 있다가는 짓밟혀 버릴 것이다.

"필로! 기다리고 기다리던 피트리아가 도착했으니, 일시 후퇴다! 이대로 있으면 우리까지 싸움에 말려들어서 쥐포 신세가 될 거야!"

"드디어…… 원군이 온 거군요."

털썩 쓰러지는 오스트를 부축하고, 나는 필로의 등에 올라탄다.

"좋아! 일시후퇴!"

"네~에! 하이퀵~!"

엄청난 속도로 필로에 올라탄 우리는, 지금까지 지원해 주던 연합군 쪽으로 쏜살같이 내뺐다.

8장 탐색

"전설의 필로리알……. 역시 실제로 존재했었군요."

영귀를 상대로 괴수 대결전을 찍고 있는 피트리아를 멀찌 감치 바라보며, 우리는 연합군 진영에 도착했다.

솔직히 내 몰골은 아주 말이 아닌 지경이다.

갑옷은 곳곳이 파손되어 있어서, 자동회복 기능이 감당하지 못할 정도다.

"뭐, 이걸로 문제가 해결되면 좋겠는데 말이지."

피트리아가 영귀를 상대로 공격을 거듭하고 있다.

"————!"

영귀가 등에 돋은 가시를 천공으로 사출.

피트리아는 그걸 감지하고 재빨리 후퇴……. 그러면서도 떨어져 내리는 가시를 쳐내서 궤도를 틀어 놓고 있다.

대단한 솜씨인데.

"크래시 차지!"

피트리아가 한쪽 날개를 펼치며 외친다. 그러자 피트리아가 끌고 있던 마차가 피트리아의 목소리에 호응하듯 거대화해서, 변형……한다?!

마차는 고대 유럽의 전차 같은 모습으로 변화. 피트리아가 고대 전차를 끌고 영귀를 날려 버릴 기세로 충돌했다!

또다시 영귀의 머리와 양발이 파괴된다.

"…………."

피트리아가 귀찮다는 듯 등딱지 쪽을 공격해 보지만 더 이상은 진전이 없다.

피트리아가 등딱지 공격을 포기하고 마차를 다시 변형시키면서 물러가는 동시에, 영귀는 손상된 부분을 곧바로 재생시키고 뇌전을 뿜어댔다.

"주인님, 피트리아가 말 좀 전해달래~."

"뭔데?"

"있잖아, 등딱지를 파괴하는 건 어려울 것 같대. 그러니까 피트리아가 이렇게 시간을 벌고 있는 사이에 퇴치 방법을 찾아내 달래."

직접 얘기하면 될 거 아닌가 싶지만, 저기서 나한테 말을 건다면 그것도 그것대로 시끄러울 것 같고, 그냥 포효 소리로밖에 안 들릴지도 모르겠다.

"부하 필로리알들은 어쨌지? 숫자로 밀어붙이면 될 거 아냐?"

"으—응…… 워낙 급하게 오느라 다른 필로리알들은 못 따라왔대."

하긴 그렇지…… 확실히 보통 필로리알들의 다리로는 따라잡기 힘들 것 같긴 하다.

그리고 보통 필로리알들이라면, 함께 왔다 해도 위력을 기대하기 힘들지도 모른다.

"나오후미 님!"

전투를 지켜보고 있으려니, 메르로마르크 성 쪽에서 라프타리아 일행이 달려왔다.

"피난 유도는 잘 끝났어?"

"일단 메르로마르크 성 밑 도시에 있는 사람들의 피난은 거의 완료됐어요. 슬슬 다음 작전에 들어갈 것 같다는 얘기를 듣고 달려온 거예요."

"잘했어. 우리의 싸움은 아직 끝날 기미가 안 보이니까 말이지."

피트리아 덕분에 시간은 벌었지만, 결정적인 승리에는 다 다르지 못하고 있다.

나 원 참, 영귀는 도대체 얼마나 괴물 같은 성능을 갖고 있는 거람.

"여왕, 필로 얘기는 들었지?"

"네. 역시 전설에 나왔던 것처럼…… 영귀의 몸속에 침입해서 봉인을 시도하는 방안이 가장 타당할 거라 생각합니다. 그 이외에도, 찾아낼 수 있을지 어떨지 의문이지만, 과거의 용사들이 남긴 비문에 대한 해독을 이와타니 님께 부탁드리는 방안도 있습니다."

"동시에 병행하는 수밖에 없겠군……."

그렇게 얘기를 나누는 동안에도, 피트리아와 영귀의 싸움은 계속되고 있었다.

"뭐야……."

나는 말문이 턱 막혔다. 영귀의 머리가 여러 개로 늘어나기 시작한 것이다.

그 머리들이 저마다 뇌전을 흩뿌리면서 피트리아를 불살라 버리려 하고 있다.

다만, 뇌전을 내쏘는 부분이 늘어난 영향인지, 화력이 약간 떨어진 것처럼 보였다.

"빨리 다음 행동으로 이행하는 게 좋을 것 같은데……."

오스트가 비틀거리며 필로에서 내려서 영귀를 응시하기 시작한다.

무력감일까……. 아니면 본체의 폭주를 안타까워하고 있는 건가.

"몸속으로 쳐들어가는 게 가능하긴 할까?"

"쉽지는 않겠지만, 이와타니 님, 영귀를 자세히 관찰해 보십시오."

"응?"

여왕의 말대로, 나는 시선을 집중해서 영귀를 살펴본다.

뚫어지게 살펴보니, 변모한 등의 등딱지……. 가시가 많긴 하지만, 그 밑동에는 산의 흔적이 남아있는 걸 분명히 알 수 있었다.

그 부분을 올라가면 영귀의 몸속으로 들어갈 수 있다는 동굴로 갈 수 있는…… 걸까?

머리, 앞다리, 등에 난 가시 사출……. 일단 등에 올라가기만 하면 이것들의 공격을 받지 않게 되니, 행동을 방해할 만한 요소는 별로 없을 것 같다.

만약에 뒷다리로 일어서는 동작이나 급회전을 해서 부딪치는 등의 동작을 한다면 살아남기 힘들겠지만.

……이대로 계속 피트리아에게 얻어맞다 보면 진짜로 그런 것까지 할 것 같아서 무섭군.

"영귀가 전설의 필로리알과 싸우고 있는 지금이라면, 뒤쪽을 통해서 올라가는 건 가능할 거라 생각합니다."

"흐음……. 위험하긴 하지만, 해 보는 수밖에 없겠군."

나는 필로를 향해 말을 건다.

"너도 들었지, 피트리아? 우리는 지금부터 영귀의 등에 쳐들어갈 거다. 그리고 지난번에는 찾지 못했던 영귀의 심장인지 뭔지를 찾아낼 거야. 그동안 싸워 줬으면 좋겠는데, 괜찮겠어?"

"있잖아. 알았으니까 빨리 하라고 그러는데?"

그렇다면 눈치 볼 필요 없겠군. 될 수 있으면 너무 날뛰지는 말아 줬으면 하는 심정이지만, 그것까지 바라는 건 너무 과도한 주문이겠지.

"좋아! 모두, 움직일 기력이 있는 녀석들은, 지금부터 영귀의 몸속에 쳐들어가서 심장을 찾는다. 다들 따라와!"

"여러분! 세계를 위해서, 방패 용사이신 이와타니 님의 말씀대로, 진격합시다!"

"""오오—!"""

연합군 대원들이 함성을 내지른다.

"이와타니 님께서 영귀의 공격을 막아내는 모습에, 모두 투지를 불태우고 있습니다. 이 기세를 몰아서 나아가죠!"

"하나 확인해 보고 싶은데, 여왕. 너도 갈 거야?"

"상황에 따라서는 영귀 유인을 맡을 생각이었습니다만,

전설의 필로리알 님이 영귀의 발을 묶어 주고 계시니, 저도 함께 가겠습니다."

"알았어."

라프타리아와 동료들 쪽을 보니, 약간 피로한 기색이 눈에 띄었다.

그야 그럴 만도 하지. 나도 지쳐서 졸음이 몰려오기 시작했으니까.

하지만, 지금은 그러고 있을 시간이 없다.

"후에에……. 이츠키 니님……."

리시아 녀석도 참, 곤란할 때면 이츠키의 이름을 중얼거리는 것 좀 이제 그만해 줬으면 좋겠는데 말이지.

왜 그런 별 볼 일 없는 녀석에게 집착하는 건지.

"나오후미 님, 몸은 괜찮으세요?"

"문제가 생긴 곳은…… 없어. 이 싸움이 끝나거든 갑옷은 수리나 개수 작업을 의뢰하는 게 좋을 것 같지만."

기능은 유지하고 있지만, 연속된 전투 때문에 너덜너덜해졌다.

옷을 갈아입는 것도 염두에 둘 수 있겠지만…… 인형옷 차림으로 싸우기는 싫다.

애초에 그 인형옷은 영귀와의 상성이 안 좋단 말이다.

아니면 리시아가 입고 있는 필로 인형옷을 빼앗을까?

"후에?!"

감이 좋은 건지, 리시아가 어수선하게 주위를 둘러보기 시작했다.

그러다가 리시아는 오스트가 걱정되는 듯 손을 내민다.

"괜찮을 거예요……. 모두 싸움을 끝내기 위해 애쓰고 있으니까요."

"네……."

"영귀에 쳐들어가는 데 성공한다고 쳐도, 우리가 할 일이 있는 건가?"

에클레르가 피트리아와 영귀의 싸움을 숨죽여 바라보고 있었다.

"처음보다 훨씬 더 난폭하게 변화한 상태잖아. 영귀의 몸속으로 통한다는 동굴에도 변화가 있을지도 모르는 거 아냐?"

"하, 하긴 그렇지."

"그리고…… 영귀의 사역마들은 그 동굴 속에서 나오는 건지도 몰라. 그럴 경우에는 너희가 도움이 될 테니까…… 충분히 대비해 두도록 해."

"그래야겠지……."

"우리가 가는 수밖에 없습니다!"

"네……. 가요, 나오후미 님!"

"좋아!"

이렇게 해서 우리는, 비교적 움직임이 적은 영귀의 뒤쪽으로 우회해 들어가서, 영귀의 등딱지에 올라가기로 했다.

9화 영귀굴

우리는 영귀의 뒤쪽을 통해 등딱지로 올라가서, 앞으로 나아가고 있었다.

가시들이 눈에 많이 띄지만, 산맥도 남아있기는 남아있다. 곳곳에 나무들이 울창하게 우거져 있다.

전승에 따르면, 동굴을 통해서 몸속으로 침입할 수 있다고 한다. 지난번에 우리가 조사했을 때는 그 동굴을 통해서 영귀의 몸속으로 들어가는 데 실패했었지만.

엎친 데 덮친 격으로 영귀의 등에는 사역마들이 잔뜩 있는 듯, 다양한 녀석들이 맞이해 준다.

어디서 이렇게 튀어나오는 건지, 박쥐형이며 설인형 등이 우글우글 몰려드는 느낌이다.

그나마 다행인 건, 돌격형이나 기생형은 없다는 점 정도려나……?

그나저나…… 이 가시투성이 산 부분을 터덜터덜 수색하는 건 등골이 빠질 듯 힘든 일이군.

게다가 우리는 지금 연합군을 데리고 등산을 하고 있는

거나 다름없는 상황이다.

거기에 영귀가 피트리아와 싸우느라 움직여대기까지 하니 진도가 영 느리다.

"오스트, 어딘지 알겠어?"

영귀의 심장으로 통한다고 하는…… 이른바 영귀굴에 대해 안내해 줄 수 있는지, 오스트에게 부탁해 봐야겠다.

"아마 저쪽일 것 같습니다."

"그래? 모두, 뒤처지지 말고 잘 따라오라고!"

"네!"

오스트의 지시에 따라서 산길을 나아간다.

뒤쪽에서 라프타리아와 에클레르가 영귀의 사역마들을 해치우고 있다.

리시아와 여왕은 후방에서 엄호해 주고 있다.

다만, 몰려드는 사역마들의 맹공 때문에 탈락하는 자들도 적지 않다.

"필로!"

"응!"

필로가 고속으로 내달려서 사역마들을 걷어찬다.

"나오후미 님!"

바로 뒤쪽에서 비명이 터져 나왔고, 라프타리아 등이 곧바로 비명 소리가 난 쪽으로 갔다가 돌아왔다.

"영귀 본체의 발은 묶었지만, 사역마들이 아직 많이 남아

있어서 피해가 계속 증가하는 중이에요."

"소수 정예로 올 수 있었더라면 그나마 나았을 텐데."

사역마들을 상대하는 데에도 고전을 면치 못하는 연합군 녀석들. 이 녀석들을 심장까지 데려가야 하는 건가…….

끝도 없이 쏟아져 나오는 영귀의 사역마들과의 전투를 생각하면…… 버겁다.

그렇게 생각하고 있으려니, 타 부대에서 활동하던 연합군 병사가 합류해서 내 쪽으로 달려온다.

"목적지인 동굴로 보이는 곳을 발견했습니다. 아마도 영귀굴인 걸로 보입니다."

그가 가리킨 곳은 산 중턱이다. 시선을 집중해 보니 확실히 동굴이 보였다.

지난번에도 본 곳이지만 산의 형상에 변화가 있어서 알아채지 못했었다.

"내가 앞장서지. 간다!"

"알았다!"

"전원! 방패 용사님 뒤를 따르라!"

"""오오—!"""

우리는 사역마들을 물리치면서, 병사가 찾아낸 동굴에 침입했다.

"조심해야 해."

"네."

라프타리아가 마법으로 빛 구슬을 만들어내서 동굴 안을 비춘다.

내가 선두에 서서 걷고, 라프타리아, 오스트, 에클레르, 필로, 리시아가 그 뒤를 잇고, 여왕과 할망구…… 그리고 연합군이 뒤를 따라온다.

지난번에 왔을 때와 구조가 약간 달라져 있는 것 같은 느낌이다.

이전에 왔을 때는 없었던, 동굴 내벽에 달라붙어 있는 눈알 모양 괴물, 영귀의 사역마(설치형)나 애벌레 같은 사역마가 나타나지만, 당해내지 못할 정도의 상대는 아니었다.

문제는 이 동굴이…… 미로처럼 복잡한 구조를 하고 있는 것 같다는 점이란 말이지.

벽은 생물이 아니라 돌이나 흙벽이다.

이게 정말 영귀의 몸속으로 통하는 게 맞긴 한 건지…….

차라리 머리 쪽으로 가서 입속으로 들어가는 게 확실하지 않을까 하는 생각까지 든다.

그렇게 재생을 반복하는 머리 쪽으로 들어갈 수는 있을까 하는 점부터 약간 의문이지만 말이지.

"길은 알 수 있겠어?"

"일단 지난번에 동굴을 조사했을 때 만든 지도 사본을 가져왔습니다."

여왕이 지도를 펼쳐서 내게 보여준다.

"그거 잘됐군."

처음부터 하나하나 지도를 만들어 가다가는 시간이 너무 걸릴 테니까.

역시 동굴 안은 미로처럼 복잡한 구조를 띠고 있는 것 같다.

그리고 입구는 도시 쪽에도 하나가 더 있는 것 같다.

"이 길을 통해서 사원 쪽으로 갈 수 있을지 한번 시험해 볼까?"

"그렇게 하시지요. 뭔가 힌트를 찾아낼 수만 있다면, 뭐든 실행해 보는 게 제일이니까요."

문제는…… 지도에는 심장이 있는 곳까지 가는 길이 나와 있지 않다는 거다.

중간까지만 나와 있다. 아니, 어쩌면 영귀가 활동을 정지한 상태에서는 지날 수 없는 길 같은 게 있었던 건지도 모른다.

큰 도움은 기대하기 힘들겠군…….

"오?"

지도를 확인하다가, 약간 널찍한 곳을 발견.

본진은 여기에 대기시켜 두고 탐색반을 따로 꾸려서 보내는 게 좋을 것 같다.

솔직히 인원수가 너무 많아서 도리어 움직이기가 거추장스러운 상태인 것이다.

그 녀석들이 라프타리아나 필로와 버금갈 정도의 실력을

가진 놈들이라면 문제 될 것 없겠지만, 그 둘과 같은 수준을 기대하는 건 너무 가혹한 일이겠지.

그러니까 휴식이라는 명목으로 연합군을 대기시켜 두는 것도 좋은 방법이다. 그렇게 하는 게 좋겠다.

나는 그렇게 마음먹고, 동굴 안의 넓은 공간을 목적지로 정한 채 연합군을 인솔한다.

그랬는데…….

"어라? 분명히 이 앞에 있다고 나와 있는데……?"

"지도에는 그렇게 나와 있습니다만…….”

분명히 지도를 따라서 왔건만, 중간에 꾸불꾸불한 낯선 길과 맞닥뜨리고 만다.

"지도가 잘못된 거 아냐?"

"이상하네요……. 이전까지는 분명히 맞았는데…….”

영귀가 본격적으로 활동하는 바람에 동굴의 형상도 바뀐 건가?

확신을 할 수 없다는 게 답답하기 짝이 없다.

이걸 어쩐다…….

그렇게 생각하면서 우리는 길을 따라 나아간다.

다행히 넓은 공간으로 통하는 길이라고 생각했던 길은 외길이었으니까.

만약에 갈림길 같은 게 있었더라면, 어딘가 다른 곳에서 대기시키는 편이 나았을 것 같지만.

이런 생각을 해 가면서 빙글빙글 도는 기나긴 길을 나아가는 수밖에 없었다.

그런 끝에…… 결국 널찍한 공간으로 나오는 데 성공할 수 있었다.

길의 형상은 바뀌었어도, 넓은 공간에는 변화가 없었던 걸까?

그나저나 목적지까지 도착한 것까지는 좋았지만…….

"뭔가 덩치 큰 마물이 있는데."

넓은 공간에서는, 그 넓이에 걸맞은 영귀의 사역마들이 활개를 치고 있었다.

수없이 많은 다른 사역마들에 비해 키가 크다.

RPG 게임에 나오는 중간 보스 같은 느낌이랄까.

영귀의 힘으로 미루어 보아. 이 녀석도 보나 마나 어지간한 잡몹들보다 훨씬 강할 것이다.

더 큰 문제는 숫자다.

"하나, 둘, 셋……. 은근히 많은데."

전부 합쳐서 일고여덟 마리 정도 된다.

한 마리 정도라면 식은 죽 먹기겠지만, 저 정도 숫자라면 연합군이 위험할 것 같다.

"그러게요. 어떻게 할까요?"

해치워도 바로 또 출현하면 곤란해지겠지만……. 그래도 해 보는 수밖에 없겠지.

"좋아. 다행히 엄청나게 많은 정도는 아니니까, 우리가 해치우고 상황을 지켜보자. 연합군 녀석들은 옆쪽과 후방을 잘 살펴."

"알겠습니다!"

"네~에."

"후에……. 열심히 싸워 볼게요."

"하아……. 좋아, 돌격!"

우리는 광장을 점거하고 있는 사역마들을 향해 돌격했다.

밖에 있는 고릴라나 설인과는 다른…… 거북인간? 키가 4미터나 되는 괴물이다.

이름은 영귀의 사역마(수호병)이다.

"야~압!"

필로가 사역마의 등딱지를 있는 힘껏 걷어찬다.

빡 하는 소리와 함께 등딱지가 함몰되고, 사역마는 벽에 나가떨어져서 움직임을 정지한다.

"야아아아아아아아압!"

라프타리아는 사역마의 목을 검으로 날려 버린다. 믿음직하군.

리시아는 약한 공격마법으로 적의 주의를 끌어서 라프타리아와 필로를 엄호해 주고 있다.

그러다가 자기가 타깃이 되면 내 유성방패의 범위 안으로 피해서 몸을 보호한다.

일단 연대 작전에 대해서는 이해하고 있는 모양이군. 이 정도면 합격점이다.

아니, 리시아는 처음부터 연대 능력에는 문제가 없었다. 이제 자기 실력만 더 키우면 쑥쑥 성장해 나갈 것이다.

문제는 그 실력의 척도인 스테이터스지만 말이지.

……지금은 앞쪽에 집중하자.

"하앗!"

오스트가 수호병 한 마리를 향해 손을 뻗어서 움직임을 둔화시킨다.

에클레르와 할망구, 그리고 리시아가 그 틈을 찔러서 해치운다.

"아이시클 니들!"

여왕이 마법을 영창해서 수호병의 움직임을 방해한다.

정말이지 믿음직한 포진이라니까.

"식은 죽 먹기네요."

검에 묻은 피를 털어낸 라프타리아가 사역마의 전멸을 확인했다.

확실히 예상했던 것보다 훨씬 약했다.

영귀가 워낙 강해서 지나치게 경계했던 건가?

아니, 연합군을 뒤에 거느리고 있는 상황이니까. 좀 지나치다 싶을 정도로 경계하는 게 딱 좋다.

"응. 살짝 단단하지만."

"필로는 일부러 단단한 곳을 골라서 걷어차잖아요."

"그치만 다른 곳은 너무 물렁물렁한걸."

"쓸데없는 동작이에요."

두 사람은 시시껄렁한 대화를 나누고 있다. 천재와 수재가 나누는 대화 같은 분위기군.

"두 분은 정말 강하시네요!"

"리시아, 너도 저렇게 될 수 있어. 변환무쌍류 수행은 어떻게 되고 있지?"

"후에……. 노력할게요!"

그리고, 리시아가 들고 있던 검으로 수호병을 찌른다.

"으음! 성인님을 공격할 때와 같은 요령으로 공격해야 합니다! 그렇게만 하면 물리치지 못할 적은 없을 것입니다."

"할망구, 너 이 자식……."

하필이면 나를 공격할 때와 같은 요령이라니, 말을 해도 그따위로 하기냐.

그런 생각도 들었지만, 어쨌거나 리시아의 찌르기는 영귀의 사역마(수호병)를 꿰뚫었다.

으…… 뭔가 심장이 옥죄는 기분인데, 아무리 나라도 저렇게 검으로 관통당하면 그냥 좀 아픈 정도로 넘어가기는 힘들 거다.

그런 대화를 나누며 소탕을 마친다.

"증원은…… 현재까지는 없군."

"그러게요."

해치운 그 자리에서 끝도 없이 쏟아져 나오거나 할 가능성도 있다고 생각했지만, 보아하니 그런 함정은 아닌 모양이다.

"굉장해……."

연합군 녀석들이 우리를 보며 우두커니 뇌까린다.

내 입장에서 보자면, 그냥 네놈들이 지나치게 약한 것 같은데…….

평균 레벨은 어느 정도지? 이런 놈들이 레벨 60 정도나된다면 눈물이 날 지경이다.

"이분들은 방패 용사님과 여왕님이시니 그 정도는 당연하지 않소이까."

그림자가 나타났다. 뭐야, 너도 여기 있었던 거냐.

그림자란, 메르로마르크의 여왕 휘하에 속한 국가의 은밀부대 같은 놈들이다.

닌자 같은 녀석들이라고 생각한다면 크게 틀리지는 않을 것이다.

손에 들고 있는 단검에 사역마의 피가 묻어 있는 걸 보면, 싸우고 있기는 했던 모양이군.

"무슨 일이지?"

"여기를 거점으로 조사를 하실 계획이옵니까?"

"그래……. 그나저나 따라왔었던 거냐."

"이번 작전에서는 연합군의 호위를 맡았소이다."

"제가 맡겼습니다."

"그랬었군."

그림자에게 연합군 호위를 맡기다니……. 연합군 녀석들도 일단은 싸우기 위해 존재하는 부대 아냐?

영귀의 사역마가 그렇게 강한 마물이었나?

하긴……. 연합군은 영귀를 봉인하기 위한 특수부대 같은 거라고 생각하면 되겠지.

전투 능력보다는 그쪽 능력에 집중하는 부대라고 생각해 두자.

"좋아! 연합군들은 들어. 지금부터 여기를 거점으로 영귀의 심장을 찾는다. 너희는 여기를 지키는 데에 전념해 줘. 우리는 탐색을 시작할 테니."

"아, 알겠습니다!"

연합군은 긴장을 풀고, 각각 광장 곳곳을 경계하며 휴식에 들어간다.

극도의 긴장감과 잇단 전투 때문에 상당히 지쳐 있었던 듯, 피로에 찌든 느낌이다.

그렇게 지칠 정도로 싸웠던 것 같지는 않은데…….

내 입장에서 보자면, 아까 그 지구전 정도의 싸움은 해 줘야 지칠 만하다고 할 수 있는 것 아닌가!

방패의 영향 때문인가? 아니면 라프타리아와 필로가 이

상한 건가?

어찌 됐건, 영귀를 물리치거든 이것저것 생각해 봐야겠군.

"그림자……. 혹시 알고 있다면, 연합군의 평균 레벨이 어느 정도인지 가르쳐주겠어?"

"영귀의 심장 봉인 부대의 평균은 65올시다."

"……예상보다 더 형편없잖아. 여왕, 어떻게 좀 해 봐. 레벨에 비해서 기대 이하의 능력이잖아. 라프타리아와 필로의 레벨도 아직 70대라고."

"보통은 그 영역에 도달하려면 아무리 열심히 노력해도 몇 년은 걸린답니다."

뭐라고? 성장 보정이 그렇게까지 큰 차이를 만드는 건가?!

리시아의 스테이터스가 낮은 게 아니라, 보정이 없으면 이게 보통인 건가?

아니, 아니, 설마 그럴 리야 없겠지.

이츠키는 리시아가 약하다는 이유로, 구실을 만들어서 해고했던 거니까.

……그런 리시아도 필로 인형옷 덕분에 다소나마 전력에 보탬이 되는 마당인데 말이지.

아저씨에게 부탁해서 필로 인형옷을 양산시킬까? 재료가 두 벌 분량밖에 안 남았지만.

……양산형 필로 인형옷이라……. 필로의 깃털을 뜯어내

면 만들 수 있으려나.

"?!"

필로가 깃털을 파도치듯 곤두세우며 안절부절못하고 있다.

"왜 그러세요?"

"뭔가 기분이 이상해!"

말도 안 했는데 내 마음을 눈치챘다.

……감이 예리한 녀석이다. 깃털을 뜯어내기는 힘들겠군.

"그림자는 저 녀석들보다는 강한 것 맞지?"

그 녀석들에게 기대해 보고도 싶지만, 조사에 내보냈다가 사역마들에게 당해서 못 돌아오게 되면 일이 난처해질 거다. 제대로 싸울 수 있는지 어떤지 미리 확인해 둬야겠다.

"암살이나 전투도 염두에 둔 전문부대이니만큼, 어느 정도 레벨과 무술 소양은 갖추고 있소이다."

"그럼 그림자 부대의 절반은 호위, 나머지 절반은 탐색에 배치해 줘."

"알았소이다. 하지만 이번 싸움에서 그림자도 소모가 상당히 심하니까, 그렇게까지 큰 기대는 하지 않는 게 좋을 것이올시다."

"나도 알아."

어찌 됐건, 작전은 정해진 셈이다.

아직도 갈 길이 멀다. 심장부 탐색은 그림자에게 맡기고,

심장을 찾을 때까지 연합군은 휴식을 취하게 하는 게 좋겠다.

그러는 동안, 우리는 따로 조사를 벌이기로 한다.

"할망구와 에클레르. 너희는 연합군과 함께 여기에서 대기하면서 마물이 나오거든 싸우도록 해."

"그리합지요!"

"알겠다!"

"필로는 그림자와 함께 탐색을 맡아. 필로, 코를 사용해. 너만 믿는다."

"네~에! 열심히 해 볼게~!"

그리고 나머지를 데리고 할 일은.

"그럼 라프타리아, 오스트와 리시아, 그리고 여왕⋯⋯. 이렇게 되겠군. 이 동굴을 따라가면서 도시 방향에 있는 사원 잔해를 찾아내 줘."

"네."

"심장부를 찾는 것도 중요하지만, 힌트를 찾아내는 것도 필요하다는 말씀이군요."

"후에에⋯⋯. 최선을 다할게요."

"알겠습니다. 이와타니 님께서 명하신다면 함께 가도록 하죠."

여왕을 데려가는 건 뭔가 문제가 있을 것도 같지만, 여왕은 내가 아는 사람들 중에서 가장 지식이 풍부한 편이니 어쩔 수 없다.

뭐, 어찌 됐건 여왕에게는 호위병도 많고, 본인도 그럭저럭 강하니까 연합군 녀석들보다는 보호하기 쉬울 테고.

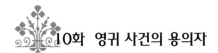

10화 영귀 사건의 용의자

"하앗!"

라프타리아가 영귀의 사역마에게 달려들어서, 검으로 찢어발긴다.

"이거 원 끝도 없이 튀어나오는군. 밖에는 별로 없어서 방심했었어."

사원 쪽으로 통하는 동굴을 따라 이동하던 우리는, 도중에 영귀의 사역마들과 수도 없이 조우하는 신세가 되었다.

역시나 이 영귀굴 내에는 사역마들의 소굴 같은 게 있는 모양이군.

지도도 별로 도움이 안 된다.

솔직히 번거롭기 짝이 없다.

게임이었다면 던전 탐색 같은 것도 재미있는 요소지만, 지금 우리에게는 시간이 없다.

밖에서는 지금도 피트리아가 영귀의 발을 묶어두기 위해 싸우고 있는 것이다.

게다가 영귀의 머리가 늘어난 상태다.

그렇게 빗발치는 공격 속에서 시간을 벌어 주고 있지 않은가. 던전 탐색을 즐기느니 하는 건 말도 안 되는 소리다.

오로지 감에만 의지해서 터벅터벅 동굴 안을 걸어 사원 쪽으로 향한다.

그러다가 갈림길을 마주쳤다.

"여왕, 제대로 가고 있는 것 맞아?"

"여기저기서 변화가 일어나고 있는 것 같지만…… 방향은 문제없을 거예요."

"아마…… 저쪽일 것입니다."

오스트가 조용히 도시 반대편 방향을 가리켰다.

"그쪽은 도시와는 다른 방향일 텐데."

"확실한 건 아니지만…… 어렴풋이 앞길이 보이는 것 같아서…… 죄송합니다."

오스트의 감을 믿어야 할까, 방향감각에 따라야 할까.

하지만 잘 생각해 보면 오스트는 영귀의 사역마란 말이지.

다시 말해 영귀와는 모종의 연결점이 있다고 해도 이상할 게 없다는 거다.

그렇다면 오스트의 말을 믿어 보는 것도 괜찮을 것 같다.

뭐, 만약 이게 배신행위라면 충분한 제재를 가해 주면 될 일이다.

"알았어. 일단은 오스트가 가리키는 방향으로 가 보지."

"네. 그럼 가시지요."

오스트가 가리킨 방향의 길을 따라 걸음을 내딛는다.

이 결정이 옳았다는 것이 판명되는 데에는 그리 오랜 시간이 걸리지 않았다.

걸어가다 보니 얼마 지나지 않아 길이 사원 방향으로 크게 휘어져 있었던 것이다.

다른 길로 갔더라면 마찬가지로 길이 휘어져서 엉뚱한 방향으로 가게 되었을지도 모른다.

그렇게 생각하면서 걸어가다 보니, 이번에는 사거리에 맞닥뜨렸다.

게다가 영귀의 사역마까지 몇 마리 있다.

"에잇!"

"아이시클 프로즌!"

라프타리아가 재빨리 칼을 휘두르고, 여왕이 마법으로 움직임을 둔화시킨다.

오스트가 영귀의 사역마의 움직임을 방해하고, 리시아도 허둥대면서 검을 내질렀다.

"어디 보자…… 이 길은……."

영귀의 사역마를 해치우고 오스트에게 눈짓을 보내려 했을 때, 증원부대인 영귀의 사역마(박쥐형)가 달려오는 동시에, 모퉁이에서 사람이 나타났다.

"모험가……?"

왜 이런 곳에 모험가가 있는 거지?

거기에는 세 명의 모험가가 서 있었다.

하나는 나보다 키가 큰 남자.

창 같은 무기를 한 손에 들고 있다. 복장은 무거워 보이는 전신갑옷.

다만, 옷맵시는 꽤 그럴싸하다.

다음은 트윈테일의…… 전체적으로 하얀 이미지의 여자다. 다만, 어리다기보다는 똑 부러진 느낌이다.

경갑옷을 입고 있는데 아직 적응이 덜 된 새내기 모험가같다.

신장은 나보다 훨씬 작은데…… 어쩐지 위화감이 느껴진다.

마지막은 쇼트 보브 스타일의 여인.

옷차림이 매우 근사한, 귀족을 연상케 하는 마법사 풍의 여인이다. 머리색은 빨간색……인가?

뭔가 여러모로 이상한 녀석들이다.

물론 연합군 중에도 모험가들이 섞여 있다는 것 같았지만, 영귀에 쳐들어온 부대는 국가에서 선발한 자들이다.

명령을 무시하고 우리를 쫓아왔다…… 라는 식으로 생각해 보려 해도, 뭔가 이상하다.

"명성을 얻으려고 온 건지도 모르지만, 빨리 여기를 떠나는 게 좋을 텐데."

"그, 그래……. 아니, 아, 알겠습니다."

"이와타니 님, 잠시 기다리시길……. 좀 이상하네요. 모험가가 이런 곳에 있다니……. 영귀가 움직이기 전에 숨어들었다가 낙오되어 있던 것일까요?"

그것도 가능성이 없지만은 않은 얘기다.

지난 1주일 동안 국가에서도 영귀 내부를 조사했던 것이다. 동굴 안에 모험가가 남아있었다 해도 이상할 건 없다.

미처 빠져나오지 못해서 영귀의 사역마들을 물리쳐 가면서 동굴 안에 몸을 숨기고 있었다……. 그렇게 생각하면 아귀가 들어맞는다.

"…………?"

라프타리아가 한 발짝 앞으로 나서서 고개를 갸웃거린다.

"왜 그래?"

"아뇨, 이분들…… 뭔가 모습을 감추는 마법 같은 걸 쓰고 계신 것처럼 보여서요."

라프타리아는 빛과 어둠의 환각 마법에 자질이 있다.

그 덕분에, 모종의 마법으로 모습을 감추고 있는 환각 부류에는 내성이 강한 건지도 모른다.

"수상하네요. 라프타리아 양, 어떻게 해 볼 수 없을까요?"

여왕이 미간을 찌푸리고 부탁한다. 여왕이 얘기 안 했더라면 내가 지시했을 것이다.

"알았어요. 실례지만, 모습을 위장하는 건 옳지 않은 일이니까 포기하시는 게 좋을 거예요."

라프타리아가 마법을 영창한다.

그와 동시에, 모험가 녀석들이 펄쩍 뛰어 물러선다.

"쳇!"

역시 모습을 숨기고 있던 거였군. 하지만 이미 늦었어!

『힘의 근원인 내가 명한다. 다시금 진리를 깨우쳐, 진정한 모습을 드러내라!』

"안티 미라주!"

라프타리아의 손에서 빛이 뿜어져 나와서 주위를 밝힌다.

그리고 마법의 힘에 의해, 모험가들을 가리고 있던 힘이 쓸려 나갔다.

나는…… 정체를 드러낸 모험가들을 보고는 말문이 막히고 말았다.

"너, 너는……."

세 명의 모험가.

아니, 이 세 사람은 절대 모험가가 아니다.

전위는 남자. 사람 좋아 보이는 믿음직한 얼굴. 특징적인 커다란 낫을 들고 있다.

중앙은 여자. 유령처럼 하얀 피부, 곧게 뻗은 검은 머리칼. 이제 내 눈에는 그저 무기로만 보이는 부채.

후위도 여자. 바다처럼 파란 머리칼, 이마에는 눈부시게 반짝이는 보석. 그리고 내가 준 보석 팔찌.

의심의 여지가 없다.

내가 물리쳐야만 하는…… 적.

"칫! 들켰다면 어쩔 수 없지. 이런 곳에서 꼬마 패거리와 맞닥뜨리다니 재수도 없군."

"라르크, 알고 있겠죠?"

"분명히 경계하고 있었는데 이렇게 맞닥뜨리다니……."

그렇다. 거기에는 어째선지 라르크를 필두로 글래스, 테리스가 있었던 것이다.

왜 이런 곳에 있는 거야?!

글래스는 파도의 균열에서나 나오던 거 아니었어?

하긴, 예전에 라르크와 테리스는 파도가 일어나기 전에도 만났었으니, 이쪽으로 넘어올 수 있는 다른 수단이 있는 건지도 모르지.

그리고 라르크와 테리스는 우리와 만났을 때와 같은 복장을 하고 있다.

문제는 글래스다.

얼핏 보면 글래스라고 알아보기 힘든 차림을 하고 있다.

헤어스타일은 트윈테일이고, 복장도 서양식 경갑옷을 입고 있다.

원래 일본의 전통 미인 같은 이미지였다 보니 지금의 모습에서 엄청난 위화감이 느껴진다.

머리색이나 이목구비는 바꿀 수 있어도 차림새까지 바꾸

지는 못했던 모양이군.

"마침 잘됐어. 여기에 있는 이유부터 파도 때의 원한까지, 모조리 다 다그쳐 물어봐야겠어."

재빨리 방패를 앞으로 들어서 전투태세를 취한다.

상대방도 저마다의 무기를 꺼냈다.

"글래스 아가씨, 여기는……."

라르크가 뭔가 제안을 하기도 전에, 동굴에 구멍이 뚫리고, 영귀의 사역마(설치형)이 출현했다.

그것도 한두 마리가 아니다.

여러 종류의 사역마들이 구멍을 통해 우글우글 몰려나온다.

영귀의 사역마(설치형)은 우리를 향해 열선을 내쏘았다.

게다가 영귀의 사역마들은 글래스 패거리는 무시한 채 우리에게만 공격을 퍼부어댄다.

"유성방패!"

결계를 쳐서 사역마의 공격을 차단한다.

그런데 영귀의 사역마들은 마치 글래스 패거리를 보호하는 것 같은…… 의식적인 연대를 취하고 있는 것처럼 보인다.

"그렇게 된 거였군……. 이제야 알겠어."

아무래도 이 영귀 폭주 사건에는, 글래스 일파가 관여되어 있는 것 같군.

"칫! 이렇게 나온단 말이지?"

라르크가 영귀의 사역마 쪽을 노려보며 뇌까린다.

무슨 소릴 하는 거야?

"하앗!"

라프타리아가 한 발짝 앞으로 나서서 영귀의 사역마들을 쓸어버리며 라르크 패거리에게 돌격한다.

"어쩔 수 없네요."

글래스가 라프타리아를 향해 부채를 휘둘러 왔다.

내가 재빨리 라프타리아에게로 다가가서 유성방패로 보호했지만, 동굴 통로가 너무 비좁아서 움직이기가 껄끄럽다.

그 틈에 녀석들이 거리를 벌리고 만다.

"아가씨!"

"글래스 양!"

라르크와 테리스가 글래스에게 대고 소리친다.

뭐야? 내부 분열인가?

그나저나…… 글래스의 일격이 너무 가볍다. 유성방패가 깨져나갈 걸 각오하고 있었건만.

이상하다. 카르밀라 섬에서 싸웠을 때는 좀 더 묵직하게 느껴졌던 것 같은데.

"어이, 꼬마! 여기는……!"

라르크가 이쪽을 향해 뭔가 소리를 지르지만, 어디선가 나타난 영귀의 사역마 증원부대와 우글우글 쏟아져 나오는 설치형 사역마들의 공격 때문에 목소리가 지워져 버린다.

"영귀에게 뭔가 수작을 부린 게 저분들이라고 생각해도 되는 걸까요?"

여왕이 마법을 영창하면서 뇌까린다.

아마 그럴 가능성이 높겠지.

우리만 일방적으로 공격당하는 이 상황은 누가 봐도 이상하다.

"방패 용사님!"

비좁은 동굴 안에서 영귀의 사역마들을 저지하려던 오스트가 내게 말을 걸었다.

"뭐지?"

"이 사역마들은 둔화시킬 수 없습니다……. 누군가에게 직접 조종당하고 있습니다."

"그야 그렇겠지."

글래스 패거리가 사역마들을 부려서 나를 공격하는 거라고 볼 수 있는 상황이다.

"지금은 이러고 있을 때가 아니지만……!"

라르크 일당이 무기를 휘둘러서 우리를 향해 뭔가 스킬 같은 공격을 내쏜다!

어림없지! 나는 아군 앞으로 나서서 유성방패와 에어스트 실드로 보호한다.

비좁은 동굴 안에 출현한 에어스트 실드 때문에 시야가 좁아지지만, 보호해야 하는 범위도 그만큼 줄어드는 셈이다.

뭐, 녀석들이 마법 같은 걸 쏘면 곤란해지지만.

그런 생각을 하고 있으려니 라르크와 글래스가 내쏜 스킬이 명중해서, 불꽃이 튄다.

라르크 일당은 사역마들이 말려드는 걸 감수하고 공격할 꿍꿍이이리라. 사역마들이 나가떨어지는 소리가 울려 퍼진다.

유성방패가 파괴되고, 에어스트 실드에 도달한다.

에어스트 실드의 효과가 사라지기 전에, 위쪽에 있는 영귀의 사역마(설치형)가 열선을 내쏘는 모습이 방패 틈새로 엿보인다. 뭘 하려는 거냐?!

그렇게 생각한 찰나의 순간, 동굴 천장에 금이 간다.

"어이! 꼬마! 조심……!"

"설마…… 목적은……!"

라르크와 글래스가 뭔가 뇌까리기도 전에 동굴이 무너져 내렸고, 나는 재빨리 세컨드 실드를 전개해서 지붕을 만들며 물러선다.

어마어마한 흙먼지 때문에 숨도 쉬기 힘들 지경이다. 그대로 후퇴해서 흙먼지가 없는 곳까지 물러섰다.

"쿨럭…… 제법인데 그래?"

그런 비좁은 곳에서는 제대로 싸울 수도 없다.

그 상황에서 작은 박쥐형과 설치형 사역마들로 공격해 오다니, 얍삽한 데도 정도가 있지.

워낙 협소한 곳이다 보니 여왕과 리시아의 마법 지원도 받을 수가 없다.

오스트는 영귀의 사역마를 억제해 보려고 애를 써 주었지만 상대의 지배력이 워낙 강해서 뜻대로 안 되는 모양이다.

어쨌거나…… 글래스 패거리가 이 사건에 관여되어 있다는 게 판명됐군.

나아가서 흑막이 아닐까 하는 의심까지 든다.

"어떻게 할까요?"

"동굴이 무너진 것 같은데, 돌 더미를 날려 버릴 수 있겠어?"

보아하니 도망칠 목적으로 동굴을 파괴한 모양이군.

"어려울 것 같습니다."

"하긴 그렇겠지……."

한번 무너진 곳이 더 무너져 버리면 골치가 아파진다.

천장의 암반은 튼튼한 줄 알았는데 의외로 맥없이 무너지는군.

여왕의 얼음 마법으로 붕괴를 막을 수 없을까 하는 생각도 들었지만, 그러려면 정밀한 마법 조작이 필요하다.

게다가 영귀의 사역마들이 이렇게 몰려들면 위험할 수도 있다.

"상황이 이렇게 됐으니, 우회하거나 한 번 돌아가는 수밖에 없겠는데."

"조금 돌아가면…… 앞쪽 길로 합류할 수 있을지도 모릅니다."

오스트가 감을 발휘한다.

뭐, 영귀의 사역마인 오스트가 하는 말이니, 틀리는 일은 없겠지.

한창 그런 얘기를 나누고 있을 때…… 흙먼지가 걷히는가 싶더니…… 거기에 글래스와 라르크가 서 있었다……?

"…………."

말없이 섬뜩하게 웃는 글래스 일당. 그 눈이 빨갛게 빛나고, 각각 거북 등딱지 모양을 한 기분 나쁜 무기를 움켜쥔 채 우리를 향해 덮쳐 왔다.

"큭……."

재빨리 글래스의 부채와 라르크의 낫을 손으로 막아내고 상대를 노려본다.

히죽하고, 등골이 오싹해지는 웃음을 짓는 라르크 일당과 나는 눈싸움을 벌이기 시작한다.

뭐야, 이 녀석들? 아까랑은 다르게 동작이 뭔가 좀 이상하잖아?

시야에 마물명이 나타났다.

영귀의 사역마(의태형)

의태?! 그렇다면 진짜가 아니라는 얘기잖아!

그러면서도 전투력은 본인보다 못하지 않다는 건가?

"나오후미 님!"

라프타리아가 검을 휘두르고, 오스트가 여왕과 함께 마법을 영창한다.

리시아는 한발 늦게 나를 향해서 지원 마법을 걸고 있는 모양이다.

"…………."

라프타리아의 검 공격에 반응한 가짜 글래스가 물러서고, 가짜 라르크가 나를 무시한 채 라프타리아에게 낫을 휘두른다.

"당신의 목적은……."

라프타리아가 라르크 일당에게 물으려다가 고개를 갸웃거린다.

"그래, 이 녀석들은 본인이 아냐. 보아하니 도망치면서 귀찮은 선물을 놔두고 간 모양이야."

"이와타니 님! 라프타리아 양! 자세를 낮추세요! 아이시클 소드!"

여왕이 얼음 검을 만들어 내서 라르크와 글래스를 향해 사출한다.

나와 라프타리아는 그 궤도를 읽고 종이 한 장 차이로 회피했다.

가짜 라르크와 가짜 글래스는 여왕의 얼음 검을 한 손으로 막아내 버렸다.

전투력은 제법 강하다고 보면 될 것 같다.

비좁은 동굴 안에서 이런 녀석들과 싸워야 하다니, 상황이 너무 버거운데.

"…………!"

가짜 글래스가 부채를 휘둘러서 열풍을 일으킨다.

큭…… . 저건 혹시 윤무 제0형식 · 역식설월화(逆式雪月花)라는 공격 아니었던가?

뭔가 속성이 있는 건지도 모르지만 그 공격에 대해 자세하게 알고 있는 건 아니다. 그냥 비슷하게 흉내만 낸 공격이긴 하겠지만, 확인할 수단이 없다.

이런 좁아터진 동굴 안에서 그딴 걸 쏴 버리다니!

천장에서 다시 흙이 떨어지기 시작한다.

가만히 있으면 다시 동굴이 붕괴되고 말 것이다.

무너진 동굴 잔해가 이 녀석들까지 퇴치해 준다면 다행일 수도 있지만, 그 대가로 우리까지 생매장당할 위험이 있다.

"…………!"

가짜 라르크도 뭔가 공격 자세를 취했다.

그 자세로 보아 비천대차륜(飛天大車輪)이라는, 에너지로 이루어진 바퀴 형태의 낫을 날리는 공격일 것 같다.

내 예상대로, 가짜 라르크는 가로 방향으로 회전하는 낫을 날려 왔다. 하지만 에너지로 이루어진 게 아니라 거북 등딱지 같은 게 달린 낫을 던진 것에 불과했다.

가짜 글래스와 가짜 라르크가 내쏜 공격이 퍽 하고 내 방패에 명중한다.

그저 그게 전부였을 뿐, 이렇다 할 위력은 없다. 보아하니 진짜에 비해서 위력은 월등하게 떨어지는 모양이군.

하지만 동굴 내벽에 미치는 대미지는 크다.

가짜 라르크가 동굴 벽에 손을 짚으니, 슥 하고 낫이 만들어져서 그 손아귀에 들어간다.

……성가신 놈들이군.

『힘의 근원인 오스트 호라이가 명한다. 다시금 삼라만상을 깨우쳐, 내 힘의 발현을 원한다!』

"중력장! 초중력!"

오스트가 영창한 마법이 완성되어, 가짜 글래스 패거리에게 검고 반투명한 마법 구슬이 명중한다.

"…………?!"

가짜 라르크와 가짜 글래스는 몸이 뜻대로 안 움직이는 듯 비틀거리면서 몸을 숙이고 있다.

반대로 라프타리아는 중력 안에서도 마음대로 활동할 수 있는 모양이다.

내가 가진 마법 적성이 회복과 지원이기에 느끼는 건지도 모르지만, 이건 방해의 부류에 해당하는 건가? 이 마법도 실제로 당하게 되면 상당히 성가실 것 같다.

게임 같은 것에서 보면, 상대를 약화시키는 마법은 수수해서 그다지 도움이 된다는 인상이 들지 않는 경우가 많다.

물론 게임에 따라 다르겠지만.

하긴, 지원마법도 게임에 따라서는 불필요한 마법으로 취급받곤 하니까.

그러나 1초가 생사를 가르는 실제 전투에 있어서는, 방해나 약화 마법을 얻어맞으면 경우에 따라 치명상을 입을 수도 있다.

"하아아앗!"

라프타리아가 크게 한 발짝을 내딛고, 가짜 글래스의 가슴에 빛나는 검을 있는 힘껏 박아 넣는다.

"음양검!"

쑤걱 하는 소리와 함께 가짜 글래스의 가슴에 검이 박히고, 가짜 글래스는…… 더 이상 형태를 유지하지 못하고 모습이 일그러졌다.

으웩……. 인간의 형태가 우그러지고 나니, 복부에는 눈알이 생겨나고 양다리가 비대해진다.

이런 좁아터진 곳에서 커지지 마!

숨통이 끊어지지 않았다는 걸 깨달은 라프타리아가 검을 뽑고 내 쪽으로 물러선다.

"너무 좁아서 마음대로 싸울 수가 없어요……."

"그러게 말이야."

이 상황을 어떻게든 타개할 방법은 없는 걸까?

가짜 글래스였던 사역마가 눈알을 크게 부릅뜨고 빨간빛을 수축시키고 있다.

저거 혹시, 이 좁은 동굴 안에서 우리를 향해 열선을 내쏘려고 저러는 거 아냐?!

그 밀도는 상당히 짙어서, 피부로도 느낄 수 있을 정도였다.

버텨 내지 못할 정도는 아니겠지만, 맞는 지점에 따라서는 타격이 클 수도 있을 것 같은데.

주위가 빨갛게 빛나고…… 뭐지? 동굴이 가짜 글래스였던 것에게 힘을 빌려주고 있는 것처럼 보이잖아.

"방패 용사님! 조심하십시오!"

오스트가 나에게 경고해 준다.

"그 정도는 나도 알아. 보아하니 저 녀석이 할 수 있는 제일 강한 공격인 것 같으니까."

피하거나 할 수 있는 차원이 아니라는 건 짐작이 간다.

이런 비좁은 곳에서 일직선으로 열선을 내쏘는 것이다. 도망칠 수 있을 리도 없고…… 모퉁이 같은 곳이 있으면 좋겠지만, 애석하게도 여기는 완만하게 길이 휘어져 있는 게 전부인 동굴이다.

피하려고 마음먹으면 피할 수 있을지도 모르지만, 열선이 엄청나게 굵은 것 같단 말이지.

가짜 글래스였던 사역마의 눈알은 이제 동굴 크기에 맞춰서 덩치를 불린 상태다.

"…………!"

가짜 라르크가 낫을 옆으로 크게 휘둘러서 이쪽으로 투척했다.

쩍 하는 소리와 함께 방패로 막아낸 것까지는 좋았지만, 그 옆에서 촉수가 뻗어 나와서 방패에 엉겨 붙으려 한다.

별 성가신 공격을 다 하는군.

그리고 뿌리를 내리려는 듯 지면으로 끌고 가려고 했다.

이건 분명…… 열선으로 나를 해치우려는 꿍꿍이라고 봐도 되겠지.

나는 재빨리 방패를 변화시킨다.

조금 전까지는 영귀를 상대할 때 많이 사용했던 소울 이터 실드였지만, 이 가짜 글래스와 가짜 라르크는 속성 면에서 소울 이터 실드와 궁합이 안 맞는 공격은 하지 않는 것 같다.

물속성을 갖고 있으면서 소울 이터 실드보다 능력치가 훨씬 높은, 고래 마법핵 방패로 변화시킨다.

고래 마법핵 방패(각성) +6 45/45 SR

능력 해방 완료……장비 보너스, 스킬 『버블 실드』 「선상전투기

능2」

　전용효과 「물속성」「열선 방패(중)」「마법보조」「마력회복(소)」
「잠수시간 연장」

　숙련도 70

　아이템 인첸트 레벨6 「화염 내성 15% 향상」

　카르마 펭 파밀리아 스피리트 「물 속성 장비 능력 향상」

　스테이터스 인첸트 「마법방어25+」

　표면이 매끈매끈해서 촉수가 달라붙기 힘든 방패이다 보
니, 촉수의 결박이 느슨해진다.

　"라프타리아!!"

　"네!!"

　가짜 글래스였던 녀석이 가짜 라르크 너머로, 나를 향해
굵직한 열선을 내쏜다.

　"에어스트 실드! 세컨드 실드! 드리트 실드!"

　방어용 방패를 생성해서 대비했다.

　방패가 나타나기 직전에 보인 광경은, 가짜 라르크였던
것이 증발하는 모습이었다.

　알고 있는 사람과 비슷한 생김새를 한 녀석인 만큼, 그 모
습을 보는 기분이 썩 유쾌하지는 않았다.

　파직파직 소리를 내며 열선이 방패에 부딪치는 감각이 느
껴진다.

······길다. 가짜 글래스였던 녀석이 엄청나게 긴 시간 동안 열선을 쏘고 있다.

먼저 에어스트 실드의 효과 시간이 다하고, 곧이어 세컨드 실드, 드리트 실드의 효과 시간도 끝나 버렸다.

뭐, 애초에 에어스트 실드의 효과 시간 자체가 그다지 길지는 않지만······.

방패를 앞으로 내밀고 시선을 집중해서 앞쪽을 살펴본다. 상당히 위험한 짓이지만.

영귀의 사역마······ 가짜 글래스였던 녀석이 여전히 열선을 내쏘고 있다.

······음. 이 공격은 한참 더 계속될 것 같다.

게임 속이라면 쏠 수 있는 시간이 한정되어 있고, 열선은 SF 장르의 게임에서 무기로 등장하곤 한다. 냉각 시간이 필요하다는 설정이라 장시간 공격은 불가능한 경우가 많다.

하지만 이건, 보아하니 설치형이 쏘는 광선보다 밀도와 위력이 높으면서, 지속적으로 쏠 수 있는 것 같다.

나는 고개를 돌려서 여기 있는 인원들을 확인한다.

라프타리아, 여왕, 오스트, 리시아다.

이 중에서 저 가짜 글래스였던 사역마를 해치울 만한 기량이 있는 건, 접근전의 경우라면 라프타리아 정도일까?

마법을 염두에 두자면 여왕과 오스트를 꼽을 수 있는데, 직접적인 공격을 할 수 있다는 점에서 여왕에게로 무게 추가 기운다. 오스트는 간접적인 마법이 많고, 미안하지만 리시아는 언급할 가치가 없다.

"나, 나오후미 님, 어떻게 할까요?"

"못 버틸 정도는 아냐. 문제는 이 동굴을 박살 낼 수 있는 열선을 쏠 수도 있는 저 녀석을, 동굴이 무너지기 전에 해치울까, 아니면 후퇴하는 게 좋을까 하는 점이겠지."

아직 방패가 달아오를 정도는 아니다. 속성 간의 상성 덕분에 꽤 오래 버틸 수 있을 것 같다.

라프타리아가 내 방패 밖으로 검끝을 살짝 내민다. 부시시 소리를 내면서 검 끝에서 연기가 피어난다.

"견딜 수 있을 것 같아?"

라프타리아가 장비하고 있는 검은 우사우니 소드.

무기상 아저씨가 새로 벼려 준 검이다.

섣불리 도박을 걸었다가 부러지기라도 하면 라프타리아의 전투력이 급격하게 떨어진다.

"괜찮……을 거예요."

"좋아."

"제가 마법으로 저격할까요?"

여왕이 제안한다.

"그럼 한번 쏴 봐."

"알겠습니다."

영창이 마법 영창에 들어간다.

으……. 내가 무리 없이 버티고 있다는 걸 알아챘는지, 열선의 위력이 한층 더 강해졌다.

동굴 천장이 파직파직 소리를 내고 있다. 붕괴되는 것도 시간문제 아닌가?

"아이시클 소드!"

여왕이 내 방패 뒤에 손을 대고, 방패 너머로 얼음 검을 사출했다.

얼음 검은 잠깐 날아가다가 슈욱 소리를 내며 증발한다.

"어려운 것 같군. 오스트는…….."

중력공격 같은 걸로 상대의 움직임을 둔화시켜 봤자 아무 의미도 없다. 일반적인 땅 마법도 쓸 수 있는 것 같지만, 땅…… 바위를 날려 봤자 여왕과 똑같은 결과만 날 것 같다.

"후에에…….."

"응. 너한테는 딱히 기대 안 해."

"후에에에…….."

리시아, 너한테 이 상황을 타개할 힘이 있을 거라는 생각 따위 안 하니까 걱정 마.

"어쩔 수 없지……. 마침 에어스트 실드의 쿨타임도 다 찼으니까, 그걸 써서 저 녀석 눈앞까지 밀고 나가 보자. 라프타리아, 일격에 해치워 버려."

"알겠습니다."

처음부터 이렇게 할 걸 그랬단 말이지.

"에어스트 실드!"

방패 출현 위치는 가짜 글래스였던 사역마 바로 앞.

그렇게 하면 상대방의 공격은 거의 무효화된 거나 다름없다.

각도는 약간 아래쪽.

뛰어서 접근하는 사이에 발밑에 열선이 날아들면 나 이외의 녀석들이 위험해지니까.

접근하는 와중에 열선에 맞아서 발이 증발한다라…….

발이, 발이 없어졌어! 라는 식의 그로테스크한 광경은 보고 싶지 않다.

"유성방패! 간다!"

"네!"

만약에 대비해서 유성방패를 전개시키고, 가짜 글래스였던 사역마의 눈앞까지 도달한다.

그와 동시에 라프타리아가 검기를 발동시켜서 휘둘러 내렸다.

"…………?!"

가짜 글래스였던 사역마는 세로 방향으로 일도양단되었다.

하지만, 끈질기게 재생해서 두 마리로——

『힘의 근원인 여왕이 명한다. 다시금 삼라만상을 깨우쳐,

저자를 지옥의 업화(業火)로 불사르라!』

"드라이파 헬파이어!!"

『힘의 근원인 내가 명한다. 다시금 삼라만상을 깨우쳐, 금강석 가시로 꿰뚫어라!』

"드라이파 다이아 미사일!"

여왕의 손에서 거대한 업화 덩어리가, 오스트의 손에서 예리한…… 마법명으로 미루어 보아 아마 다이아몬드로 여겨지는 것이 사출돼서, 두 쪽이 난 가짜 글래스 사역마에게 각각 명중한다.

"…………?!"

재생하기 직전에 이런 공격을 받고는 버틸 수 없었는지, 가짜 글래스였던 사역마 중 하나는 불타 버리고, 다른 하나는 꼬치 신세가 되어 절명했다.

"후우……. 간신히 해치웠군. 다들 다친 데 없어?"

"저는 문제없어요."

"이렇다 할 부상은 없습니다."

"괜찮……습니다."

"후에에……."

뭐, 부상자가 안 생기도록 신경 써 가면서 싸운 거니까……. 나는 가짜들이 있던 곳 너머로 시선을 돌린다.

동굴 천장이 완전히 무너져서 길이 틀어막혀 있었다.

벽에서 영귀의 사역마(설치형)들이 나오는 기색은 없는

것 같다.

"후우⋯⋯. 그럼 우회해서 갈까. 언제 다시 글래스 패거리가 튀어나올지 알 수 없는 상황이니까."

"그자들이 왜 여기에 있는 걸까요?"

"글쎄다. 제일 유력한 건, 녀석들이 흑막일 가능성이겠지."

오스트가 불끈 주먹을 움켜쥐고 있다.

하긴 그럴 만도 하지. 이렇게 말하긴 좀 그렇지만, 녀석들은 오스트의 사명을 방해한 주범 격이니까.

"하지만 라르크 씨 일행의 분위기가 좀 이상했어요."

"그건 그랬어⋯⋯."

딱히 녀석들 역성을 들 생각도 없고, 정황증거로 보아 녀석들이 흑막일 가능성은 상당히 높다.

하지만 라르크 일당의 태도에 약간의 위화감이 있었다는 것 역시 사실이었다.

뭐⋯⋯. 다음에 만났을 때 자백을 받아내면 되겠지.

"후에에⋯⋯."

"또 그 얼빠진 목소리냐. 너란 녀석은 정말⋯⋯."

도움이 안 된다니까.

그렇게 대놓고 말할 생각은 없었지만, 그런 생각이 전해졌는지 맥없이 훌쩍이는 것 같은 소리가 들려온다. 스스로의 무력함을 자각했다면 앞으로의 발전을 위한 원동력이…… 되려나?

"심려하지 마시길……. 분명, 도움이 될 수 있는 날이 올 것입니다."

"네……."

오스트가 리시아를 다독이고 있다. 냉정하게 말하지 못하는 녀석들끼리 서로를 위로하면서 지내는 것도 좋겠지.

"그럼, 약간 후퇴해서 다른 길을 찾아보자."

이렇게 해서 우리는 이동을 재개했다.

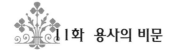

11화 용사의 비문

그 후로는 글래스 일당과 조우하는 일 없이, 우회해서 사원 쪽 출구에 도착했다.

사원에서 본 도시는 피해가 막심해서 일부 사원과 그 주위 건물밖에 남아있지 않았다.

그 이외에는 노출된 가시에 의해서 떨어져 나간 모양이었다.

"여기는……."

지난번에 조사했던 사원과는 다른 건물인 것 같다.

"영귀의 동굴과 이어지는 관할 사원입니다."

"그런 것 같군."

"일단 사전조사는 해 두었습니다."

반파를 넘어 붕괴해 버린 사원을 여왕이 조사한다.

오스트와 리시아도 여왕과 함께 탐색을 시작했다.

"아무래도 지난번 탐사 때 조사했었던 석판은 영귀의 진 군에 의해 완전히 붕괴된 것 같습니다……."

여왕이 보여준 스케치는 벽에 적혀 있던 걸 옮겨 적은 것 같았다. 하지만 그 스케치의 원본이었던 벽은 돌무더기가 되어 있다.

"석판? 다른 사원에서 본 벽면 말이야?"

"그건 당시 사람이 원본을 참고로 해서 만든 것. 명물로 서의 평가는 그쪽이 더 높았다고 하더군요. 그 외에도 더 있 다는 것 같습니다만……."

하지만…… 그건 이미 산산조각이 났다는 것이다.

내 기억에 따르면, 그건 케이이치라는 용사가 퇴치법을 기록해 놓은 것이었다.

"좀 보여줄 수 있을까?"

"네. 그리고 혹시라도 이와타니 님께서 읽으실 수 있을 만한 게 없는지 찾아보도록 하지요. 얼핏 보기에는 단순한 무늬로 보이는 게 실제로는 용사문자일 가능성이 있으니까, 꼼꼼하게."

우리는 석판 조각들을 주워 모은다.

이따금 펑펑하고 가시가 사출되는 소리가 울려 퍼지고, 피트리아가 회피를 위해 도약하는 모습이 보인다. 이거 꽤 굉장한 광경인데…….

이쪽 석판은, 썩 잘 그린 그림은 아니지만 영귀로 보이는 그림과 문자가 판화 같은 형태로 새겨져 있다. 다만 역시 영귀가 움직인 탓에 석판의 손상이 심하다.

"읽으실 수 있겠습니까?"

"어때요?"

나는 직소퍼즐을 맞추는 요령으로 조각들을 짜 맞추어 봤지만…… 거의 돌 파편 같은 지경이 되어 판별이 불가능한 상태에 다다라 있어서, 해독이 될 것 같지가 않다.

"더 발견했어요!"

리시아가 석판 조각을 가져온다.

……찾았다! 힘들게나마 읽을 수 있는 부분이 있다.

목적은 파도에 의한 세계 ‥의 저지……. 이건 이미 전에 스케치를 보고 해독했던 내용이군.

그 밖에도 '머리', '심장', '동(同)'이라는 문자를 간신히 읽어낼 수 있었다.

떠올려 보자. 케이치라는 과거의 용사가 남긴 문자에는 어떤 내용이 적혀 있었던가?

머릿속으로 보완해 보니…… '이 괴물을 처치하는 방법은' 정도에서 막혀 진전이 없다.

봉인하는 방법이 아니라, 처치하는 방법이다.

다시 말해 벽화가 삭아 없어지기 이전, 즉 수백 년 전의 시대에는 처치하는 방법을 알고 있었다는 것이다.

그런데도 봉인에 그쳤다면, 거기에는 뭔가 이유가 있었을 터.

……모르겠다.

오스트도 자료가 소실돼서 모르겠다고 말했었다.

생각해 보면 당연한 일 아닌가. 자신을 죽이는 특별한 방법 같은 걸 알고 있다면 오히려 더 놀랄 만한 일이니까.

모르겠다면 할 수 없다. 다음 글을 떠올려 보자.

여기서 도출해 낼 수 있는 해답은 어차피 뻔하다.

'머리', '심장', '동' 이라는 말이 사용될 만한 건 그것밖에 없다.

……한 가지 떠오르는 게 있지만, 게임이나 만화 같은 방법이다. 정말로 효과가 있을지 어떨지는 장담할 수 없다.

"……설마, 아니겠지."

"나오후미 님! 뭔가 짚이는 게 있어요?"

슥 하고 이 자리에 있던 자들 전원이 나에게로 모여든다.

"아니, 거의 다 부서져서 읽을 수도 없잖아? 복구해서 짜 맞추는 것도 한 방법이 되겠지만, 그런다 해도 글자가 너무 닿아서 확실하게 알 수 있다는 보장은 없어. 그리고 지금까지 나온 문자들로 미루어 추측해 보면…….”

전원이 고개를 끄덕이고 내 말에 귀를 기울인다.

“머리와 심장을 동시에 파괴하면 영귀를 해치울 수 있는 것 아닐까? 라는 결론이 나오지.”

“…………”

라프타리아는 감이 안 잡히는 듯 고개를 갸우뚱거리고, 여왕은 생각에 잠긴 듯 부채를 펼쳐서 입가를 가린다.

“그럴까요?”

“나도 몰라.”

“봉인이 실패했을 경우의 대안으로 고려해 보도록 하지요.”

오스트의 반응은 뭔가 좀 이상하다.

“왜 그래?”

“아뇨……. 어쩐지 방패 용사님이 생각하신 방안이 옳을 것 같은 느낌이 들긴 합니다만…….”

“합니다만?”

“그것만 가지고는 부족할 것 같은 느낌이 듭니다.”

“어쩌면 그것들 외에도 부숴야 하는 곳이 더 있을지도 모르겠군.”

그렇다면 어떻게 해 볼 도리가 없다.

다짜고짜 때려 부수는 식으로, 영귀의 몸속으로 가는 길을 찾으면 거기에서 찾아낸 부위를 모조리 부숴 버려야 하는 식이 된다. 거기에 모든 장기의 마력…… 혼인지 뭔지를 축적하는 부위를 파괴하는 것까지 포함돼 있다면, 그걸 다 시도해 보는 수밖에 없다.

"열심히 해 봐요."

이번에는 리시아가 오스트를 격려하고 있다.

"그래야지요. 무슨 수를 써서든…… 제 본체를 빨리 쓰러트립시다!"

그렇다. 피트리아가 발을 묶어 주고는 있지만 시간이 없다.

연합군이 기다리고 있는 곳으로 빨리 귀환하는 게 좋겠다.

생각해 보면 연합군 쪽이 글래스 패거리와 조우했을 가능성도 있다.

그건 그야말로 최악의 상황이다.

녀석들의 목적은 용사 살해일 테지만, 영귀를 조종해서 이렇게 무자비한 행동에 나선 이상 연합군도 모조리 죽여 버렸을지도 모른다. 그런 생각에 조우한 사역마들을 모조리 쓸어버리며 서둘러 돌아갔다.

다행히 연합군 쪽은 무사한 것 같았다.

"이와타니 님, 여왕님!"

"성인님!"

"방패 용사님!"

에클레르와 할망구, 연합군 녀석들이 우리를 발견하고 다가온다.

필로와 그림자는 아직 탐색에서 돌아오지 않은 모양이다.

글래스 일당이 잠복하고 있다는 점을 고려해 보면, 일단 한 번 모두 집결하는 게 좋을 것 같다.

"조사는 어떻게 됐지?"

에클레르가 호기심 어린 표정으로 묻는다.

"용사가 남긴 비문은 거의 다 부서져서 못 읽었어. 다만 남은 부분에서 하나의 가능성을 추측해 내는 데에는 성공했어."

내 말에, 연합군 녀석들이 환호를 내지른다.

그리고 나는 영귀의 머리와 심장을 동시에 파괴하는 방안을 얘기했다.

뭐, 이것만 따지면 딱히 획기적인 방법도 아니고, 애초에 그 심장으로 가는 길을 모르기에, 웃고 있던 녀석들의 얼굴도 다시 굳어진 표정으로 되돌아간다.

"그리고…… 사원 쪽으로 가는 도중에 글래스…… 파도 때 나타난 인간형 적들과 마주쳤어. 아마 이번 사건의 흑막이라고 봐도 될 거야."

"그럴 수가!"

"다만…… 녀석들에게도 뭔가 사정이 있는 것 같다는 느낌도 들었어. 어쩌면 흑막이 아닐지도 몰라."

이런 추측들은 어디까지나 가능성에 불과한 것이다.

글래스 일당의 행동과 이번 사건을 결부시켜 볼 수도 있지만 뭔가 이상하다.

어찌 됐건, 글래스 일당이 주범이라면 어딘가에서 다시 조우하게 되겠지.

영귀의 심장 앞에서라든가.

녀석들 입장에서는 우리가 영귀를 저지하면 곤란할 것이다. 그렇다면 어딘가에 숨어 있다가 언젠가 나타나겠지.

문제는 우리가 없을 때 연합군과 조우하는 경우다.

그러니까 주의 깊게 탐색하는 수밖에 없다.

그렇다고 연합군을 지키기 위해 여기 눌러앉아 있다가는 영귀의 심장을 찾기 힘들어진다.

물론 나가 있는 사이에 라르크 일당과 조우해도 성가신 건 마찬가지다.

이것 참 생각대로 안 풀리는군. 적들도 상당히 고단수다.

하긴, 이 세계에 온 뒤로 내 생각대로 풀린 일이라고는 손에 꼽을 정도밖에 없었지만.

어찌 됐건, 호랑이를 잡으려면 호랑이굴에 들어가야 한다고 하지 않는가.

"그럼 어느 정도 전투력이 있는 녀석에게 연합군 경호를 맡기고, 우리도 탐색 팀에 합류하기로 하지."

"네!"

에클레르와 할망구를 비롯한 연합군 녀석들이 경례를 붙

인다.

"여왕은 여기서 다시 연합군 지휘를 맡아 줬으면 좋겠어."

"네. 무슨 일이 생기면 그림자에게 명령해서 이와타니 님께 전언을 드리겠습니다."

"부탁하지."

"리시아도. 솔직히 불안하긴 하지만, 잘 부탁해."

"아, 네! 최선을 다해 볼게요."

여왕, 에클레르, 리시아, 할망구가 있으면 시간 벌이 정도는 가능할 것이다.

글래스 패거리가 돌격해 온다면 우리도 빨리 돌아와야 하겠지.

"우리 왔어~! 막다른 길이었어~."

"지금, 돌아왔소이다."

필로와 그림자가 탐색에서 귀환한 모양이다.

결과는 신통치 못한 것 같군.

그들에게도 사정을 설명하고, 우리는 탐색을 재개했다.

"여왕에게서 과거의 영귀굴 지도를 받아 온 것까지는 좋지만……"

동굴 형태가 완전히 변해서 그다지 도움이 안 된다.

오스트는 원래 영귀의 사역마인 덕분에 직감을 발휘하곤 하지만…… 심장으로 향하는 길에 대해서는 그것도 안 먹히는 것 같다. 몇 번이나 막다른 길과 맞닥뜨렸는지.

지도를 확인해서 모든 걸 체크해 가며 가고 있지만……
영귀의 심장으로 통하는 길은 찾을 수가 없다.

"으음……."

이따금 사역마와 조우하지만, 라프타리아나 필로가 손쉽
게 처치해 버리니 문제 될 건 없다.

그리고 막다른 길에서 돌아올 때마다 연합군의 휴식 거점
을 확인하고 있다.

그렇게 오가기를 몇 번.

연합군의 보고에 따르면, 사역마와 조우했으나 리시아가
선두에 서서 해치웠다는 모양이다.

그 스테이터스로……? 보나 마나 필로 인형옷 덕분이겠
지.

"젠장……."

이렇게 꾸물거리고 있는 동안 피트리아가 영귀를 감당하
지 못하게 될 수도 있다고 생각하니 초조함이 밀려온다. 애
초에 영귀가 인공 생명체가 아닌 한, 이 동굴은 벽이 살점으
로 이루어진 던전이어야 하는 거 아닌가?

뭐지? 입구조차 찾지 못하고 있는 것 같은 느낌이 든다.

이 동굴 안에 있을 거라는 가설 자체가 잘못된 건가?

동굴이 변형돼서 이제 맞지 않는 지도이긴 하지만, 깊이
까지는 변하지 않았다.

지도상에서는 여기가 가장 아래층일 텐데…….

"방패 용사님."

그림자가 나타나서 지도를 갱신한다. 보아하니 동굴 안 지형 체크가 거의 끝난 모양이다.

글래스 일당과 조우하지 않아서 다행이군. 하지만, 그 결과물을 본 우리는 아연실색했다.

……모든 길들이 막혀 있다는 게 드러났기 때문이다.

"이게 어떻게 된 거지? 혹시 전승이 잘못된 건가?"

"모르겠소이다. 혹시 비밀 문 같은 것도 확인했소이까?"

"있잖아, 주인님~."

필로가 지면을 차면서 놀고 있다.

그 모습을 본 오스트도 뭔가를 깨달은 것 같았지만…… 일단은 그냥 내버려 둘까.

분위기를 보아하니, 필로의 직감이 아래로 향하는 길을 발견한 건지도 모르겠다.

"다시 한 번 확인해 볼까? 아니면 땅을 파고 나아가야 하는 건가?"

그렇게 되면 굴착 도구가 필요할 텐데……. 그러고 보니 나한테는 굴착 기능이 있었지.

"있잖아."

"연합군의 짐을 확인해 보겠소이다."

"있잖아!"

"……왜 그래?"

필로가 자기를 좀 봐 달라는 듯이 말을 걸었으므로, 그쪽을 본다.

"저기, 이 바닥…… 뭔가 좀 이상한 것 같아."

탁탁하고 바닥을 발로 차는 필로.

참고로 나도 바닥에 숨겨진 통로가 없는지를 확인했지만, 빈 공간에서 메아리치는 소리 같은 건 없었다.

오스트는 퍼뜩 뭔가 깨달은 듯 내 쪽으로 달려온다.

"이건……. 방패 용사님!"

"길을 알아냈어?"

역시 비밀 통로가 있었던 거였군.

하지만 필로의 대답은 표현이 부족해서 의미를 알 수가 없다.

"살아있어."

"그야 여기는 거대한 괴물의 등 위에 있는 산속 동굴이니 살아있긴 하겠지."

오스트 쪽으로 눈길을 돌리니 꾸벅 고개를 끄덕인다.

…………?

"그게 아니라!"

이래도 모르겠냐는 듯, 필로가 퍽 하고 바닥을 걷어찬다.

물컹 하고 바닥이 물결친다.

"응?"

소리가…… 이상하잖아?

"뭐지? 그럼, 글래스로 변신했던 녀석과 똑같은 게 여기서 바닥 흉내를 내고 있다는 거야?"

"네."

"흐음……. 물리적으로 부숴 버리는 수밖에 없겠군."

다만, 바닥에 숨어있는 녀석을 공격하는 건 상당히 까다로운 일이다.

상황으로 보아, 영귀 내부에 침입하려면 여기에 구멍을 뚫을 필요가 있다.

막무가내로 파괴하고 나아가는 게 가장 무난하겠지만, 이만한 사이즈의 고깃덩이를 찢어발기자면 시간이 걸린다.

더 간단하게 구멍이라도 뚫을 수 있으면 좋겠지만 그런 편리한 도구가……. 그러고 보니 예전에는 만들 수 없었던 중급 레시피 중에 강산수(強酸水)라는 것이 있었지.

마침 전에 방패를 이용해 만들어 두었던 게 떠올랐다.

바이오플랜트에 제초제를 뿌렸던 때처럼 이번에도 이걸로 녹일 수 있으면 좋을 텐데.

실험하는 셈 치고 한번 써 볼까.

실패하면 그야말로 연합군을 총동원해서 구멍을 뚫어 버리면 된다.

원래는 렌이나 모토야스가 있었다면 구멍 하나 뚫는 것쯤은 식은 죽 먹기였으련만……. 필요 없을 때는 있으면서,

필요할 때는 곁에 없는 놈들이다. 정말이지 그 녀석들은 어디서 뭘 하고 있는 거람.

"필로랑 오스트는 좀 물러나 있어."

"네~에."

나는 방패에서 강산수를 꺼내서 라프타리아에게 건넨다.

"그걸 뿌려. 내가 하면 공격 제한에 걸릴지도 모르니까."

"네."

라프타리아는 강산수를 지면에 뿌린다.

"_____!"

바닥이 꿈틀거리면서 융해되어 간다.

녹아버린 부분 밑에는 바닥도 아니고 영귀의 등도 아닌 물체…… 마물이 있었다.

마치 떡처럼 끈적거리는 점액 생명체가 거대한 눈을 부릅뜨고, 그 등에 거북이 등딱지를 노출시켰다.

"오호, 의태형 사역마였소이까. 알아채지 못한 것도 이해가 가오이다."

"어지간한 상황이 벌어지지 않는 한 생명 활동까지 정지할 수 있는 놈인가 보군. 그래서 기척을 알아채지 못한 건가."

그림자나 필로조차도 알아채지 못한 걸 보면…… 정말이지 속이는 재주가 탁월한 사역마다.

글래스 일당과 싸울 때와는 다른 타입인가? 뭔가 아까 그놈들은 변신하는 데 좀 더 힘을 소모했었던 것 같다.

"해치우자!"

"네!"

"알았어!"

"소인도 싸우겠소이다!"

각각의 공격으로 의태형 사역마를 해치웠다.

의태형 사역마는 죽을 때 민달팽이처럼 오그라들었다가, 수증기가 되어 사라졌다.

"이런 곳에 길이 감춰져 있었던 것이오이까."

사역마가 사라진 자리를 확인하니, 밑으로 통하는 길이 나타났다.

이러면 지금까지 막다른 길이라고 생각했었던 길들도 의심스러워지는데.

하지만 지금은 일단 이 길로 가 보는 수밖에 없다.

"가자."

모두가 고개를 끄덕이고 내 뒤를 따라온다.

그렇게 한동안 나아가니 벽면이며 온도, 공기가 변화하고 있는 걸 느낄 수 있었다.

공기가 뜨뜻미지근해지고, 벽 자체도 살점으로 이루어진 벽으로 변하고, 꿈틀꿈틀 맥이 뛴다.

"뭔가 느낌이 이상해."

"그러게 말이에요……. 어쩐지 징그러워요."

"필로 입속이랑 같은 감촉인데?"

……기분 나쁜 감상이군.

필로답다면 필로다운 표현이긴 하지만.

"영귀의 몸속에 들어온 거겠지."

"네……. 틀림없습니다."

위쪽은 아직 동굴이라는 느낌이 강했었으니, 이제부터가 본격적인 몸속이라고 봐도 좋으리라.

지반이 물렁물렁해지고, 고동 소리가 들려온다.

우선 심장이 어디 있는지를 확인해 봐야 한다.

그렇게 생각하고 있으려니, 현미경으로 본 적이 있는 혈소판 같은 마물이며 하얀 덩어리가 우리를 향해 날아왔다.

나는 유성방패로 그것들을 튕겨냈고, 라프타리아와 필로가 그것들을 해치워 준다.

보아하니 면역 계통의 사역마들이 납신 모양이다.

"이거, 연합군 녀석들을 데려오는 데만도 한 고생일 것 같은데."

가끔씩 기생충 같은 애벌레가 출현해서, 강산을 흩뿌리곤 한다.

사역마의 출현 빈도도 높다. 상식적으로 생각하면, 심장부에 가까워졌기에 경계 태세가 엄중한 것이리라.

그리고 심장 바로 앞에 글래스 패거리가 도사리고 있다면, 창작물에 흔히 나오는 정석적 전개가 완성되는 셈이군.

어쩌지? 솔직히 글래스를 상대하게 되면, 연합군은 걸림

돌이 될 가능성이 있다.

그렇다면 먼저 가서 글래스 패거리를 물리친 다음에 연합군을 데려오는 게 나을 것이다.

그런 생각을 하고 있으려니, 오스트가 퍼뜩 뭔가를 깨달은 듯 고개를 들고 있는 게 보였다.

"왜 그래?"

"아뇨······."

어째 좀 이상해서 오스트를 응시하다 보니, 라스 실드에서 힘을 빼내 주었을 때 방패에 갖다 댔던 손에서 저주의 흔적이 점점 사라져 가는 걸 볼 수 있었다.

"그건······."

"저도 영귀의 사역마라서, 심장에 가까워진 덕분에 회복력이 향상된 것 같습니다."

"그래? 그것참 편리하군."

"마력 회복력도 향상됐습니다."

정말이지 믿음직한 소리다.

"소인이 먼저 돌아가서 연합군을 안내해 오는 게 낫겠소이까?"

"아니, 아직 심장부를 발견한 건 아냐. 애당초 이 길이 맞는지도 확인이 안 된 상태라고. 갈 수 있는 데까지 가 보고 나서 안내해 와도 늦지 않아."

"알겠소이다."

한동안 더 나아가니, 막다른 길 앞에 빨간 힘줄이 매달려 있었다.

……이런 식의 장치는, 어딘가를 자르면 길이 열리는 것일 가능성이 높다.

오스트에게 눈길을 보내니 그녀는 고개를 가로저었다. 그녀도 모르는 모양이다.

하긴, 오스트에게도 자신의 본체는 낯설 테니까.

신체의 작동 원리를 모르더라도 몸을 움직일 수는 있다.

더 단적으로 말하자면, 전자렌지의 원리를 모르더라도 음식을 데울 수는 있다.

모르는 게 당연한 거다. 오히려 그걸 알고 있다면, 자기 몸에 대해 어떻게 그렇게 잘 아는 거냐고 신기해했을 상황이다.

"라프타리아, 저걸 베어 봐."

"아, 네."

라프타리아는 빨간 힘줄을 절단한다.

그러자 살점의 벽이 맥없이 열리고 길이 트인다.

"호오……. 용케 알아보셨소이다."

"다른 용사들이나 할 소리 같아서 좀 그렇지만, 누가 봐도 대놓고 수상한 저 힘줄…… 내가 알고 있는 게임…… 속에 나왔었거든."

"그러셨소이까."

그리고 한층 더 나아가니, 이번에는 파란 근육이 나타난다.

하아……. 보나 마나 이걸 자르면 지금 지나온 길에도 변화가 생기겠지.

"라프타리아."

"네!"

마찬가지로 벤다. 그러자 눈앞의 길이 열리고, 그 대신 뒤쪽이 닫히고 빨간 힘줄이 부활한다.

우와아……. 이거 귀찮은 장치네.

게다가 힘줄이 절단된 것이 경보로 작동한 듯, 면역계 마물들이 몰려든다.

어찌 됐건 속도를 죽이지 않고 계속 나아가 봤는데…….

하나의 문 안쪽에서 커다란 심장의 고동 소리가 들려온다.

근처에 파란 힘줄이 있었기에 베어 버렸다.

……그런데 문이 2중으로 되어 있어서, 앞쪽 문은 닫힌채 안쪽의 문만 열리는 게 보였다.

성가시게도 어딘가에서 다른 힘줄을 잘라야만 완전히 열리는 모양이다.

"방패 용사님."

"왜 그러지?"

오스트가 한 발 앞으로 나서서 손을 든다.

"여기는 제게 맡겨 주십시오."

"뭔가 해 보려고?"

"네, 잠시만 기다려 주십시오."

오스트가 닫혀 있는 살점의 벽에 손을 대자, 움찔하고 경련하듯이 벽이 꿈틀대며 열려 갔다.

"오오……."

처음부터 그렇게 했으면 됐을 거 아냐, 하는 생각도 들었지만, 전에는 못하다가 지금부터 할 수 있게 된 거라고 생각하는 게 좋겠지.

"——————?!"

안쪽의 심장부 같은 곳에서 소리가 들려왔다.

다만 오스트의 능력도 그렇게 높은 건 아닌지 벽은 다시 닫히려 하고 있다.

"가자!"

"네!"

심장을 향해 뚫린 길을 따라서 곧바로 나아간다.

한동안 나아가다 보니 하얀 힘줄을 발견. 잘랐더니 뒤쪽 벽이 닫혔다.

재생하는 모양이군. 대략 30초쯤 걸리는 것 같다.

헛! 누가 순진하게 공략할 줄 알고?

"그림자. 어쩌면 너한테는 여기서 계속 길을 열어 놓는 임무를 맡기게 될지도 몰라."

"알겠소이다. 지금 당장 하겠소이다!"

"아니, 조금 더 있다가……. 글래스 패거리가 나타나면 최대한 빨리 물러나. 전투에 거치적거리니까."

"알겠소이다."

이윽고 길 너머에 보이기 시작한, 이 부근의 분위기와는 전혀 어울리지 않는 파르스름한 건조물…….

파란 용각의 모래시계였다.

메르로마르크의 대형 모래시계보다는 작은 크기다.

그럼에도, 이 영귀의 몸속에서 약간 붕 뜬 존재감을 과시하고 있다.

"용각의 모래시계……."

"파란색이네요."

"그러게 말이외다."

"모래가 얼마 없네."

그렇다. 필로의 말대로, 파란 용각의 모래시계에는 모래의 양이 적다.

전체의 2/10 정도쯤 되려나?

"이건……."

오스트가 천천히 파란 용각의 모래시계로 다가간다.

"영귀에게 희생된 자들의 영혼을 기반으로 한 에너지입니다. 이게 가득 차게 되면, 세계를 지키는 결계를 생성……하게 되어 있었습니다."

"…………."

그렇군. 이게 영귀의 에너지원이라는 건가.

"그래서? 네 본체를 조종한 녀석은 어디 있지?"

"……아마 제 코어에 있을 것입니다. 이건 알아보기 쉽게 구현한 것으로, 본체는 따로 있습니다."

"뭐야. 알고 있는 거야?"

"네. 심장과 머리를 부수는 건 어디까지나 행동을 정지시키기 위한 거라고 생각합니다. 그다음까지는 저도 잘……."

구멍이 숭숭 뚫린 정보로군.

코어인지 뭔지가 어디 있는 건지는 모르지만, 거기에 글래스가 있다고 생각하는 게 좋을 것 같다.

용각의 모래시계 한가운데에, 이 세계의 문자가 아닌, 눈에 익은 7이라는 숫자가 달려 있다.

이건 오스트가 얘기해 줬었지. 7번째에 필적하는 위험도라고.

가만히 만져 보려고 했지만, 스윽 하고 손이 빠져나가서, 파란 모래시계를 만질 수는 없었다.

국가에 있는 용각의 모래시계와는 뭔가가 다른 모양이군.

"궁금해해 봤자 소용없지. 지금은 확인하는 게 우선이야."

"네!"

"나중에 조사해 보면 될 것이오이다."

"그래. 영귀의 코어인지 뭔지도 빨리 찾아내야 할 테니까."

"네. 최소한 지배권이라도 되찾아오지 않으면, 희생된 사람들의 죽음이 무의미해집니다."

오스트는 결의를 다진 듯 고개를 든다.

파란 모래시계를 지나서 약간 더 나아갔을 때, 우리는 심장을 발견했다.

크기는 6미터 이상, 심장은 두 가지 색으로 나뉘어 있고, 그 양쪽에는 각각 눈이 달려 있다

"이게 영귀의 심장이군."

글래스 일당은 안 보이는군……. 역시 코어인지 뭔지 하는 것이 있는 곳에 있을 가능성이 높은 모양이다.

"그런 것 같소이다. 정말이지 불길하기 짝이 없게 생긴 물건이오이다."

이 녀석을 봉인하는 건가.

우리 목소리를 들었는지, 눈이 시선을 이쪽으로 향한다.

척 보기에도, 환영하는 것 같은 태도는 아니군.

게다가 눈에서는 고출력의 광선까지 발사해 왔다. 찌익하고 빛이 유성방패에 부딪혀 반사된다.

"——————!"

영귀의 심장은 눈을 크게 부릅뜨고 진동했다. 그러자 어디선가 영귀의 사역마가 나타났다.

아마, 거의 무한정으로 불러낼 수 있겠지.

이건 꽤 성가신 상대군.

지금은 연합군을 위에 두고 온 상태라 봉인도 할 수 없으니 대충 상태만 살피면 될 뿐, 굳이 싸울 필요는 없다.

"일단 좀 약화시켜 두는 게 좋겠군. 그림자는 물러나 있어. 오스트는 지원을 부탁해."

"네!"

"응!"

"알겠소이다."

"최대한 움직임을 저지하겠습니다."

라프타리아와 필로가 결계 밖으로 뛰쳐나가서 영귀의 심장을 향해 돌격한다.

"쯔바이트 아우라!!"

나는 모든 능력치를 상승시켜 주는 지원마법을 두 사람에게 걸어 주고 상황을 지켜보았다.

"음양검!"

"쁘티퀵!"

영귀의 심장에 달린 두 눈에 각자의 공격이 명중한다.

"────!!"

엄청나게 날뛰는군. 주위가 미친 듯이 격렬하게 요동쳤다.

그리고 영귀의 심장에 커다란 마법진이 전개된다. 뭔가 공격을 하려는 모양이군.

"라프타리아, 필로, 물러서."

오스트는 내 뒤에서 사역마들을 방해하고 있으니, 물러나라는 명령은 할 필요 없다.

"알았어요."

"네~에!"

유성방패의 범위 안으로 들어온 두 사람은, 나를 방패 삼아서 공격에 대비한다.

영귀의 심장이 검은색의…… 마법 구슬을 나에게로 내쏘았다.

내가 그걸 막아내니, 빠직하는 소리와 함께 유성방패가 깨져 나갔다.

그리고 검은 구슬이 방패에 부딪히고, 빛이 일그러졌다.

몸이 무겁다! 이건 오스트가 사용하던 초중력 마법과 같은 종류의 공격이군.

몸이 어마어마하게 무겁게 느껴진다. 하지만, 내 방어력을 찍어 누르려면 이 정도 공격으로는 어림도 없다.

"으랏차아아아아아아아아아!"

방패를 휘둘러서 초중력 구슬을 오른쪽으로 밀쳐서 튕겨낸다.

녀석도 밖에서 쏘아댔던 것 같은 강력한 공격은 못 쏘는 모양이다.

이건 행운이군. 열선은 고래 마법핵 방패로 무효화할 수 있다.

하긴, 당연한 거겠지. 제아무리 영귀라도, 자기 자신의 심장을 파괴할 위험이 있는 공격을 할 수는 없을 테니까.

그렇게 분석하고 있으려니, 영귀의 심장 위에 도드라진 관에…… 하얀 덩어리 같은 것이 순환되는 모습이 보였다.

"유성방패!"

재빨리 유성방패를 재전개한다.

"라프타리아, 필로! 심장을 처치할 수 있을 것 같아?"

"해 볼게요."

"응!"

내 뒤에서 라프타리아와 필로가 각각 가장 강한 공격을 날릴 준비에 들어간다.

그러는 동안, 내가 그 둘을 보호하고, 오스트가 사역마들의 움직임을 막고, 마법으로 저격하면서 시간을 벌었다.

라프타리아의 꼬리가 부풀어 오르고, 필로가 힘을 비축한다.

그리고 라프타리아의 검이 번쩍이고, 필로가 양팔을 교차시킨다.

"필로, 피트리아와 통신할 수 있겠어?"

일단 시험해 보는 거다.

이럴 때는 내 추측을 우선적으로 시험해 보는 편이 수고를 덜 수 있다.

밖에서 싸우고 있는 피트리아가 머리를 부수는 것과 동시에 이쪽도 심장을 부수는 것이다.

"응? 으~응…… 아, 조금 정도는 할 수 있어."

"그럼 타이밍을 맞추라고 전해."

"네~에! ……피트리아도 알았대~."

"그럼 해 보자. 뭐, 이걸로 해치울 수 있다면 만만세고."

의식을 전방에 집중한다.

"금강력!"

오스트가 라프타리아와 필로에게 지원마법을 걸어 주었다.

화력은 더할 나위 없이 충분하다. 이래도 못 해치운다면 라스 실드의 힘에 의지하는 수밖에 없겠지.

"팔극진……."

라프타리아가 자세를 낮추고 영귀의 심장을 향해 내달렸다.

필로가 뒤따라 내달려서, 이내 라프타리아를 앞지른다.

"스파이럴 스트라이크~!"

그리고 필로는 일직선의 빛이 되어 영귀의 심장에 충돌한다.

저항할 생각인지 천장까지 이어지는 결계가 영귀의 심장 앞에 전개돼서 필로의 돌격을 튕겨내려 한다.

하지만 뒤를 잇듯이 라프타리아가 검을 움켜쥐고 가로 방향으로 크게 휘두른다.

그 결과, 영귀의 심장이 친 결계는 유리창이 깨져 나가는 것 같은 소리와 함께 파괴된다.

"천명검!"

마치 음양사의 마법진 같다고나 할까? 그런 형태를 한 검섬(劍閃)이 라프타리아의 검에서 발사되어 나간다.

세로로 벨 때는 잘 안 보였는데, 가로로 베면 이런 모습을 하고 있는 건가.

좌악 하는 요란한 소리를 내며, 필로의 돌격이 영귀의 심장에 구멍을 낸다.

선혈이 용솟음치기도 전에 라프타리아가 한 번 더 검을 휘둘러서 심장을 찢어발겼다.

영귀의 심장은 크게 눈을 부릅뜨고 두 동강으로…….

"――!"

내 등 뒤에 있던 오스트가 고통을 호소하듯 가슴을 손으로 억누르고 파르르 경련한다.

"괜찮아?!"

"괘, 괜찮습니다. 하지만 괜찮……아서는 안 됩니다."

"너…….."

"제 본체를 죽인다는 건 곧 제가 죽는다는 뜻입니다."

처음부터 죽음을 각오하고 있었다니……. 그 굉장한 용기에, 나는 솔직하게 오스트를 칭찬해 주고 싶은 심정이었다.

그것이 어느 정도의 각오인지, 나로서는 헤아릴 수도 없다.

이런 세계를 지키는 게 무슨 가치가 있다는 거야? 그런 생각도 들지 않는 건 아니지만, 남들을 속여서라도 많은 사람들을 구하고자 하는 그 의지는 전해져 왔다.

내가 아는 어떤 왕녀 출신 빗치와는 달라도 너무 다르군.

자신을 위해서가 아니라 남을 위해서 사람들을 속이고, 악녀라는 규탄을 뒤집어쓴다.

오로지 대국적인 미래를 위해서.

스스로의 목숨마저, 세계의 존속을 위해 존재하는 것에 불과하다고 생각하는 것이다.

이 세계를 위해서 죽는다니, 나라면 죽어도 싫다.

하지만 오스트의 목적은 세계를 위해서 스스로가 죽는 것이기도 하다…….

훌륭한 사람이다.

짧은 기간 동안이었지만, 함께 싸우면서 여러 번 도움을 받았다.

마치 봉사라도 하듯이 나를 우선시해 주는 그 모습에, 그녀에 대한 신뢰감이 자연스럽게 싹텄다.

……영귀를 해치운다는 것은 오스트가 죽는다는 것. 하지만, 오스트는 그것을 원하고 있다.

이번에도 이 세계는 나에게 가혹한 요구를 하는군.

나는 다시 영귀의 심장에게로 눈길을 돌린다.

"필로!"

공격을 끝내고 착지하는 필로에게 말을 건다.

"피트리아 녀석이 실패한 거야?"

머리와 심장을 동시에 파괴하면 영귀를 처치할 수 있을 거라는 내 추측이 틀린 건가?

"분명히 머리는 전부 다 부쉈다는데?"

"…………."

……애석하지만, 그 방법으로도 죽일 수 없다는 건가?

아니면 이것 말고도 심장이 더 있는 건가……? 그러고 보니 오스트는 코어가 있다는 얘기를 했었다.

그쪽도 같이 부숴야 하는 것 아닐까?

쿵 하는 소리가 울려 퍼진다. 바깥쪽에 있는 영귀의 머리는 활동을 완전히 정지했다……. 그렇게 받아들여도 될 것이다.

그런데도, 오스트의 말에 따르면 영귀는 아직 죽지 않은 것이다.

두근…… 두근…… 두근!

마치 테이프를 되감은 것처럼, 영귀의 심장이 원래 모습으로 돌아가기 시작한다.

"크윽……. 일시 후퇴다. 내 추측이 벗어난 이상, 연합군을 여기로 데려오는 편이 낫겠지."

"……어렴풋한 정도입니다만, 힘의 흐름이 약간 느껴졌습니다. 봉인이 영귀를 해치우는 열쇠가 될지도 모릅니다."

"정말이야?"

"…………."

오스트도 확신을 갖고 얘기한 건 아닌 모양이다.

하지만 조금이라도 효과적인 공격 수단이 있다면 해 보는 수밖에 없다.

"알았어요. 필로! 물러나세요."

"응!"

"그림자, 아까 얘기했던 대로, 너는 아까 거기서 기다리고 있어. 부탁해도 되겠지?"

솔직히, 상당히 험난한 싸움이 될 것이다.

하지만 그림자는 당연한 일이라는 듯 고개를 끄덕이며 이렇게 말했다.

"알겠소이다!"

"어려운 부탁 해서 미안해."

"소인이 할 수 있는 일은 이 정도뿐이오이다."

이렇게 해서 우리는 영귀의 심장을 떠나 후퇴하기로 했다.

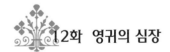 12화 영귀의 심장

"다친 데 없으세요?!"

우리가 돌아오자 리시아와 연합군 녀석들이 맞이해 주었다.

"심장부를 찾았어."

"오오!"

연합군이 환호를 내지른다.

문제는 이 녀석들을 거기까지 데려가는 일이지만 말이지.

아까처럼 무난하게 심장부로 가기는 힘들 것이다.

"그쪽 피해 상황은 어떻지?"

"용사님들이 돌아오실 때까지 아홉 번 정도 마물의 습격이 있었습니다. 피해자가 다소 발생했습니다."

"연합군 제군은 우리를 따라와. 앞으로 마물들의 공격은 한층 더 거세질 거다. 단단히 각오해 두도록. 용사라고 만능은 아냐. 최선을 다하긴 하겠지만, 자기 몸은 자기가 지키도록 해!"

"""네!"""

내 지시에 연합군 녀석들이 한목소리로 대답하며 고개를 끄덕인다.

이제부터는…… 생각보다도 더 전력에 보탬이 안 되는 이 부대를 심장까지 데려가는 것에 집중하도록 하자.

앞으로 맞서게 될 파도 때도 이 정도 실력의 녀석들과 함께 싸워야 한다고 생각하니…… 골치가 아플 지경이군.

얼마나 많은 희생이 생길지…….

그런 생각을 하면서, 우리는 연합군을 이끌고 동굴 안쪽으로 나아갔다.

심장을 향해 이동하면서, 영귀의 심장이 공격 능력을 갖고 있으며, 다양한 공격을 해 왔다는 것을 설명했다.

내가 유성방패며 에어스트 실드, 세컨드 실드로 보호할 테니까, 그 틈에 공격하라고 일러둔다.

"역시 방패 용사님, 독자적인 분석에 의해, 저희의 희생을 최소화할 수 있도록 최선을 다해 주시는군요."

"그렇지 뭐……."

아군을 보호하려면, 자기 혼자서만 싸울 때보다 상대방의 공격력을 더 높이 평가해야만 한다.

그 생각에 따라 얘기한 것뿐이다.

"다만, 철수 직전에 영귀의 심장이 쓴, 하얀 덩어리를 발사하는 공격의 정체는 파악하지 못했다. 다들 조심하도록."

"""알겠습니다!"""

도중에 나타나는 사역마들은 라프타리아와 필로, 오스트와 에클레르와 할멍구, 그리고 리시아와 여왕이 지휘하는 연합군의 공격으로 섬멸할 수 있었다.

살점 벽으로 변한 동굴 벽을 보고 연합군 녀석들도 숨을 죽인다.

그리고 고동 소리가 들려오기 시작하자, 전원의 행동에 신중함이 깃들었다.

빨간 힘줄과 파란 힘줄에 의해 길이 열리고 닫히는 와중에 연합군이 갈라지게 될 위험도 있었지만, 라프타리아와 필로가 앞뒤에서 덮쳐 오는 사역마들을 막아 준 덕분에 그럭저럭 나아갈 수 있었다.

문제는 느닷없이 나타나는 기생충이다. 그것들은 살점 벽을 뚫고 출현하기 때문에, 아무래도 대응이 한발 늦을 수밖에 없다.

희생자도 발생했고, 연합군 녀석들의 얼굴에서는 피로한 빛이 점점 더 짙어져 간다.

면역계 사역마에게 붙잡힌 병사의 말로는 비참하다. 사람이 빨려 들어가서는 그대로 눈앞에서 녹아 버리는 모습도 목격됐다.

정신력 약한 녀석은 그 모습만 보고도 구토할 정도였다.

"멈춰 서지 마! 여기서 멈춰 서면 먹잇감이 된다! 먼저 죽은 자들도 그런 건 원치 않을 거다."

내가 보호하고, 라프타리아와 필로가 선두에 서서 사역마들을 섬멸해 나간다.

그리고 마지막 관문이 되는 장치에는 그림자를 대기시켜 두었다.

"어이!"

내가 말을 걸자 문이 열린다.

"별 탈 없었어?"

"탈이 생겼더라면 이 문이 열리지 않았을 것 아니오이까."

"하긴 그렇지."

숨는 데는 일가견이 있는 녀석이니, 별문제는 없었던 것 같다.

"좋아, 이 너머가 영귀의 심장이다. 연합군 제군, 봉인을 부탁한다."

"네. 하지만 그러기 위해서는 먼저 영귀의 심장을 약화시켜 두어야 합니다."

······하긴, 그렇겠지.

뭐, 공격력은 라프타리아와 필로, 그리고 다른 동료들도 있으니 문제 될 건 없을 거다.

게다가 리시아와 연합군까지 포함해서 많은 인원이 공격하면 분명 효과가 있을 것이다.

"그리고 의식에 돌입해서 발동시키기까지 한동안 시간이 걸립니다."

"그때까지 시간을 벌어야 한다는 건가."

또 시간벌이 담당인가. 뭐, 할 수 없지······.

"사전에 영창 준비를 해 둘 수는 없나?"

"네······. 사정 범위가 한정되어 있고, 한번 의식에 들어가면 움직일 수 없으니까요."

버텨 보는 수밖에 없는 건가.

이런 상황에서야말로 방패의 방어력이 도움이 되는 것 또

한 사실이다.

"그럼 의식을 준비하는 녀석은 내가 지켜 주지. 그 외의 녀석들은 출현하는 사역마를 섬멸, 라프타리아와 필로는 심장을 약화시켜."

"알았어요!"

"네~에!"

"알겠습니다!"

리시아가 인형옷에서 얼굴을 빼꼼 내밀고 묻는다.

"전 뭘 하면 되나요?"

"너는…….'

맡길 만한 일이 애매모호한 레벨이란 말이지.

연합군 녀석들보다는 믿어 볼 만하지만, 라프타리아 등과 비교하면 불안하다.

확실히 움직임은 날렵해졌고, 본인도 몸이 가벼워졌다고 기뻐하고 있지만…… 앞으로 내보내면 무슨 짓을 저지를지 몰라서 무서운 감이 있다.

"리시아는 후방 지원을 부탁해. 앞으로는 나서지 마. 네 임무는 뭔가 예측 못한 사태가 벌어졌을 때 나한테 보고하는 거야."

"아, 네…….'

지금은 이 정도 일밖에 맡길 수 없다.

도중에 파란 모래시계를 보고는 모두가 숨을 죽였다. 역시 뭐라 형언할 수 없는 위압감이 있는 것이다.

어라? 모래가 미세하게 줄어든 것 같은 느낌이 드는데?

아니, 그냥 착각이겠지. 약간씩 흔들리고 있어서 모래가 무너지는 바람에 적게 보이는 것일 거다.

자, 결전에 나서자.

"이것이⋯⋯ 영귀의 심장⋯⋯."

연합군의 누군가가 넋 나간 목소리로 뇌까린다.

확실히 흉측하게 생기긴 했다.

영귀의 심장은 우리를 발견하자마자 절규와도 같은 소리를 내지른다.

눈을 커다랗게 부릅뜨고, 한층 더 격렬하게 고동친다. 아까 일을 기억하고 있는 모양이군.

그래, 이번에는 후퇴하지 않고 너를 해치워 버릴 거다.

"간다!"

""""오오━━━!""""

내 구령과 함께 연합군 마법부대가 의식 준비를 시작하고, 마법을 영창하기 시작한다.

뒤이어 라프타리아와 필로가 앞으로 나서서 영귀의 심장을 향해 돌격을 개시했다.

그리고 나머지 연합군들은, 속속들이 출현하는 마물들을 저마다의 무기로 제압해 간다.

나는 마법부대를 향해 달려드는 사역마의 행동을 헤이트

리액션이며 에어스트 실드와 세컨드 실드로 방해하고, 체인지 실드도 사용해서 상태 이상을 건다.

SP가 꽤 소모됐지만, 소울 이터 실드의 소울 이트를 이용하면 그럭저럭 보충할 수 있다. SP회복(소)도 미약하나마 도움이 된다.

기다렸다는 듯 영귀의 심장이 열선을 내쏜다. 고래 마법핵 방패가 나설 차례다.

"나오후미 님! 사역마가 많아요!"

"응! 끝이 없어."

아까의 싸움은 일격 후 이탈을 염두에 둔 것이었기에, 전투 시간 자체는 짧았다.

그래서 증원군의 수를 제대로 헤아려 보지 못했었는데…….

벽에서 지면에서 천장에서, 심장이 있는 방으로 영귀의 사역마들이 쉴 새 없이 몰려온다.

물론 심장도 가만히 있을 리가 없었으니, 사역마까지 말려드는데도 아랑곳없이 갈겨 대는 통에 아군을 보호해야 하는 입장에서는 여간 고역이 아니다.

영귀의 심장이 봉인 마법을 영창하는 마법부대를 노려본다.

뭐야? 또 뭔가 쏘려는 건가?

영귀의 심장에 달린 눈에서 마법진이 전개된다.

아까 그 초중력 마법인가?!

마법진이 고속으로 회전하기 시작한다.

초중력 마법이 아니다!

나는 마법부대 앞으로 나서서 방패를 내밀고 대비한다.

직후, 심장의 눈에서 고출력의 열선이 발사되었다.

"우왓!"

그 사선에 있던 자들 몇 명이 휘말려 들어서 흔적도 없이 증발한다. 그리고 그 열선은 내가 전개하고 있던 방패에 격돌해서, 나를 몇 발짝 뒷걸음질 치게 만들었다.

"큭……."

초대형 빔 같은 녀석이다. 게임에서라면 필살기로 나오곤 하는 공격이군.

지금까지 영귀의 심장이 한 공격 중에 가장 위력이 높다.

위장 능력을 가진 아까 그 사역마처럼 지속적으로 쏘아대면 성가셔질 것 같다.

"에에잇!"

방패의 각도를 바꾸어서, 열선의 궤도를 위쪽으로 튼다.

틀어진 열선은 영귀의 심장이 있는 방 천장을 불태웠다.

천장에서 선혈이 튄다.

여기가 적의 몸속이라는 것을 이용하지 않을 이유가 없다.

뭐, 그래 봤자 조금만 지나면 아무 일도 없었다는 듯이 재생해 버릴 테지만.

"나오후미 님!"

"괜찮아?"

"그래, 문제없어."

역시 외부에서의 공격이 더 강력하다. 심장의 공격은 버
텨 내지 못할 정도는 아니다.

"그보다 봉인마법 준비는 아직 안 끝났어?"

"조금만 더 기다려 주십시오!"

"좋아, 싸울 수 있는 녀석들은 강한 공격으로 녀석을 약
화시켜. 해치우는 게 목적이 아냐. 그러니까 시간이 덜 드는
기술만 써도 돼."

"네!"

"네~에!"

내 지시에 따라, 각각의 필살기를 내쏜다.

"음양검!"

"쁘티쿽~!"

천장에 입은 타격과 스스로가 입은 대미지 때문에, 영귀
의 심장이 버둥거리듯 떨기 시작한다.

아직 멀었나?

약화시킨다는 게 말이야 좋지만, 생명력의 원천 같은 괴
물을 무슨 수로 약화시키지?

일단 공격을 집중시키고는 있지만…… 어째 불길한 예감
이 든다.

"이건……."

"어떠냐!"

라프타리아와 필로가, 영귀의 심장에 이어져 있는 관 몇 개를 있는 힘껏 절단한다.

"――――?!"

영귀의 심장의 움직임이 눈에 띄게 악화되었다.

이 정도면 봉인마법 영창 완료 시까지 시간을 벌 수 있을 것이다.

"완성됐습니다!"

"좋아! 시작해!"

"네!"

『『『힘의 근원인 우리가 명한다. 다시금 진리를 깨우쳐, 재 앙의 사령(四靈), 영귀를 옭아매는 쐐기를 지금 여기에!』』』

억?!

영귀의 심장이 수상한 움직임을 보이기 시작한다.

하얀 덩어리가, 영귀의 심장을 순환하면서 사방으로 흩뿌려진다!

"고등집단의식……?!"

흩어진 하얀 덩어리는, 연합군과 우리를 비롯한, 그 자리에 있던 모든 이들에게 날아든다.

유성방패, 실드 프리즌, 에어스트 실드, 세컨드 실드를 전개해서, 마법부대를 최대한 보호한다.

"우왁!"

"꺄~!"

"윽……."

하지만 모든 걸 막아낼 수는 없었고, 공격의 일부가 후방으로 흘러가고 말았다.

방패를 앞으로 내민 채, 뒤를 돌아본다.

큭…… 예상 이상으로 피해가 심하다.

"다, 다들 괜찮아?!"

"죄송합니다, 실패했습니다……!"

마법부대 지휘를 맡고 있던 자가 말했다.

"아직 안 끝났어! 상황을 보고해!"

"방금 그 공격에 맞은 자들이 쓰러졌습니다. 현재, 상황 확인 중!"

전선 쪽은 어떻게 됐지?

심장 근처에서 싸우고 있던 라프타리아와 필로 쪽으로 시선을 돌려 보니, 기진맥진한 듯 거칠게 숨을 몰아쉬면서 싸우고 있다. 두 사람은 빈틈을 노려서 돌아왔지만, 안색이 파랗게 질려 있다.

"괘, 괜찮아?!"

"라프타리아! 무슨 일이 있었던 건가!"

에클레르가 라프타리아를 어깨로 부축하고, 내 쪽으로 서둘러 돌아왔다.

필로 쪽은 아직 괜찮은 것 같군.

할망구는 요령껏 회피한 것 같지만…….

"아, 네……. 하지만…… 마력이……."

"응……. 있잖아……. 마력을 빼앗겨 버렸어."

큭……. 성가시게 됐군. 머리 쪽에서 쓰던 뇌전 공격과 마찬가지로 드레인 효과가 있는 건가.

후방에서 상황 보고가 날아든다.

"마력 고갈로 인한 사망자 다수 발생!"

"전선 유지가 불가능할 정도야?"

"아뇨……. 방패 용사님 덕분에, 아직 아슬아슬하게나마 봉인마법 사용은 가능합니다."

"그렇군."

드레인 무효가 이런 상황에서도 도움이 된 모양이다.

피해는 크지만 작전 수행에 지장이 없다면 아직 물러날 수는 없다.

"힘들 테지만, 서둘러서 마법을 영창해 줘!"

"아, 알겠습니다!"

지금까지의 패턴으로 보아…….

영귀의 심장이 고출력 열선을 내쏘는 동작에 들어갔다.

나는 앞으로 내달려서, 열선의 궤도를 바꾸는 각도로 방패를 내민다.

"――――――!"

"으윽……."

아까보다도 위력이 강해졌다!

고래 마법핵 방패 덕분에 그럭저럭 버틸 수는 있었지만, 지금까지 영귀의 심장이 내쏜 공격 중에 가장 버거운 공격이다.

지글지글 살갗이 타들어가는 것 같은 불길한 감각이 느껴진다.

보아하니 아까 방출되었던 하얀 덩어리가 영귀의 심장으로 돌아가서, 열선의 위력을 향상시켜 주는 모양이다.

끝내 방패가 열선의 열기를 견뎌내지 못하고, 나에게 대미지가 들어온다.

"끄으으으윽……."

위쪽으로 궤도를 트는 게 최선의 방법이지만, 위력이 워낙 강해서 쉽지가 않다.

마치 폭풍우 속에서 우산을 받치는 것 같은 불안정감을 방패를 통해 실감한다.

괜히 이상한 방향으로 열선의 궤도를 틀려고 했다가는 도리어 피해가 발생할 거다!

"우우……! 필로한테서 빼앗은 힘으로 주인님을 다치게 하지 마!"

필로가 마법을 흡수하는 자세를 취한다.

"모두, 마물들이 절대로 필로 곁으로 못 오게 해 줘!"

"아, 네!"

"알았다!"

"아, 알았어요!"

라프타리아와 에클레르, 리시아와 할망구가 각각 필로를 보호하기 위해서 진형을 짜고, 영귀의 사역마들을 격퇴한다.

"후우우우우우우우우우······."

필로가 길게 심호흡을 한다.

주위에 바람이 순환하는 것이 피부로 느껴졌다.

심장으로 돌아가려던 하얀 덩어리들이 마치 빨려 들어가는 것처럼 내 뒤쪽으로 날아간다.

아니, 정확히 말하자면 필로에게 빨려 들어가고 있는 것이다.

하얀 덩어리들은 주위의 마력을 빨아들이는 필로에게 끌려가는 바람에, 심장으로 돌아가지 못하는 신세가 되었다.

이윽고 열선의 출력이 약해졌다.

"오오, 역시 성인님의 마물이군요. 변환무쌍류를 체득하고 계실 줄이야!"

지금 감탄하고 있을 때냐!

"할망구! 너도 할 수 있다면 빨리 해!"

"알겠습니다!"

할망구도 필로와 같이 호흡하기 시작한다.

응? 할망구의 피부가 눈에 띄게 촉촉해진 것처럼 보인다.

어쩐지 회춘한 것 같은데?

"잘했어, 필로! 할망구!"

뒤를 돌아보니 한껏 부풀어 오른 필로가 나를 향해 손을 흔들고 있었다.

그 하얀 덩어리를 흡수한 탓인가?

"……복수."

필로가 입을 벌려서 심장을 향해 무언가를 내뱉는다.

응축된 바람 구슬 같은 것 같다.

육안으로 확인할 수 있을 정도의 진공 구슬이 심장을 향해 날아간다.

"변환무쌍류 극의! 만월입니다!"

할망구가 팔을 크게 휘두르더니, 격투 게임 같은 데서 원거리 공격을 쏠 때 취하곤 하는 유명한 모션으로 마법 구슬을 만들어내서 내쏘았다.

구체적으로는 하단, 우측하단, 우측, 펀치로 내쏘는 그거다.

"───────!!"

영귀의 심장은 마법방어 결계를 전개해서, 필로와 할망구의 반격을 방어하는 태세를 취했다.

사역마도 심장을 보호하듯이 진공 구슬을 향해 뛰어든다.

하지만 진공 구슬은 사역마를 산산조각 내며 심장으로 날아간다.

그리고 요란한 소리를 내며, 심장이 친 마법결계에 충돌한다.

힘과 힘이 대등하게 힘 싸움을 벌이며 시간을 벌고 있다. 봉인하기에 최적의 타이밍이다.

"좋아! 지금이다!"

"""네!"""

『『『힘의 근원인 우리가 명한다. 다시금 진리를 깨우쳐, 재앙의 사령(四靈), 영귀를 옭아매는 쐐기를 지금 여기에!』』』

영귀의 심장을 둘러싸듯, 거대한 마법진이 전개되었다.

심장은 필로와 할망구의 공격을 막아내는 데 의식을 집중하고 있었던 탓에, 추가 공격을 보고는 멍하니 눈만 끔벅거릴 뿐이다.

"고등집단의식마법 『봉(封)』!"

수십 겹으로 겹쳐진 마법진이, 이제야 간신히 필로의 반격을 상쇄시킨 영귀의 심장을 옭아맨다.

"————————?!"

두근…… 두근…… 두…… 근…… 두…….

심장의 고동이 점점 약해져 가고, 이윽고 완전하게 정지했다.

"좋아!"

환호가 터져 나온다.

"해냈어!"

후우……. 하지만, 너무 허무한 감이 있다.

후방에 있던 오스트도 같은 생각인 것 같고, 여왕 역시 불안을 감추지 못하고 있다.

하시만, 이걸로 시간을 벌 수 있다면, 코어를 찾는 데 전념할 수 있을 것이다.

"언니들한테도 돌려줄게."

"응? 아니, 필로, 그걸 나한테 쑤셔 넣지 마!"

필로가 자기 몸에서 물컹 하고 뽑아낸 하얀 덩어리(영혼 속성?)을 라프타리아에게 쑤셔 넣는다.

파랗게 질렸던 라프타리아의 안색이 점점 핏기를 되찾았지만, 라프타리아 본인은 옷 속에 벌레라도 들어간 것처럼 질색하고 있다.

다음 타깃은 에클레르였던 모양이다.

"아, 아니! 난 마력을 빼앗긴 적 없어. 빼앗겼던 녀석들한테나 돌려줘!"

에클레르는 저항했지만, 필로는 그 항의 따위는 안중에도 없는 듯, 멋대로 쑤셔 넣었다.

퐁 하고 하얀 덩어리를 내팽개치고, 라프타리아는 화를

내며 필로와 술래잡기를 벌이기 시작한다.

"두고 봐요, 필로! 절대 용서 안 할 줄 알아요."

"그래! 따끔한 맛을 보여주겠다!"

"하하하!"

후우……. 이제야 간신히 봉인에 성공한 건가?

오스트의 얘기에 따르면 봉인 자체가 깨진 건 아니라고 했으니, 효과가 있었다고…… 봐도 되는 걸까?

"이제 한동안 시간을 번 셈이 되려나?"

"판단하기 어렵네요."

여왕이 부채로 입가를 가리며 중얼거린다.

하긴 그렇지. 무엇보다 오스트 본인의 표정이 아직 심각하다.

"필로, 피트리아 쪽은 별말 없어?"

"그게 있지…… 바깥의 움직임이 멈췄다나 봐."

일단은…… 성공한 건가?

그렇게 생각한 것도 잠시.

"……주인님?!"

라프타리아와 에클레르에게 쫓기고 있던 필로가 갑자기 진지한 표정으로 내게 말한다.

두근! 두근!

영귀의 심장이 고동을 재개했다.

빠직하는 소리와 함께 봉인의 마법진이 깨져 나가더니,

영귀의 심장이 눈을 크게 부릅뜨고 열선을 내쏜다.

나는 선두에 서서 열선을 막아냈다.

"끈질긴 놈 같으니!"

"웅!"

"실패인가?"

"아뇨…… 의식은 성공했을 터……. 그런데도 그 속박을 풀고 다시 움직였습니다."

빌어먹을!

더 이상은 쓸 수 있는 수단이 없다. 머리와 심장을 동시에 파괴해도 재생했다. 봉인도 불가능하다.

……아니, 다른 방법이 더 있을 거야. 포기하면 안 돼.

생각하자……. 뭐가 부족했던 거지?

주어진 판단 재료를 통해서 낼 수 있는 해답은 전부 냈을 터였다.

그런데도 아직 부족하다면, 코어가 있는 곳을 찾아내서 직접 쳐들어가는 수밖에 없다.

"오스트! 코어가 어디 있는지, 정말 몰라?"

"아까, 심장에 봉인마법을 걸었던 덕분에 약간이나마 정보가 흘러나왔습니다."

"뭐라고?! 어디지?!"

"이 심장의…… 밑에 방이 하나 더 있습니다. 거기가, 코어가 위치한 곳입니다."

심장 밑이라…….

"그럼 이 열선을 이용해서 뚫어 버릴까?"

"무리일 것입니다. 어지간한 마법으로는 코어가 있는 방으로 갈 수 없습니다."

"그럼 어쩌라는 거야?"

오스트는 결의에 찬 눈으로, 천천히 심장을 가리켰다.

"방패 용사님과 동료 분들…… 그리고 연합군 여러분, 한 가지 제안이 있습니다."

"빨리 말해 봐!"

공격을 막아내고 있는 사람 입장도 좀 생각해 달란 말이다!

큰 부상은 입지 않았지만, 그냥 버티는 것만 해도 보통 일이 아니라고!

"머리와 심장을 동시에 파괴하고…… 봉인마법을 심장부에 걸어 주십시오. 그렇게 해 주시면, 제가 코어까지 가는 길을 열 수 있을 것입니다."

"정말이야?"

"네. 틀림없습니다."

약간 불안하지만, 해야 할 일은 하나뿐인 것 같군.

"좋아. 그럼 필로! 피트리아와 연락을 취해서, 머리와 심장에 대한 동시 공격을 시도한다! 라프타리아도!"

"응!"

"네!"

다음은 에클레르, 리시아, 할망구.

"에클레르와 리시아와 근접전투에 강한 녀석들은 심장을 보호하려는 사역마를 격파, 할망구는 마력을 **빼앗는** 공격이 오거든 방해해."

"알았다!"

"최선을 다할게요!"

"성인님의 기대에 부응할 수 있도록 열심히 싸워 보겠습니다!"

그리고…… 이것이 가장 중요하면서, 가장 불안한 문제.

"여왕과 연합군은 다시 봉인 마법을 전개해서, 타이밍을 맞춰 발동시켜 줘."

"이와타니 님의 명을 받들겠습니다……."

전원, 얼굴에 피곤한 빛이 역력하다.

나도 쉬고 싶다. 오늘은 하루 종일 싸웠으니까. 정신력도 한계가 코앞이다.

하지만 여기서 물러설 수는 없는 노릇이고, 이 싸움이 끝난다고 해서 모든 싸움이 끝나는 것도 아니다.

해야만 하는 상황인 것이다.

라프타리아와 필로가 필살기 자세를 잡고 타이밍을 맞춘다.

나는 열선을 막아내면서, 호흡을 가다듬고 후방을 확인한다.

몰려드는 사역마들을 에클레르와 리시아가 격퇴하고 있다.

심장이 하얀 덩어리를 내쏘지만, 할망구가 그것을 유도해서 방해.

연합군은 여왕의 지휘에 따라서 의식을 진행한다.

두근두근, 영귀의 심장이 내는 고동 소리가 귀에 거슬리고 불쾌하기 짝이 없다.

의식을 집중하고 있던 필로가 퍼뜩 눈을 부릅뜨고는 목청을 높인다.

"라프타리아 언니!"

"알았어요!"

검에 마력을 깃들인 라프타리아가 필로의 등에 올라타고 내달린다.

"즉흥적으로 생각한 거긴 하지만, 필로와의 합동 기술…… 팔극진천명(八極陣天命)…… 찌르기!"

"스파이럴 스트라이크!"

날개를 펼치고 돌격하는 필로의 등에 올라탄 채, 라프타리아가 검을 앞으로 내질러서 필로와 함께 영귀의 심장을 꿰뚫는다.

강화된 나조차도 순간적으로 시야에서 놓칠 만큼 엄청난 속도로 파고드는 공격이었다.

탓 하고 착지한 필로. 그리고 그 등에 올라타고 있던 라프타리아가 검에 묻은 적의 피를 털어낸다.

심장에 부딪치며 방출된 마력이 폭발해서 영귀의 심장을 날려 버리고, 남은 마력이 눈처럼 하늘하늘 주위에 떨어져 내려 쌓인다.

그야말로 경이적인 광경이지만, 영귀는 아직도 죽은 게 아니다.

심장이 터져 나가는 동시에, 여왕을 필두로 한 연합군들이 봉인마법을 영창했다.

『『『힘의 근원인 우리가 명한다. 다시금 진리를 깨우쳐, 재앙의 사령(四靈), 영귀를 옭아매는 쐐기를 지금 여기에!』』』

"고등집단의식마법『봉(封)』!"

심장이 있었던 곳…… 고속 재생이 시작되려는 위치에 마법진이 전개돼서, 재생 속도가 느려진다.

"오스트!"

『나, 오스트 호라이가 하늘에 명하고, 땅에 명하고, 이치를 끊고, 연결하여, 고름을 토해내게 하노라. 나 자신이여, 내 최심부로 가는 길을 열어라!』

양손을 영귀의 심장 쪽으로 내미는 오스트의 동작에 호응하듯이…… 영귀의 심장 바로 앞에 네모난 구멍이 출현한다. 그리고 꿀렁꿀렁 소리를 내며 계단이 출현했다.

"이제…… 코어로 가는 길이 열렸습니다."

"좋아! 그럼 가자!"

"기다려 주십시오!"

오스트가 코어로 가는 계단 앞을 막아선다.

"왜 그래?"

"이 안에는 영귀를 강탈한 자가 있습니다. 그자를 상대하는 데 있어서, 어설픈 실력을 가진 자는 장해물에 지나지 않습니다."

"무슨 말인지는 알겠지만, 그렇다고 여기서 물러나자는 거야?"

"아뇨. 하지만 방패 용사님……. 제 생각에, 지금부터는 미숙한 자들까지 신경 쓰면서 싸울 여유가 없을 거라고 판단됩니다. 부디 제 말에 귀를 기울여 주십시오."

그것은 처음에 내게 부탁하러 왔던 그때와 같은 눈이었다.

자신을 저지해 주기를 진심으로 바라는, 하지만 연합군을 데려갔다가는 이길 수 있는 싸움도 이길 수 없게 될 거라고 호소하는 듯한…… 그런 눈빛이다.

생각해 보면 이런 괴물을 조종하는 녀석인 것이다.

지금부터 그런 녀석을 물리치러 가야 하는 마당에, 사역마 따위를 상대로도 고전하는 연합군을 데려가는 게 무슨 의미가 있겠는가?

"……알았어."

"방패 용사님?!"

연합군 녀석들이 놀라서 소리친다.

"연합군 부대원들은 적이 없는 위치까지 물러나서 대기. 호위는……."

주 전력인 라프타리아와 필로는 뺄 수 없다. 오스트는 반드시 가겠다고 할 것이다.

그렇다면 에클레르, 리시아, 할망구를 연합군의 호위로 딸려 보내야 하나?

"이와타니 님, 제게 모두 맡겨 주십시오."

여왕이 한 발짝 앞으로 나서서 선언한다.

"이와타니 님 일행께서는…… 1초라도 빨리 영귀의 활동을 멈추는 것을 우선시해 주십시오. 그 이외의 일에 인원을 배분하실 필요는 없습니다."

"……알았어."

솔직히 말하면 리시아는 연합군 쪽에 남겨 두고 싶다. 하지만 필로 인형옷 덕분에 어느 정도는 움직임이 괜찮아졌고, 다소나마 변환무쌍류를 습득한 덕분에 가끔은 괜찮은 일격을 보여주기도 한다.

흐음, 호위 쪽에 너무 많은 인원을 배분하는 것도 위험하겠지.

"자, 그럼 서로 갈라져서 출발한다!"

"네!"

심장이 서서히 재생해 가는 가운데, 우리는 두 무리로 나뉘어서 이동했다.

13화 흑막

살점 벽 사이에 만들어진 어둡고 긴 계단을 내려가기 시작한 지 10분쯤 지났을 때였을까.

이윽고 계단이 끝나고, 조금 앞쪽에 빛이 보이기 시작했다.

이건 뭐지? 방패가 진동하는 것 같은, 이상한 감각이 느껴진다.

오스트 쪽으로 시선을 돌려 보니, 조용히…… 뭔가를 결의한 것 같은 표정으로 빛 쪽을 똑바로 응시하고 있다.

이 앞에 있는 이번 사건의 주모자를 물리치고 코어를 파괴하지 않는 한, 영귀는 활동을 그치지 않는다.

그리고 영귀가 죽을 때, 오스트는…… 아마도 죽을 것이다.

여기에 있는 자들도 어렴풋이 그 점을 짐작하고 있기에, 하나같이 무겁게 입을 다물고 있다.

나는 스스로의 뺨을 때려서 의식을 가다듬는다.

지금은 내가 해야 할 일을 우선시해야 할 때다.

"모두! 무슨 일이 있어도 마음을 단단히 먹어야 해!"

"네!"

"네~에! 필로, 열심히 싸울게!"

"후에에……. 기필코, 살아서 돌아갈게요!"

"그래! 지금이야말로 수련 때 갈고닦은 힘을 발휘해야 할 때!"

"그렇고말고요!"

그리고 오스트가 한 발짝 앞으로 나서며 고개를 끄덕인다.

"지금이야말로 저 자신을 저지해야 할 때! 방패 용사님과 여러분! 어서 가십시다!"

"좋아!"

내 구령과 함께, 모두가 일제히 내달린다.

생각보다 넓은 방인 것 같다. 벽은 생물 같은…… 그러면서도 고형물 같은…… 신비로운 소재로 만들어져 있는 모양이다. 대리석 벽에 맥이 뛰고 있는 것 같은, 그런 이상한 느낌이다.

그리고…… 방 중앙을 확인한 나는 말문이 턱 막히고 말았다.

"이…….."

먼저 눈에 들어온 것은 허공에 떠 있는 영귀의 코어……로 보이는 물체다.

녹색으로 빛나는 눈부신 수정이 방 중심에서 천천히 회전하고 있다.

이것이 영귀의 코어……. 이 빛은 지금까지 영귀가 모아 온 희생자들의 혼이 내는 색깔일까?

하지만 그보다 더 내 의식을 잡아끈 것은, 그 수정 너머에 보이는 광경이었다.

거기에는…… 행방불명 상태였던 세 사람의 사성용사들이, 수정처럼 투명한 물체에 갇힌 채 벽 속에 박혀 있었던 것이다.

"으으……."

"큭……."

"우……."

세 용사들은 모두 의식을 잃은 듯, 고통에 찬 표정으로 신음 소리를 흘리고 있다.

"이건 도대체……."

"이츠키 님!"

리시아가 이츠키 쪽으로 달려가려 하다가, 느닷없이 쏟아져 내린 무언가에 튕겨 나간다.

"꺄우!"

이건…… 한 장의 종이인가?

종이가 파직파직 스파크를 일으키며 리시아를 튕겨낸 것처럼 보였다.

"설마 여기까지 올 줄은 몰랐는데. 아니, 아주 생각 못한 건 아니지만, 참 열심히도 싸우네!"

이 목소리…… 예전에 세 용사를 찾으러 다닐 때에도 들은 적이 있었던 것 같다.

목소리가 난 방향, 녹색 다각면체 앞에 한 남자가 서 있었다.

키는 나와 거의 비슷한 정도일까.

머리는 백발인가? 약간 광택이 도는 은색 같기도 하다.

헤어스타일은 덥수룩한 장발이고, 피부는 희다. 얼굴 자체는 꽤 잘생긴 편인 것 같다.

하지만, 나는 첫인상부터 '친구가 되기는 싫다.' 라는 느낌을 받았다.

그 주된 이유는, 죽은 물고기처럼 썩은…… 탁한 그 눈 때문이었다.

한마디로 표현하자면, 어둠침침하고 음습한 분위기를 갖고 있다는 것이다.

틀림없이 나쁜 의미에서 인간의 부류에 들어가지 않는 타입의 인간이리라.

자기밖에 모르고, 자기가 아는 화제가 나오면 종알종알 떠들어대고, 자기가 모르는 화제에 대해서는 입을 다물 것 같은…… 그러면서 자기는 머리가 좋다고, 남들과는 다르다고 생각하는 타입.

기본적으로, 자기 자랑밖에 모르는 녀석은 대개 이런 얼굴, 혹은 이런 눈매를 하고 있다.

복장은 코트를 걸친 연구자 같은 차림이라고 해야 할까?

가슴 언저리에는 시험관을 탄띠처럼 매고 있고…… 뭐라고 표현해야 좋을지 모르겠지만, 연금술사 같은 복장이라고 표현하면 그나마 감이 잡힐지도 모르겠다.

뭐, 연금술사가 어떤 차림을 하고 있느냐고 묻는다면, 나역시 애니메이션에서 본 이미지밖에 떠오르는 게 없지만.

가죽 글러브니 신발이니 하는 차림새에 쓸데없이 신경을 쓸 것 같은 인상이 있다.

이 세계에 온 후로 약학은 익힌 적이 있지만, 연금술은 아직 배운 적이 없다.

그런 학문이 있다는 것 정도는 도구 상인에게 들어서 알고 있다.

하지만…… 뭐랄까, 눈앞에 있는 저 녀석은 어쩐지 본격파일 것 같은 느낌이다.

그러나 그보다 더 신경이 쓰이는 건 이 눈매 더러운 녀석이 한 손에 들고 있는 책이었다.

표지에는 낯익은 수정이 박혀 있는데…… 뭐라 형언할수 없는 불길한 느낌이 물씬 풍긴다.

"처음에 영귀의 머리가 날아가 버렸을 때는 나도 식은땀이 났지만, 여기까지 오는 길도 못 찾아내고 돌아가다니, 얼마나 웃겼는지 몰라, 얼빠진 방패 용사."

"…………."

나를 겨냥하고 비아냥거린 거였겠지만, 나는 가만히 녀석을 노려볼 뿐이었다.

얘기를 나눠 본 적은 없지만, 척 보기에도 제정신이 박힌 녀석은 아닌 게 분명하다.

"어서들 와, 영귀의 최심부에. 감상을 좀 들어 볼까?"

"이츠키 니임!"

나가떨어졌던 리시아가 일어서서 이츠키를 향해 소리친다.

"아아, 그놈들? 정말이지, 사성용사가 쳐들어오는구나 하는 생각에 나도 경계했었는데 말이지, 엄청나게 약해서 맥이 다 빠지더라니까. 너희 세계의 용사들은 다들 이렇게 약해빠진 거야?"

"왜 이 녀석들이 여기 있는 거지?"

"엉? 보고도 모르겠어?"

나는 용사들 쪽으로 눈길을 돌린다.

각각의 무기가 어렴풋한 빛을 내뿜으며 뭔가에 저항하고 있는 것처럼 보인다.

아니…… 이건…….

"힘을 빼앗고 있는 건가?"

"정답! 역시 멍청하지만 제일 강한 용사님이시군! 캬하하하!"

적의 천박한 웃음에, 나는 불쾌감을 드러낸다.

뭐, 이 녀석 입장에서 보자면, 나는 한번 저지했던 영귀를 생각 없이 방치했다가 피해를 확대시킨 무식한 놈일 테니까.

알 게 뭐냐. 난 이 세계에 대해서 잘 알지도 못하고, 올바른 퇴치법 같은 것도 모른단 말이다.

게다가 난 지키는 것밖에 할 수 없는 방패 용사라고.

"이 녀석들을 붙잡을 때 상황이 얼마나 웃겼는지 모른다니까! 검의 용사는 동료가 죽었는데도 무작정 공격만 해대지 뭐야! 멧돼지처럼 말이야! 그리고 창의 용사는 동료에게 엄호를 부탁하고 걸음아 날 살려라 내빼더라니까! 그대로 쫓아가서 손쉽게 붙잡았지. 마지막 활의 용사는 동료들과 사이가 어그러졌는지, 동료 놈들이 용사를 묶어 놓고 튀어 버리더라니까!"

깔깔대며 웃는 적……. 이제야 알겠다. 용사 놈들의 소식이 전혀 들려오지 않았던 건, 영귀에게 패배한 후에 붙잡혀 버렸기 때문이었던 건가.

어쩐지 소식을 전혀 알 수가 없더라니.

더불어 영귀가 파워업한 이유도 수긍이 간다.

사성용사 중 세 명의 무기가 가진 힘을 흡수해서 강해진 거겠지.

어찌 됐건 용사의 무기에는 어마어마한 힘이 잠들어 있다.

그 세 명분의 힘을 흡수한 영귀의 공격을 정면으로 받아내는 데 성공한 방패 역시 용사의 무기니까.

"어째서 이런 짓을……! 네놈 목적이 뭐냐!"

에클레르가 한 발짝 앞으로 나서서 고함친다.

그렇다. 나 역시, 녀석이 이런 짓을 하는 이유가 상상이
되지 않는다.

영귀의 폭주는, 원래는 세계를 위한 것 아닌가.

비록 인류에게는 피해가 되지만, 결과적으로는 세계를 구
하는 길이 된다…… 라는 얘기였던 것이다.

그럼에도 이 녀석은 영귀를 조종해서 쓸데없이 피해자들
을 증대시키고 있다.

"엉? 어차피 멸망할 세계의 주민인 네놈들한테는 상관없
는 일이잖아?"

"대답할 생각이 없으시다?"

내가 묻자, 적은 히죽히죽 웃으면서 고개를 끄덕인다.

상관이 없다니……. 이렇게 민폐를 끼쳐 놓고 상관이 없
다니, 무슨 말도 안 되는 소리냐, 이 자식이!

하지만 여기서 분노에 몸을 맡겨 봤자 아무런 진전도 얻
을 수 없다.

멸망할 세계의 주민이라는, 마치 남의 일처럼 얘기하는
표현이 묘하게 마음에 걸리는군.

"하지만 나도 좀 놀라긴 했어. 영귀를 상대로 계속 발을
묶어 두기에 무슨 꿍꿍이인가 했더니, 설마 저런 괴물을 데

려올 줄이야."

방의 벽에, 영귀의 시선으로 본 바깥 상황이 투영된다.

거기에는 피트리아가 무수한 머리들을 상대로 선전을 펼치고 있는 모습이 있었다.

지금의 나로서는 머리 하나만 상대하기도 버거운데, 피트리아는 정말 대단하군.

적의 말마따나, 괴물이라는 표현이 딱 어울리는 것 같다.

피트리아가 아군이라 다행이라니까.

하지만 그 괴물 피트리아도 피로한 기색이 짙은 것 같은 느낌이다.

피트리아는 피트리아대로 최선을 다해 주고 있는 것이다. 나도 내게 주어진 일을 하는 수밖에 없다.

"이 녀석 때문에 에너지가 안 모이잖아! 진짜 짜증 나 미치겠다니까!"

언짢은 듯 그렇게 내뱉은 적은, 책을 펼치고 나를 노려본다.

"마침 잘됐어. 제일 강한…… 사성용사를 흡수시키면 이 상황을 돌파할 수 있을지도 모른다고 생각하던 참이었거든. 게다가 딱 좋은 타이밍에 여기로 와 주기까지 하다니 말이지. 자, 착하지, 착하지. 꺄하하하하하!"

혼자서 깔깔대며 웃어대다니, 재수 없는 놈 같으니.

이 녀석, 인격이 아주 박살 나 있는 거 아냐?

뭐랄까, 독선에 취한 녀석이라는 표현이 딱 들어맞는군.

"그런 건 용납할 수 없습니다."

오스트가 내뱉는다.

"아아, 너는……. 호오, 그런 것도 할 수 있는 건가, 이 세계의 수호수(守護獸)는……. 그래서 여기까지 순조롭게 올 수 있었던 거였군. 계속 그렇게 저항해 대다니. 그냥 순순히 나를 따르면 될 걸 가지고."

"본래 역할을 완수할 수 없는 수호수에게는 존재 가치가 없습니다! 그러니까 저는 방패 성무기의 소지자에게 협조를 요청한 것입니다. 영귀와 방패의 정령 사이의 인연에 따라서!"

"아아, 그래서 방패 용사에게는 사역마들의 공격이 잘 안 통했던 거군……. 어쩐지 버텨도 너무 잘 버틴다 싶더라니."

무슨 얘기를 하는 거야?

영귀와 방패가 무슨 관련이 있다는 거지?

확실히 둘 다 방어력이 높을 것 같은 이미지가 있긴 하지만.

"뭐, 조금 더 약화시킨 후에 초대할 생각이었지만, 어쩔 수 없지. 미인 동료도 데려온 모양인데, 세뇌시켜서 선물로 데려가 줄 테니까 걱정 말고……."

책에서 빠져나온 종잇장들이 하늘하늘 주위를 떠다니다가, 나를 향해 날아들었다.

"죽어!"

나는 유성방패를 전개시켜서 방어한다.

하지만 상대의 공격력이 예상보다 강한 건지, 유성방패는 순식간에 파괴되었다.

"하앗!"

"에잇!"

라프타리아와 필로가 반응해서, 공중에 날아다니는 종이들을 요격한다.

방은 그럭저럭 넓긴 했지만, 필로는 상대에게 맞춰서 인간형으로 변신한 상태다.

하지만 불꽃이 튈 뿐, 완전하게 위력을 상쇄하지는 못했다.

그래도 나에 대한 공격력을 경감하는 데는 도움이 된 듯, 나는 전혀 대미지를 받지 않았다.

"핫!"

"아뵤!"

에클레르가 검을 내질러서 종이를 떨어트리려 하고, 할망구는 돌려차기를 날린다.

리시아는 에클레르와 할망구가 미처 쳐내지 못한 종이들을 추가 공격해서 위력을 최대한 감소시키고 있는 모양이었다.

"방패 용사님!"

오스트가 마법 영창에 들어간다.

"이것들 좀 보게. 용사를 지키기 위해서 아주 필사적으로 싸우는구먼! 보호만 받는 게 부끄럽지도 않나?"

나는 적의 도발에 분노를 느꼈지만, 무의미하게 앞으로 나서 봤자 뭐가 되겠는가.

녀석이 이렇게 도발하는 건, 이 전략이 워낙 거슬리기 때문이라고 생각해 두면 된다.

"네놈에게 방패 용사의 공격을 보여주지."

아무래도 방어밖에 못한다고 무시하는 놈들이 많지만, 대미지를 입히는 것만이 공격이 아니라는 걸 가르쳐주마.

"라프타리아, 필로! 내 걱정은 말고 녀석에게 공격을 퍼부어!"

"네!"

"알았어~!"

이것은 과거에 라르크를 상대할 때도 사용했던 우수한 공격 수단이다.

"에어스트 실드! 세컨드 실드!"

적의 배후에 방패를 출현시키고, 그 직후에 복부 위치에 방패를 출현시킨다.

그러자 상대는 앞으로도 뒤로도 움직이지 못하고, 빈틈을 노출시킨다.

"이런…… 칫!"

내 공격이 짜증 나는 수법이라는 걸 알아챘는지, 불쾌한 표정을 지으며 종이를 이용해 라프타리아와 필로의 공격을 저지하고 있다.

하지만 그 방식으로 얼마나 더 견딜 수 있으려나?

솔직히 말해서 적은 편리한 공격 수단을 갖고 있다.

주위를 날아다니는 종이가 자유자재로 공격과 방어를 동시에 수행하고 있다.

하지만 그래 봤자 라프타리아와 필로의 공격을 맞고 무사할 수는 없지 않겠는가.

"하앗!"

"에에잇!"

나머지 종이들이 에어스트 실드를 공격해서, 쨍하는 소리와 함께 파괴한다.

"미안하지만 더 남았어. 드리트 실드!"

그 자리에서 세 장째 방패를 출현시켜서 행동을 방해한다.

좌우에서 라프타리아와 필로가 공격하고, 방패 자체가 파괴되면 예비 방패로 보충한다.

그리고 위로 도약해서 피하려고 하면 실드 프리즌으로 방해한다.

이것 참…… 내 입으로 말하긴 좀 그렇지만, 얍삽하기 짝이 없다.

하지만 내게는 이 방식이 맞는 것 같다.

방해가 적성에 맞다니…… 역시 나란 놈은 성질도 참 더

럽단 말이야.

고칠 생각은 없지만.

"흥! 네가 만들어낼 수 있는 방패의 수는 알고 있다! 세 장밖에 못 만들다니, 구려 터졌어!"

조금만 더 있으면 라프타리아와 필로의 공격이 적중할 것 같군.

하지만, 적은 그 전에 내 방해 방어에 맞설 생각인 모양이다.

내 자존심을 깨부수기 위해서.

아마 영귀의 시야나 사역마의 시야를 조종해서, 영귀와 맞서 싸우는 내 모습을 보아 왔던 것이리라. 그렇다면 영귀와 싸울 때는 쓰지 않았던 스킬을 한번 보여주는 수밖에.

"체인지 실드!"

덤으로 체인지 실드를 건다.

이번에는 고래 마법핵 방패로 변화시킨다.

카운터 효과는 열선 방패(중).

적이 종이로 공격한 지점으로부터, 본인을 표적 삼아 열선이 발사된다.

……영거리(零距離)에서 말이지!

오? 보아하니 열선 방패(중)은 원거리 공격에 대해서도 작동하는 모양이군. 편리하기도 해라.

찌익 하는 소리와 함께 열선이 적에게 명중했다.

"칫!!"

적이 혀를 차며 나를 험악하게 째려본다.

그와 동시에 종이가 찢겨 나가고 라프타리아와 필로의 공격이 명중했다.

하지만 쨍 하는 소리를 내며, 투명한 막 같은 게 공격을 가로막는다.

"설마 벌써부터 이 방벽을 사용하게 될 줄이야."

"저건……!"

오스트가 마법 영창을 중단하고 뇌까린다.

"아까부터 지배권을 탈취해 가려고 수작 부려대지 마! 문식(文式) 1장 · 불새!"

책의 종잇장이 불새 모양으로 모여들어서 오스트를 향해 날아간다.

"위험해!"

나는 재빨리 오스트 앞을 막아서고 불새를 저지한다.

물 속성인 고래 마법핵 방패를 사용한 상태인데도 미약하게 대미지를 입는다.

이 자식……. 역시 영귀 조작의 흑막답군. 순수하게 강하다.

그렇다 해도 이쪽이 유리하다는 사실은 아직 달라진 게 없는 것 같다.

그나저나 라프타리아와 필로의 공격을 쳐내는 저 결계는

대체 뭐지?

오스트에게 시선을 보내니, 오스트는 순간적으로 슬쩍 시선을 돌린다.

어딜 보는 건가 싶어 오스트의 시선이 향하는 곳을 돌아본다.

적⋯⋯인 줄 알았으나 아니었다.

그렇군. 오스트의 목적은 어디까지나 그거였던 건가.

"저 녀석은⋯⋯ 영귀의 에너지를 방어막 생성에 사용하고 있습니다. 그걸 뚫으려면 상당한 공격력이 필요할 것입니다."

"좋아, 그럼 라프타리아와 필로⋯⋯."

"어허! 내가 고분고분 당하고 있을 줄 알고? 배운 거라고는 하나밖에 없는 바보처럼 같은 기술만 주구장청 써대다니!"

적이 손을 앞으로 내밀자 영귀의 코어가 빛을 내뿜고, 벽에 파묻혀 있는 용사들이 일제히 고통에 찬 신음을 흘린다.

그러자 벽에서 전신갑옷을 입은 영귀의 사역마 열 마리가 나타났다.

영귀의 사역마(친위형)

우와아⋯⋯. 엄청나게 강해 보이는 타입이잖아.

갑옷의 얼굴에 가려진 부분에 달린 등딱지에서 빛을 내뿜으며 이쪽을 응시하고 있다.

각각 다양한 무기를 소지하고 있는 것 같다.

검, 창, 활……. 우와, 누구한테서 힘을 빼앗은 건지 일목요연하게 알 수 있겠군.

사역마들은 철컹철컹 소리를 내며 이쪽으로 다가온다.

"네놈들의 기술은 사용하는 데 시간이 걸리잖아? 그럼 사용하는 데 필요한 시간을 안 주면 그만이라 이거야."

"그 성도의 시간쯤은……!"

"우리가……!"

"후에에에에!"

에클레르, 할망구, 리시아가 요격을 시도하지만, 에클레르와 리시아가 한 마리씩, 할망구가 두 마리를 상대하는 게 고작이었다. 심지어 리시아는 에클레르에게 민폐를 끼치기 직전, 오스트의 지원을 받고서야 간신히 대처하고 있는 실정이다.

나머지 여섯 마리가 내 쪽으로 몰려든다. 버텨낼 수 있을가?

친위형의 공격을 방패로 막는다. 쩌억 하고 강렬한 충격이 몰아쳤다.

이건…… 감당 못할 정도는 아니지만, 대미지를 완전히 상쇄할 수는 없는 정도의 공격력을 갖고 있다고 판단해도 될 것 같다.

영귀의 사역마 중에서도 최정예 같은 녀석들이다.

응? 등에 활을 매고 있는 친위형 두 마리가 나를 겨누고, 뇌전을 내쏘았다.

이런! 재빨리 방패를 소울 이터 실드로 바꿔서 막아낸다.

타이밍에 문제만 없다면 이 자리에서는 고래 마법핵 방패 쪽이 더 우위다……. 신중하게 사용하면 된다.

내 당황을 읽은 듯, 적이 깔깔대며 웃어대기 시작했다.

"캬하하하하! 어디까지 버틸 수 있을 것 같아? 자, 자, 더 잔꾀를 짜내 보라고! 내가 놀아 줄 테니까!"

크윽……. 중과부적인가?

게다가 종이들까지 날아와서 라프타리아와 필로의 정신 집중을 방해해 댄다.

이런 상황에서 가장 강한 공격을 하는 건 불가능할 것이다. 그렇다고 해서 어중간한 공격을 하는 건 의미가 없다.

레벨 차이 같은 걸로 어떻게 해 볼 수 있는 차원이 아니게 되었다.

그렇다고 대항할 수 있는 수단이 아주 없는 건 아니다.

하나는 라스 실드로 모조리 불살라 버리는 것.

내 동료들은 계단 쪽으로 피신시켜 두면 피해는 입지 않을지도 모른다.

다만, 나는 영귀와의 전투 때 이미 라스 실드를 사용했다. 따라서 상대방도 분명히 그 가능성을 염두에 두고 있을 것이다. 피해 버릴 가능성이 높고, 적의 등 뒤에는 용사 놈들이 있다.

아무래도 쇠약해진 상태인 것 같으니, 라스 실드의 화염에 휘말리면 죽고 말지도 모른다. 성가신 인질이다.

아니면 블러드 새크리파이스로 일격필살의 공격을 노리는 방법이 있다.

문제는 반드시 상대에게 명중시켜야 한다는 것. 한 번 사용하면 내가 전투불능 상태에 빠진다는 점이다.

그렇게 되면 끝장이다.

또 하나는 실드 프리즌으로 방어를 단단히 하고 유성방패를 전개한 채, 라프타리아와 필로가 기력을 보충하기를 기다리는 것.

문제는 적의 공격력이 유성방패를 손쉽게 격파했다는 점이다.

정확히 말하자면, 라프타리아와 필로가 충분히 힘을 모을 만큼 시간을 벌 수 있을지 장담할 수 없다는 것이다.

강력한 방어를 돌파하려면 어떻게 해야 하지?

오스트를 이용해서 라스 실드에 쌓인 분노를 마법으로서 내쏘는 공격을 하도록 할까?

이것도 분노를 쌓으려면 다소의 시간이 걸린다.

하지만 그나마 현실적인 느낌이 드니 좀 나으려나?

다만, 오스트는 지금 리시아와 에클레르를 보좌하기에도

벅찬 지경이다.

라프타리아와 필로를 이용해서 친위형들을 상대했다가는 의도를 들키고 만다.

내가 오스트에게 시선을 보내려고 하자, 적이 눈치를 챈 듯 웃음을 멈추고 내뱉었다.

"이런, 섣불리 이상한 짓 하려고 들지 말라고. 너희, 사성 용사가 어찌 되든 상관없다는 거야?"

"크윽……. 이 자식들……. 강해!"

에클레르와 할망구가 밀리기 시작했다.

리시아는 아예 자기 몸 하나 지키기에 급급한 지경이 고…… 상대방은 용사들을 인질로 잡고 있는 상황이다.

제대로 싸울 수 있는 상황이 아닌가……?

제기랄, 이러다가는 말라 죽을 판이다.

이대로 야금야금 밀리다가 패배하느니, 차라리 라스 실드 로 바꿔서…….

머릿속으로 그렇게 결론을 내린, 바로 그때──

"비천대차륜!"

번쩍이는 바퀴가 내 눈앞을 스쳐 지난다.

그 직후, 다시 빛의 화살이 날아왔다.

"윤무 파(破)형 · 귀갑 깨기!"

거기에 박차를 가하듯이 거대하고 번쩍이는 화염 덩어리 가 나를 향해서 날아왔다.

재빨리 방패를 앞으로 내밀었지만, 화염은 나를 불사르지는 않는 것 같았다.

　이 불꽃, 예전에 막아냈던 적이 있었는데?

　불꽃은 나를 불태우지 않은 채 친위형들만을 불살랐고, 친위형들은 고통에 발버둥 쳤다.

　공격이 날아든 방향으로 시선을 돌려 보니, 거기에는······.

　─라르크와 글래스, 그리고 테리스가 서 있었다.

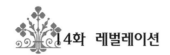

14화 레벌레이션

젠장……. 안 그래도 성가신 마당에 적이 더 늘어났잖아?!

설마 매복했다가 기습을 날릴 줄은 생각도 못했었다!

아니, 혹시 이 타이밍을 노리고 있었던 거 아닌가?

우리가 절체절명의 위기에 빠지도록 싸우기 힘든 장소로 유도하다니, 무시무시하게 주도면밀한 행동이다.

생각해 보면 가짜 글래스나 가짜 라르크는, 마치 글래스 일당을 보호하듯이 나타나서 우리를 공격했었다. 전혀 가능성이 없는 얘기도 아닌 셈이다.

"당신은……!"

내 동료들도 경계를 강화한다.

젠장…… 상황이 이렇게 되면 도망도 못 치잖아.

포털을 사용해서 전이해 버릴까?

하지만…… 의식을 집중해 봐도 사용 불가 아이콘이 시야에 떠오를 뿐이다.

"하앗!"

라르크가 도약해서 내 쪽으로 날아왔다.

일단 첫 번째 공격을 막고 나서 라프타리아와 필로를 시켜 공격하게 하자.

그렇게 생각하고 방패를 앞으로 내민 순간.

라르크는…… 나에게 접근해 있던 친위형을 향해 낫을 휘두르는 것이 아닌가.

"괜찮아, 꼬마?"

"엉?"

천천히, 춤이라도 추는 것 같은 걸음걸이로 글래스가 이리로 다가오는 동안, 테리스가 수많은 불덩어리들을 만들어내서 친위형들에게 퍼붓는다.

"라르크……. 너, 저 녀석과 한패 아니었어?!"

라르크 일당은 당연히 저 적과 한패일 거라고 생각했었다.

하지만 라르크는 적에게 맞서듯이 내 앞을 막아서서, 적을 향해 낫을 겨누고 있다.

"어이, 네놈은 해도 될 일과 해서는 안 될 일도 분간을 못 하는 것 같군."

"무슨 소릴 하는 거야? 어차피 너희가 멸망시킬 세계 아냐? 뭘 하든 내 맘이잖아."

"아니…… 최종적으로는 그렇게 된다 하더라도, 지켜야만 하는 게 있어. 권속기가 울고 있다고."

라르크의 낫이 딸랑 하는 소리를 내며 진동하고 있다.

그건 글래스의 부채 역시 마찬가지인 모양이다.

"권속기의 소지자로서, 당신은 들어서서는 안 될 영역에 발을 들여놓았어요. 우리는 사정상 적대하는 사이인 나오후미와 힘을 합쳐…… 쿄 에스니나, 책의 권속기 소지자를 처치하도록 하겠습니다."

척 하고 부채를 펼치고, 글래스가 춤추듯 내 앞에 내려섰다.

"엉? 도, 도대체 무슨 바람이 불어서 이러는 거야?"

우리는 사태의 변화를 따라잡지 못하고 넋이 나가 있었다.

글래스 일당에게, 영귀를 조종한 적…… 이 쿄인가 뭔가 하는 녀석은 적인 건가?

이유는, 해서는 안 될 일을 했으니까?

"이제 알겠지? 꼬마, 이제부터 일시 휴전이다."

"내 질문에 대답부터 해!"

"그—러—니—까! 우리는 일시적으로 꼬마 네놈과 같이 싸우기로 했다는 거야."

"라르크의 설명이 너무 어설픈 거예요. 나오후미 씨, 들어 주세요. 지금 나오후미 씨와 일행 분들이 싸우고 계신 상대는, 저희 세계 사람이자 책의 권속기 소지자……. 그리고 저희의 권속기가 처형을 명한…… 적이랍니다."

테리스의 말에 이어서 글래스가 설명한다.

"찬찬히 설명하고 있을 시간은 없는 것 같군요. 굳이 말하자면…… 다른 세계라고는 해도, 수호수를 조종하는 만행은…… 해서는 안 될 일. 그러니 저도 내키지는 않습니다만, 함께 싸우도록 하죠."

그럼…… 라르크 일당과 조우했을 때 영귀의 사역마들이 보인 움직임은, 내 오해를 불러일으키려고 한 거였다고 봐도 되는 건가?

생각해 보면 라르크 일당은 우리에 대해 적의를 보이지 않았었다. 우리 쪽으로 덤벼든 사역마를 공격하기 위해서 스킬을 사용한 것처럼 보였던 건, 단순한 착각이 아니었다는 건가.

"좀 더 시간을 벌 수 있을 줄 알았는데, 생각보다 빨리 여기까지 왔군."

쿄……라는 녀석이 짜증 가득한 얼굴로 말한다.

"네, 당신 덕분에 여러모로 성가신 일에 말려들었어요. 나오후미와 만난 우리를 의도적으로 갈라놓은 것도, 오해를 불러일으켜서 교섭의 여지를 없애려는 거였겠죠."

"내가 순순히 얘기할 것 같아?"

"그 대답은 곧 긍정의 뜻이라고 받아들이지요."

"큭……."

부아가 치미는 듯 으르렁거리는 쿄.

심술꾸러기 어린애처럼 질문에는 대답 안 하겠다고 하다니, 상황이 불리할 때만 그런 식으로 대꾸하면 속내가 다 들통 난다고.

머리 좋은 척을 해대는 느낌이라, 영 맘에 안 드는 놈이다.

보아하니 글래스 일당과는 정말로 적대하고 있는 것 같군.

"나 참, 꼬마와 헤어진 뒤로 얼마나 고생을 했는지 모른다니까. 붕괴에 휘말려서 이상한 곳에 떨어지는 바람에 말이지."

투덜거리는 라르크를 상대해 줄 시간은 없다.

울화가 치밀었는지, 쿄가 입술 가장자리를 틀어 올리며 친위형을 대량으로 발생시킨다.

그때마다 세 용사들이 고통에 찬 신음을 흘리고, 얼굴이 파랗게 질려 간다.

큰일 났는데……. 조금만 더 가면 죽어 버리는 거 아냐?

라르크 일당이 도와준다고는 하지만 적의 수가 기하급수적으로 불어나고 있다.

"간다! 이런……. 뭐 이렇게 딴딴해?!"

낫을 힘껏 휘둘렀던 라르크가, 친위형 두 마리를 퍽 하고 쓸어버렸다가 신음한다.

"장난치지 말라고. 네놈들은 그것보다는 훨씬 강했었잖아."

특히 라르크는 나와도 어느 정도 접전을 벌일 수 있을 만큼의 공격력을 갖고 있다.

라프타리아도 두 마리를 상대할 수 있을 정도의 기량을 갖고 있건만, 라르크가 두 마리를 상대로 고전한다는 건 말도 안 된다.

역시 아군인 척 위장하고 있는 건가?

"아아, 꼬마는 모르고 있었나 보군⋯⋯. 그건 파도가 일어난 동안에만 한시적으로 강해지는 거야. 지금은 레벨 75의 권속기 소지자일 뿐이라고."

"뭐야?!"

권속기는 용사와 비슷한 취급이지만⋯⋯ 파도가 오지 않은 지금, 라르크 일당은 파도 때보다 약해져 있다는 건가.

어디까지나 본인이 한 얘기일 뿐이니 정말인지 어떤지는 불분명하다.

"그리고 글래스 아가씨는 레벨로 환산하면 40 전후 정도의 힘밖에 없다고."

"라르크! 왜 그런 얘기를 여기서 하는 거예요?!"

아, 글래스가 화를 내며 불평을 늘어놓는다.

다만 귀갑 깨기라는 기술은 효과가 좋은 듯, 친위대를 일격에 해치울 수 있는 모양이다.

"왜냐하면 이쪽 세계에서의 경험이 일천하기 때문이지."

"라르크!"

"조용히 좀 해! 꼬마의 힘을 빌리지 않으면 우리한테는 승산이 없으니까 어쩔 수 없잖아!"

"글래스 양! 한눈파시면 안 돼요!"

테리스의 지시에 글래스는 퍼뜩 정신을 차리고 고개를 돌려서, 덮쳐 오는 친위형의 공격을 부채로 막아낸다.

확실히 약간 밀리는 것 같긴 하다.

이쪽 세계에서의 경험이 일천하다?

이 세계에 있었던 시간이 얼마 안 된다는 건가?

다시 말해 라르크 일당도 그렇게까지 강하지는 않다는 거군.

그런데도 원군으로서 우리에게 힘을 보태주겠다고 제안하고 있다.

이건 둘도 없는 기회다. 나는 라르크를 향해 편대 신청을 날린다.

"고맙다, 꼬마! 자, 글래스 아가씨도 빨리 받아들여!"

라르크가 편대 신청을 받아들이고, 곧바로 글래스와 테리스에게도 편대 신청을 보내서 파티를 결성했다.

"여기까지 오면서 연합군 녀석들은 못 만났어?"

"만났는데? 하지만 라프타리아 아가씨가 없으니까, 테리스의 마법으로 속일 수 있었지."

……짐작이 간다. 연합군인 척 그 자리에 숨어들면, 비록 위화감을 느낄지는 몰라도 결국은 알아채지 못할 수밖에 없다.

그랬다가 은근슬쩍 빠져나와서, 영귀의 심장 밑에 난 계단을 내려오면 그만이다.

심장은 이미 재생을 완료할 무렵이니, 여왕과 연합군 쪽도 이미 심장이 있는 방을 떠나 있었을 테니까.

"상황은 이해했어. 유성방패!"

유성방패는 바로 파괴되고 말 것이다. 하지만 파괴되기 전에 한 번은 도움이 된다.

파괴되든 말든 순간적으로나마 적의 공격을 받아낸다는 점은 차이가 없다.

여기 있는 녀석들이라면, 작은 빈틈만 생겨도 충분히 공격으로 전환할 수 있을 터.

"으랏차!"

라르크가 있는 힘껏 낫을 휘둘러 대서 경직된 친위형을 쓸어버린다.

"아뵤!"

할망구는 방어 비례 공격을 날리고 있는 모양인지, 친위형의 가슴을 어깨로 들이받자, 친위형이 맥없이 나가떨어졌다.

"에잇!"

"하얏!"

라프타리아가 검을 내지르고, 에클레르가 뒤를 이어 해치운다.

"토옷~!"

필로가 모든 체중을 실어서 다음 친위형을 손톱으로 찢어발기고……. 이런 식으로, 저마다 선전을 펼치고 있다.

"좋아, 이 정도면…… 라프타리아와 필로는……!"

내가 내린 지시를 알아채고, 두 사람은 한 발짝씩 물러서서 힘을 모으기 시작했지만…….

"내가 그런 틈을 줄 줄 알고?!"

종잇장들이 하늘하늘 주위에 흩날리고, 쿄가 마법을 영창하며 약품을 내던졌다.

펑 하는 소리와 함께 주위에 녹색 빛들이 늘어난다.

둔탁한…… 벌레 날갯짓 소리 같은 불쾌한 소리가 울려 퍼진다.

"확장 문식 9장 · 활성!"

철컥철컥 친위형들이 재생되고, 그 움직임이 아까보다 더 재빠르면서도 묵직해진다.

"큰일 날 뻔했네!"

라르크가 글래스를 떠밀고 친위형의 공격을 막아낸다.

"라르크……."

"큭…… 이 자식, 아까보다 더 강해졌잖아."

숨통을 끊겠다는 듯, 세 마리가 동시에 몰려왔다.

"에어스트 실드!"

라르크와 글래스를 보호하듯이 방패를 전개시킨다.

"나오후미, 고맙습니다."

"땡큐, 꼬마!"

"인사는 나중에 해!"

보호해야 할 녀석들이 아직도 널려 있다.

에클레르는 이미 세컨드 실드로 보호 중.

후방에 있는 테리스와 오스트는…… 아직은 별문제 없을

것 같다.

그렇게 생각했는데, 적 후방에서 화살을 든 친위형이 활을 겨누고 있다.

못 피할 정도는 아니지만, 만전을 기해서 드리트 실드를 발생시킨다.

유성방패 쿨타임이 차려면 아직 멀었나?

테리스와 오스트는 정신을 집중하고 있어서, 공격을 방어할 수 있는 상황이 아니다. 내가 앞으로 나서는 수밖에 없으리라.

그런 상황 속에서, 종잇장이 흩날리는 비좁은 영귀의 코어 안은 난전 상태에 빠져 있다.

섣불리 큰 기술을 썼다가는 아군까지 휘말려들 위험이 있다.

테리스가 아군과 적을 가려서 공격하는 편리한 공격을 하고는 있지만…… 그래 봤자 새 발의 피 수준이다.

후퇴하는 것도 염두에 두어야 할 상황이지만, 세 용사들의 상태가 위험한 지경에 다다라 있다.

도망치면 여러 가지 의미로 상황이 심각해질 것 같군.

"자, 자, 어디 할 수 있으면 해 보라고. 할 수 있으면!"

나는 깔깔대며 웃어대는 쿄를 힘껏 째려본다.

중과부적. 게다가 상대는 그다지 힘이 소모되지 않은 상태인 데다가, 그 에너지원은 보아하니 영귀 자체와 삼용사로부터 보급받고 있는 모양이다.

저지하기 위해 영귀의 코어를 파괴하고 싶어도, 방어가 굳건해서 어찌해 볼 도리가 없다.

……방어가 굳건하다?

"라르크!"

나는 뒤를 돌아보고 라르크와 시선을 교환한 후, 방패를 들어 올리고 손가락으로 가리킨 다음, 쿄 쪽을 쳐다본다.

그 의도를 알아챈 건지, 라르크는 고개를 끄덕였다.

"꼬마는 정말 수단 방법을 안 가린다니까! 좋아!"

나는 앞으로 내달려서 라르크가 지키고 있던 자리로 이동한다.

그리고 라르크는 한 발 물러섰다가, 낫의 날을 번뜩이며 나를 발판 삼아 도약했다.

"으랏차아아!"

멀리뛰기를 하듯 거리를 좁히지만, 아직 코어는 고사하고 쿄에게도 닿지 못한다.

히죽히죽 웃고 있는 쿄는 라르크가 착지할 것으로 예상되는 지점을 친위형으로 둘러싸고, 일제공격을 날릴 수 있도록 무기를 겨누게 한다.

"실드 프리즌!"

그 순간, 나는 방패 감옥을 출현시켰고, 라르크는 그것을 발판 삼아서 쿄를 향해 낫을 힘껏 휘둘렀다.

파각 하는 소리와 함께 쿄를 보호하고 있던 방어벽이 깨
져 나간다.

그렇다, 적의 방어력이 높다면 라르크의 방어 비례 공격
을 사용하기에 최적의 조건인 것이다.

"지금이다!"

내 구령에 맞추어, 뒤쪽에서 마법을 영창하고 있던 두 사
람이 공격으로 전환한다.

물론 다른 자들도 공격의 손길을 늦추지 않는다.

"휘석(輝石) · 폭뢰우(爆雷雨)!"

『힘의 근원인…… 영귀가 명한다. 다시금 삼라만상을 깨
우쳐, 내 힘의 발현을 원한다!』

"중력장! 초중력!"

전에 보았을 때보다 출력이 한층 더 강해진 오스트의 중
력탄이 쿄를 향해 발사되었다.

하지만…… 영창할 때의 1인칭이 달라져 있었다.

어쩌면 오스트는…….

"치이이잇!"

마치 내가 방패를 다중으로 전개시킬 때처럼 종잇장들이
수도 없이 겹쳐져서, 테리스와 오스트가 내쏜 마법을 막아
낸다.

"으랏차!"

그사이에 라르크가 낫을 한 바퀴 휘둘러 쿄를 후려치자,

쿄는 찌푸린 얼굴로 손을 앞으로 내밀어서 마력으로 이루어진 무언가를 빠직빠직 방출시켜서 막아낸다.

자신들에게 지시를 내리는 자를 보호하듯이, 친위형이 라르크에게 덤벼든다.

하지만 그 정도에 당할 라르크가 아니다.

물러날 때임을 깨달은 라르크가 펄쩍 뛰어 거리를 벌린다.

"제법 머리 좀 쓰는데. 방어 비례 공격을 숨기고 있었다니."

"나도 몇 번 당한 적이 있으니까. 그 방어막의 약점은 방패 용사인 내가 제일 잘 알고 있지."

"헛! 아는 척 지껄이지 마. 그럼 이건 어떠냐?"

쿄가 손을 들자, 여러 겹의 결계가 전개되어 간다.

그 모습을 본 라르크와 글래스는 넋이 나간 표정이었다.

"이 많은 결계를 네놈들이 깰 수 있을까? 엉?"

"할망구."

"알겠습니다."

"라프타리아는 공격 충전을 중단하고 피라미들을 섬멸시켜. 결계 쪽은 할망구에게 맡기지."

"무슨 말씀인지 알겠어요! 필로! 부탁해요."

할망구가 대열에서 벗어나서 적을 향해 내달린다.

"쓸데없는 짓."

"아뵤!"

다가오는 친위형을 발판 삼아 탓탓 날렵하게 결계에 접근하는 할망구.

하지만, 제아무리 할망구라도 피할 수 없는 순간이나, 발을 멈출 수 없는 상황은 발생하기 마련이다.

"에어스트 실드! 세컨드 실드!"

라르크 때와 마찬가지로, 때로는 보호용으로, 때로는 발판용으로 방패를 만들어내서, 쿄에게로 향하는 혈로를 뚫는다.

그리고 라르크도 끝없이 출현하는 친위형들을 쓸어버리면서 다시 쿄를 향해 낫을 휘둘렀다.

"가라!"

"아뵤!"

숨 쉴 새도 없이 몰아치는 할망구의 방어 비례 공격이, 쿄가 전개한 방어벽을 한 장, 또 한 장 격파해 나간다.

"뭐야……. 말도 안 돼……. 그런 걸 할 수 있는 녀석이 있었다니!"

"있는 게 당연한 거 아냐? 그런 것도 생각 못했었던 거냐?"

내가 도발하듯 받아치자, 쿄는 마치 부모의 원수라도 보는 것처럼 증오에 찬 눈으로 나를 노려본다.

얄팍한 자존심이군. 이 정도 도발도 못 참다니.

내가 이세계에 와서 경험한 것을 그대로 체험한다면 머릿속의 혈관이 터져 버리는 거 아냐?

"아뵤!"

할망구가 마지막 한 장을 파괴한 순간, 라르크의 낫이 쿄에게 명중한다.

"필로!"

"응!"

확실히 얻어맞은 것 같았지만, 공중에 흩날리는 종잇장들이 마지막 저항이라도 하듯 할망구와 라르크의 공격을 빗겨 냈다.

"문식 5장 · 열파(列破)!"

쿠쿵 하고 쿄를 중심으로 충격파가 몰아치고, 거기 얻어맞은 라르크와 할망구가 나가떨어져서 벽에 내팽개쳐진다.

하지만…… 타이밍이 안 좋았군. 필로는 아직 충전을 계속하고 있었으니까.

"스파이럴 스트라이크~!

마치 한 가닥 화살처럼, 필로가 친위형을 꿰뚫고 쿄에게 돌격해 갔다.

푸숫 하고 서로가 교차한 후에는…… 쿄의 복부에 바람 구멍이 나 있었다.

"필로 아가씨 제법인데."

"해냈다~!"

필로는 승리의 포즈를 취하지만, 나는 경계를 늦추지 않는다.

쿄는 휘청거리며 고꾸라졌지만…… 쿄의 북부에 있는 살점들이 꿀렁꿀렁 소리를 내며, 아무 일도 없었다는 듯이 재생해 나간다.

"설마 내 몸에 상처를 낼 수 있는 녀석이 있을 줄은 생각도 못했어."

이거 완전 괴물이잖아.

뭐…… 회복마법이 존재하는 이세계니까 살점이 좀 뚫렸다고 해서 죽지도 않고, 재생할 가능성도 얼마든지 있긴 하지. 그렇다면 다음에는 확실하게 죽도록 가슴이나 목 쪽을 공략하면 그만이다.

"이거 재미있는데. 내 의표를 뚫는 데 있어선 천재적인 실력이야. 하지만 나는 너보다 훨씬 머리가 좋다 보니까, 곧바로 대처할 수 있단 말이지."

아무래도 이 녀석은 남의 신경을 긁는 게 주특기인 모양이군.

넌 하마터면 죽을 뻔했잖아? 이번에는 우리가 승리한 셈이나 마찬가지였고.

"그럼 한번 해 보시지. 잘난 척을 늘어놓으려거든 먼저 결과를 내놓고서 지껄이라고."

나는 승자의 웃음을 지으며 도발로 대꾸한다.

이런 녀석은 무시하면 그걸 자기 말에 대한 긍정으로 받아들여서 낄낄대며 웃어대고, 상대해 주면 철부지 응석받이처럼 야단법석을 피운다.

"하지만 이제 슬슬 노는 것도 질렸어. 어차피 더 이상은 에너지도 못 모을 것 같고, 이제 슬슬 끝내는 것도 한 방법일지도 모르지."

또 잘난 척 건방진 소리를 지껄이는군. 그 잘난 비장의 수법을 깨부수면 좀 닥치려나?

다시 한 번 여러 겹의 결계를 전개한 쿄는, 영귀의 코어 쪽으로 손을 뻗는다.

그러자 주위 공기가 진동하는 게 느껴졌다.

윽……. 이건 뭐야?

"으……."

"꺄!"

"크윽……."

그 자리에 있던 동료들 대부분이 지면에 짓눌렸다.

나조차도 서 있기 버거울 정도의 중력공격……인가?

"유성방패!"

유성방패를 전개했지만, 순식간에 파괴되고 만다.

"소용없을걸? 이건 공격성을 가진 중력장. 영귀 특유의 능력을 내가 증폭시킨 거란 말씀이지. 이 안에서 움직일 수 있는 녀석은 얼마 안 된다고."

주위를 둘러보니, 서 있는 것은 고작 몇 명.

그것은 오스트, 글래스, 할망구……. 그리고, 완전히 짓눌리지는 않은 채 허리를 숙이고 있는 리시아.

그 이외의 녀석들은 땅바닥에 짓눌린 채, 일어서지도 못하고 있다.

우리는 라프타리아나 필로조차도 벗어날 수 없을 만큼의 중력 안에 있는 것이다.

당연한 걸지도 모르지만 친위형들은 멀쩡했고, 지시를 내리고 있는 쿄도 영향을 받지 않는 것 같다.

"아직…… 안 끝났어요!"

숨통을 끊으려 다가오는 친위형에게 글래스가 과감하게 맞선다.

아니, 이 자리에 있는 자들 가운데 싸울 수 있는 자들은 모두, 동료들을 지키기 위해 친위형들에게 무기를 겨누고 있었다.

나도 라프타리아 등을 보호하기 위해 버티고 서 있다.

할망구는 라르크와 필로를…… 오스트는 테리스와 리시아, 에클레르를.

"방패 용사님!"

오스트가 마법을 영창해서 결계 같은 공간을 생성한다.

그 근처에 있던 테리스와 리시아, 에클레르가 천천히 일어섰다.

나는 라프타리아를 안고 서둘러 그 공간까지 물러선다.

"고, 고마워."

그 모습을 본 쿄가 여유 만만한 웃음을 짓는다.

"언제까지 버틸 수 있으려나?"

"윽……."

오스트의 안색이 서서히 창백해져 가고 있다.

이거, 자칫하면 위험하겠는데.

지속적으로 유지되는 초중력 공간 내에서 멀쩡하게 활동할 수 있는 자는 얼마 안 된다.

할망구와 글래스도 마찬가지다.

응? 글래스 녀석, 혼유약 같은 걸 마시고 있잖아.

그리고 보니 지난번에, 글래스는 혼유약을 마시자마자 엄청나게 강해졌었다.

레벨만 따지면 40 안팎밖에 안 된다던 라르크의 얘기와는 상황이 꽤 다른 것 같다고 생각했는데, 보아하니 부스트 상태를 유지하고 있었던 모양이다.

나는 방패를 이용해서 만든 혼유약을 꺼내서 글래스에게 던져 준다.

방패 안에는 더 만들 수 있는 재료도 있지만, 만들고 있을 여유는 없다.

"고맙습니다."

혼유약을 마신 글래스의 움직임이 눈에 띄게 날렵해지고, 그녀는 부채를 움켜쥔 채 춤추듯 앞으로 나선다.

단순한 전투력은 카르밀라 섬에서 싸웠을 때와 필적할 정도로 강해졌는지, 쿄가 만들어낸 결계를 물리적으로 파괴하고, 친위형을 쓸어버린다.

"호오……. 스피릿이 제법 힘을 좀 쓰는데……. 잘해 봐, 자, 더 싸워 보라고."

일격, 또 일격이 겹쳐지며 쿄에게 접근해 가긴 하지만, 그 과정에서 글래스의 공격은 완만하게…… 느려져 간다.

"뭐, 어차피 이 정도가 한계란 말이지. 스피릿의 지속력은 말이야!"

스피릿이라니……. 글래스를 가리키는 말인가?

"하아…… 하아……. 아직 안 끝났습니다."

부채를 펼치고, 글래스가 주특기인 역식·설월화를 내쏘려 한다.

어쩌지? 우리는 그냥 이대로 구경만 하고 있을 수밖에 없는 건가?

문득 오스트가 내 방패에 손을 얹고 몸을 내게 기댄다.

"힘을 빌려주십시오……. 방패 용사로서, 모두에게 힘을 빌려주는 마법을……. 강력한 힘을 주어, 이 중력 안에서도 움직일 수 있도록…… 방벽을 파괴할 수 있도록……."

그것은 약간 쉰 것 같은 목소리였다.

영혼 속까지 울려 퍼지는 것 같은…… 인간이 내는 소리가 아닌…… 다른 무언가로 내게 말하는 것 같다.

가장 먼저 뇌리에 떠오른 것은 쯔바이트 아우라였다.

"아닙니다. 그것으로는 이 자리를 이겨낼 수 없습니다."

"하, 하지만⋯⋯."

"차분하게⋯⋯ 스스로에게 새겨져 있는 마법 중에서, 상위 마법을 자아내는 이미지를 연상해 주십시오."

무리한 주문 하지 마! 그렇게 생각했지만, 내가 대꾸하기 전에 오스트가 말을 잇는다.

"지금 방패 용사님이 쓰고 계신 방패에는 마법보조 효과가 있습니다. 어렵지는 않을 것이니, 의식해 주세요⋯⋯. 저도 힘을 빌려드리겠습니다."

이거 혹시, 고래 마법핵 방패 얘긴가?

확실히 이 방패의 전용효과 중에는 마법보조라는 게 있긴 하지만, 지금까지 이 마법보조 자체의 의미에 대해서는 그저 어렴풋하게만 이해하고 있었을 뿐이었다.

대충 회복마법이나 지원마법의 위력을 올려 주는 건가, 하는 정도로만 생각해 온 것이다.

하지만 오스트는 이 전용효과의 의미를 완전하게 이해하고 있는 모양이다.

그 이전에, 내 능력을 어떻게 알고 있는 거지?

『나, 영귀가 하늘에 명하고, 땅에 명하고, 이치를 끊고, 연결하여, 고름을 토해내게 하노라. 나의 힘이여—.』

오스트가 마법을 영창하자, 나도 느낄 수 있을 정도로 주위의 힘이 응축되어 갔다.

뭐지?

이게 오스트가 구사하는 독자적인 마법이라는 것까지는 알겠지만…… 뭔가…… 다른 감각이 나에게 흘러 들어온다.

"예전에 시간이 있으면 가르쳐드리겠다고 말씀드렸던 마법입니다……. 언젠가 방패 용사님 혼자서도 영창하실 수 있게 될 날이 오겠지만, 이 감각만은 기억해 두시길."

나는 묵묵히 고개를 끄덕인다.

오스트는 지금, 우리가 할 수 있는 최선의 방법을, 나를 통해서 실행하려는 것이다.

그렇다면 나는 거기에 부응하는 수밖에 없다.

머릿속에…… 퍼즐 같은 무언가가 떠오른다.

둥실둥실 떠 있는 그것은, 그야말로 어렴풋하게, 짜 맞추는 퍼즐처럼 나열되어 있다.

이 조합에 따라서 발동하는 마법이 달라진다는 걸 짐작할 수 있다.

지금의 나로서는 완성시킬 수 있는 게 얼마 되지 않는다.

사용해야 할 마법을 오스트가 알아서 선택해서는, 조합해서 제시한다.

하지만 조립에 시행착오를 겪다 보니 조각들이 사라져 간다……. 그러나 다시 조립할 수 있었다.

짐작컨대 원래는 조각이 사라지는 즉시 실패로 간주되는 것이리라. 게다가 실패할 때마다 형체가 바뀌는 것을 강제로 되돌려서, 완성하기 쉽도록 보조해 주고 있다.

이딴 걸 무슨 수로 하라는 거야? 라는 생각이 들 만큼 난이도가 높은 작업이다.

이런 마법을 짜고 있다가는, 실전에서는 죽을 게 뻔할 거다.

그만큼 의식 집중을 필요로 하는 작업인 것이다.

게다가 이 마법은…… 나에게서 마력과 SP를 왕창 빼앗아가는 게 느껴질 정도다.

이 정도면 오스트도 상당한 에너지를 빼앗기는 것 아닐까.

마법은 정해진 문구를 마력에 실어서 읊으면 그만이니까.

생각해 보면 마법을 익히는 게 어려웠던 게 아니라 문자를 외우는 게 힘들었던 것 같기도 하다.

그런 의미에서는 마법이 더 간단한 건가?

그런데, 이건 마법이라고 할 수 있는 건가……? 우리가 지금까지 영창해 왔던 마법은, 이렇게 말하면 좀 그렇지만, 속담을 외워서 읊는 국어 공부 같은 거였다.

하지만 이건…… 수학 쪽에 가까운 인상이 느껴진다.

수학을 퍼즐로 인식해서, 변수의 수치를 계산식으로 도출하는 것과 비슷하다.

이윽고…… 퍼즐 조립이 끝나고, 마법으로서 형체가 갖추어진다.

자연스럽게 말이 입 밖으로 터져 나왔다.

『나, 방패 용사가 영귀의 힘을 빌려 하늘에 명하고, 땅에 명하고, 이치를 끊고, 연결하여, 고름을 토해내게 하노라. 용맥(龍脈)의 힘이여, 내 마력과 용사의 힘과 함께 힘을 이루어, 힘의 근원인 방패의 용사가 명한다. 다시금 삼라만상을 깨우쳐, 저자들에게 모든 것을 줄지어다!』

"알 레벌레이션 아우라!"

지정 범위가 아군 전체?!

레벌레이션은 또 뭐야? 마법의 최상급은 드라이파 아니었어?!

곧바로 마법이 전개되고, 내 마력과 SP가 뭉텅 깎여나간다.

순간적으로 현기증이 일었지만, 나보다 오스트 쪽이 쓰러지기 직전이었다.

"괜찮아?!"

"아, 네……. 괜찮습니다……. 이제, 일어설 수 있어요."

부스스 일어서는 오스트의 모습에, 나는 위화감을 느꼈다.

아무리 오스트가 영귀의 사역마이고, 현재 위치가 심장 근처라고는 해도, 이렇게 심각한 소모를 겪고 무사할 수가 있을까?

아까 마법을 영창할 때도 그랬다. 1인칭으로 '오스트'가 아니라 '영귀'라는 이름을 자처했었던 것 같았다.

어쩌면 오스트의 정체는……. 하지만 그보다 더 극적인

상황이 눈앞에서 벌어지고 있었기에, 그 이상은 생각할 여유가 없었다.

"하앗!"

글래스가 아까보다 세 배 이상 되는 속도와 위력으로 달려들고, 바닥에 엎어진 채 아슬아슬하게 할망구의 보호를 받고 있던 라르크, 필로가 가볍게 일어서서 이상하다는 듯 주위를 두리번거리고 있다.

"이건…… 도대체……?!"

"크윽…… 뭐야, 이 새끼! 지금까지는 실력을 다 발휘하지 않았다는 거냐? 사람 갖고 노는 것도 정도껏 하란 말이다아아아!"

쿄가 분노를 이기지 못하고 악다구니를 써댄다.

나로서도 믿기 힘든 광경이지만, 이 말만은 해 주고 싶다.

사돈 남 말 하고 있네!

"자! 어서 공격해 주세요! 지금이라면 초중력 안에서도 얼마든지 움직일 수 있을 터!"

오스트의 외침에, 내 주위에 있던 자들이 고개를 끄덕이고 내달린다.

……리시아는 어쩔 줄 몰라 하며 두리번거리다가 뒤처졌지만.

"굉장해……! 마력이 이렇게까지 상승하다니!"

테리스가 마법을 영창하자 무한히 재생하듯이 일어나곤

했던 친위형이 숯덩이로 변했고, 라프타리아의 검에 두부처럼 썰려 나간다.

친위형들을 모조리 해치워 버린 지금, 우리는 쿄를 몰아붙이는 상황에 이르렀다.

"자! 이걸로 끝을 내 주마!"

글래스를 선두로 라르크, 라프타리아, 필로가 뒤를 따르고, 그 외의 내 동료들도 저마다의 무기로 적에게 치명타를 날릴 자세를 취한다.

나도 끼어야 하나? 그림이 좀 거시기한데.

"하아아아앗!"

누구의 목소리인지 분간이 가지 않았지만, 공격이 가능한 녀석들 모두가 앞으로 내달렸다.

그 순간, 쿄가 다시 웃는다.

그 직후, 쿄를 중심으로 척 하고 유성방패 같은 결계가 발생한다.

아직도 숨겨둔 기술이 있었다니, 뭐 이렇게 끈질긴 놈이 다 있는 거냐.

"원래는 할 일을 전부 다 하고 나서 할 계획이었지만, 할수 없지……. 내 진정한 힘을 보여주마. 고마운 줄 알라고."

쿄가 손을 들어 올리자, 그 손끝 부근에서 뭔가 에너지가 모여들어 간다……. 그리고 그것은 영귀의 코어에서도 같이 흘러나오고 있었다.

"어림없다! 전원, 일제공격!"

상대방의 수법을 가만히 앉아서 구경만 하고 있을 필요 따위는 없다.

내 지시에 따라, 전원이 쿄가 만든 결계에 공격을 퍼붓는다.

하지만 이 결계는 부수고 또 부숴도 곧바로 재생해 버린다.

"으⋯⋯⋯⋯."

게다가 파괴할 때마다 오스트가 고통스러운 신음을 흘리고 있다는 걸 모두가 깨달았다.

"엉? 아아, 네놈들은 몰랐었나? 마침 잘됐어. 이 기회에 그 녀석도 제압해 둬야지."

쿄가 그렇게 말한 직후 오스트의 발밑에 덩굴 같은 것이 휘감기더니, 오스트를 공중으로 감아 올려서 결계 안으로 끌고 간다.

그러자 결계의 강도가 한층 더 증가했다!

오스트를 구해내기 위해서 모두가 있는 힘껏 결계를 공격한다.

그때마다 오스트는 터져 나오는 신음을 참다가 소스라치듯 몸이 젖혀진다.

"오스트 양!"

"너희 말이야, 이 녀석의 정체가 뭔지 진짜 이해는 하고 있는 거야?"

"뭐라고?"

내가 되묻자 쿄는 뭘 납득했는지 혼자서 고개를 끄덕인다.

"멍청한 방패 용사. 너도 어렴풋이 눈치채고 있잖아? 이 녀석 정체가 뭔지."

그건…….

아마도 오스트는 심장부에 가까이 올 때까지는 스스로의 정체를 모르고 있었을 것이다.

우리가 여기까지 올 수 있었던 건 전적으로 오스트의 조언 덕분이었고, 영귀에 침입한 후 지금까지의 상황을 뒤집은 것 역시 오스트가 도와주었기 때문이었다.

"네……. 저는…… 제 진짜 이름, 진짜 모습은…… 영귀 그 자체……. 영귀의 영혼이 인간의 모습으로 구현화된 존재입니다."

"그럴 수가……. 그럼, 지금까지 같이 있었던 건……."

라프타리아가 경악을 감추지 못하고 넋 나간 표정으로 뇌까린다.

"영귀가 죽으면 저도 죽는다는 결과는 달라질 게 없습니다. 그러니 마음 쓰실 것 없습니다."

라프타리아와 필로, 리시아를 비롯한 동료들이 신경 쓰지 않도록 고통을 참으며 미소를 짓는 오스트의 모습에, 저도 모르게 공격의 손길이 느슨해진다.

"자, 이 기회에, 이 녀석한테 흘러들어갔던 힘도 빼앗아

뒤야지."

"쿠⋯⋯으⋯⋯."

빛 덩굴이 오스트에게서 에너지를 빼앗아 간다.

쿄의 손안에 파랗고 투명한 물을 담아 놓은 것 같은 무언가가 생성된다.

이 색깔⋯⋯. 파란 용각의 모래시계 안에 들어있는 모래와 같은 색과 광채를 띠고 있다.

"이거 진짜 예쁘지 않아? 영귀를 이용해서 모은 에너지라이거야. 이걸⋯⋯."

영귀의 에너지가 반투명하게 바뀌어 쿄의 몸속으로 녹아들어간다.

공기가 진동하기 시작하는 것이 느껴진다.

뭐야?

뭐⋯⋯. 만화나 게임 같은 곳에서 비슷한 상황을 본 적이 있긴 하지만 말이지.

이런 건 보통, 상대가 경이적으로 파워업을 했을 때 일어나는 현상이다.

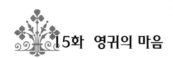

15화 영귀의 마음

"이렇게 하면 나는 엄청나게 강해진단 말씀이지!"

결계 밖으로 나온 쿄는 마력의 소용돌이를 생성하면서 천천히 우리 쪽으로 걸어왔다.

직후, 순간적으로 윤곽이 흐려졌다가 내 눈앞에 나타난다.

재빨리 방패를 앞으로 내밀자 쿄가 가진 책에서 발사된 종이들이 퍽퍽 하고 명중한다.

나는 위력을 미처 감당해 내지 못하고 멀찍이 뒤쪽으로 나가떨어진다.

하마터면 쓰러질 뻔했지만, 가까스로 방어해 낼 수 있었다.

"우와……. 기초 1식 1장으로 이 정도 위력이라니…… 끝내주네!"

희희낙락해서 주위를 둘러보는 쿄를 향해, 모두가 무기를 겨눈다.

"좋아, 놀아 줄게."

쿄가 종잇장을 전개시켜서 광범위하게 방출한다.

그렇게 했을 뿐이건만, 누구도 회피하지 못하고 모조리 나가떨어진다.

아직 패배한 건 아냐……. 하지만 적이 내 지원마법의 효과 따위는 간단히 씹어 버릴 수 있을 만큼 위협적으로 파워 업을 한 것 또한 사실이다.

"이거 진짜 통쾌하네. 역시 싸움이란 건 이렇게 해야 제 맛이지. 평소에는 아슬아슬하게 싸워 주면서 놀다가, 마음

만 먹으면 일방적으로 상대방을 유린하는 거. 아주 기분이
죽여준다니까. 꺄하하하하!"

"방패 용사님!"

오스트가 나를 향해 말한다.

"저자는 영귀가 모은 결계 생성 에너지를 코어를 통해 스
스로에게 부여하고 있습니다. 빨리, 한시라도 빨리 코어를
파괴하면…… 저자를 약화시킬 수 있습니다."

그랬군. 이제 알 것 같다.

"아, 그런 소리를 한다 이거지? 그렇다면 나도 다 방법이
있다고."

쿄가 깔깔대며 웃다가 마음에 안 든다는 듯이 내뱉는다.

"너희 말이야, 나한테는 인질이 있다는 걸 잊은 건 아니
겠지? 뭐, 인질이 없더라도 너희 마음대로는 안 되겠지만."

쿄가 오스트와 세 용사를 가리킨다.

"크윽……."

"비겁한 놈."

하지만 쿄는 글래스 일당을 삿대질하며 불쾌하다는 듯 미
간을 찌푸렸다.

"뭐, 너희한테는 안 통하겠지만."

"…………."

글래스와 라르크는 앞으로 나서지 못한 채, 울분에 찬 표
정으로 쿄를 노려보고 있다.

"아, 뭐야? 설마 정정당당한 싸움이 아니니까 못 죽이겠다느니 하는, 그런 안이한 생각을 하고 있는 거야? 우와! 완전 땡 잡았네! 난 진짜 행운아라니까!"

이간질 솜씨가 제법이군. 비열한 놈 같으니.

글래스 일당의 약점을 잡아 놓고 뭐가 그렇게 좋다고 깔깔대면서 웃는 거냐!

나도 버릴 수만 있으면 버리고 싶지만 말이지.

"비겁해요!"

그때…… 한 사람, 찢어질 듯한 목소리로 규탄하는 녀석이 있었다.

"엉?"

교가 언짢은 얼굴로 쏘아본다.

"다친 사람을 인질로 삼다니 용서 못해요!"

그건…… 리시아였다.

"웬 놈인가 했더니, 아까부터 아무짝에도 쓸모없던, 괴상한 옷이나 입고 있는 녀석이었잖아. 너, 나한테 설교라도 할 작정이냐?"

"맞아요. 저한테…… 힘은 없지만, 절대로 당신을 용서하지 않을 거예요!"

리시아가 인형옷의 머리 부분을 위로 젖혀 올리고, 교를 노려보았다.

그 눈에는 평소의 나약한 표정……은 찾아볼 수 없이, 강인한 의지가 깃들어 있는 것 같았다.

"약한 놈이 짖기는 잘도 짖어대네."

"오스트 양이 어떤 심정으로 여기까지 왔는지 생각해
보신 적은 있나요? 사람들이 내일을 살아가기 위해 싸우
는 걸…… 당신은 도대체 뭐라고 생각하고 계신 거죠? 저
는…… 저의…… 이츠키 님에게서 배운 정의는, 절대로 당
신을…… 용서 못해요!"

"정의 좋아하시네. 유치하게시리! 약해빠진 네놈들이 악
이고 내가 정의라 이거야."

리시아 주위에 뭔가가 뿜어져 나오고 있다.

필로나 할망구가 하던 것처럼 기를 모으는 행위를 한 덕
분에, 넘쳐흐른 힘이 어렴풋이 흘러나오는 것 같았다.

"재수 없는 년. 제일 먼저 죽여주마."

쿄가 리시아에게 재빨리 종잇장을 날린다.

나는 곧바로 앞으로 나서서 보호하려 했지만, 쿄의 속도
를 따라잡을 수가 없었다.

큰일이다! 쿄가 내쏜 공격에 리시아가 죽을 거다.

그렇게 생각했지만…….

리시아는…… 몸을 젖혀서, 쿄가 내쏜 종이 공격을 머리
기락 한 올 차이로 회피하고 다시 쿄를 노려본다.

"뭐야?!"

"일시적인…… 다른 누군가에서 빼앗은 힘을 자랑해 봤

자 그저 공허한 것일 뿐이에요. 아무리 공격력이 강하고 빠르더라도…… 자기 자신의 힘이 아니니까 응용이 전혀 안 되죠!"

챙 하고, 리시아는 힘껏 검을 움켜쥐고 있다.

"피라미 주제에 건방지게 나한테 설교질이냐? 재수 없는 녀어어어어언!"

쿄가 다시 종잇장을 날린다.

아까보다도 훨씬 더 많다!

나조차도 버텨낼 수 있을지 어떨지 장담하기 힘들 만큼 엄청난 양의 종잇장들이 리시아를 향해 날아간다.

하지만 그 종이들을 모조리 아슬아슬하게…… 아니, 검으로 찔러 요격하면서, 리시아는 쿄를 공격하려는 듯 조금씩 앞으로 나아갔다.

"당신의 공격은 에클레르 양이나 라프타리아 양, 필로 양 같은 응용이라고는 전혀 없이, 그저 힘으로만 밀어붙이는 것뿐이에요."

"헛소리!"

리시아에게 약점을 지적당한 쿄는, 이마에 핏줄을 세우고 눈을 부릅뜨며 분노를 터뜨린다.

굉장해……. 나는 방금 그 공격을 눈으로 따라잡기도 버거웠는데, 리시아 녀석은 모조리 비껴내 버렸잖아.

레벨에 비해서 스테이터스는 형편없을 텐데…… 이게 변

환무쌍류의 극의라는 건가?

할망구 왈, 리시아는 기재라고 했는데…… 그게 여기서 꽃을 피우기라도 한 것 같다.

이 상황은 마치, 주인공인 리시아가 지금 막 각성하는 순간 같은 느낌이잖아.

"이것도 피할 수 있을까? 업화(業火)의 장!"

쿄의 스킬로 보이는 격렬한 불줄기가, 마신(魔神) 같은 형체를 이룬 채 리시아에게 돌격한다.

"죽어라!"

리시아는 검을 휘둘러서, 불꽃으로 만들어진 마신을 일도양단한다.

그 직후, 후방에서 날아온…… 얼음으로 만들어진 설녀(雪女)를 칼자루로 꿰뚫는다.

"이, 이럴…… 수가!"

"나름대로 지략을 펼치려 하시는 것 같지만, 상대방의 허를 찌르는 방법이 다 똑같아요. 당신의 눈만 보고 있으면 뭘 하려는 건지 훤히 알 수 있어요."

"이년이 지금 날 보고 단순한 놈이라는 거냐?!"

분노가 꼭뒤까지 차오른 쿄가 다시 스킬을 내쏜다.

머릿속이 온통 분노에 사로잡혀서, 용사 놈들을 인질로 쓰는 것에까지 생각이 미치지 못하고 있다는 게 불행 중 다행일까?

리시아는 쿄가 내쏜 스킬을 모조리 베어 버렸다.

……강해진 쿄를 상대로 전혀 손도 쓰지 못하고 있는 우리를 대신해서, 리시아가 선전을 펼치고 있다.

쿄가 다시 웃음을 짓는다.

"아아, 이거 완전 네 페이스에 말려들 뻔했잖아. 내 쪽에는 인질이 있으니까 꼼짝 말고 있는 게 좋을걸. 그리고 나도 너무 급하게 파워업하는 바람에, 아직은 속 빈 강정이나 다름없는 상태이긴 하지. 좀 더 시간을 확보할 수만 있으면, 내 힘은 지금보다 훨씬 강해질 거야."

"강한 힘이 안 통한다 싶으니까, 다시 인질을 끌어들이는 건가요."

리시아가 싸늘한 말투로 내뱉는다.

완전히 딴사람 같다.

하지만, 그 의지는…… 리시아 본연의 것이리라.

"저에게는…… 나오후미 씨 같은 강인한 의지도 없고, 이츠키 님 같은 숭고한 사명감도 없어요. 모토야스 씨 같은 다정함도…… 렌 씨 같은 냉정함도 없어요."

아니……. 그건 아니지.

다른 누군가를 위해서 아무 대가 없이 싸우는 의지…….
자신이 도움을 받은 만큼 다른 누군가를 위해 싸우겠다는 의지는 용사들보다도 리시아 쪽이 더 강하다. 적어도 나다는 용사다운 사고방식이다.

지금의 리시아는 그저 '선전을 펼치고 있는' 정도가 아니다.

자기 몸을 바쳐서, 스스로의 혼을 불살라서라도 쿄를 물리치겠다는 의지를 지닌 채 맞서고 있는 것이다.

아무 주저 없이 스스로의 목숨마저도 버리려는 오스트에게 감화되어서…….

단순하다고 평가하면 그만일 수도 있지만, 지금의 리시아에는 그에 어울릴 만큼의 의지가 있다.

영혼의 외침이 있다.

불의에 맞서 분노하는 마음이 리시아의 마음속에서 잠자던 사자를 깨운 것이다.

……나답지 않은 분석이군.

두뇌까지 근육으로 되어 있는 것 같은 낡은 근성론 따위, 나는 믿지 않는다.

어찌 됐건, 리시아는 이상할 정도로 스테이터스가 낮다. 그 사실만은 부정의 여지가 없다.

그럼에도 불구하고 할망구는 리시아에게 재능이 있다고 말했다.

그리고 결과론일지도 모르지만, 지금 눈앞에 펼쳐지고 있는 광경이 그것을 증명하고 있는 것이다.

"라프타리아 양처럼 강하지도 않고, 필로 양처럼 그 무엇도 두려워하지 않는 순수함을 갖고 있지도 않아요. 에클레

르 양 같은 검술 실력도 없고, 노사(老師) 같은 경험은 더더
욱 없어요."

"그래, 그래, 불행 자랑은 이제 지겨우니까 그만 퇴장하
라고! 안 그러면 진짜로 용사들을 죽여 버릴 거야."

리시아의 손에 빛이 모여들어 검의 형태를 이룬다.

"하지만, 저는 당신에게는…… 당신에게만은 모든 점에
서 앞서고 있다고 확신해요!"

결연한 의지가 깃든 목소리와 함께, 리시아는 결박되어
있는 용사들을 향해 빛의 검을 투척한다.

그 빛의 검은 용사들을 다치지 않게 감싸 안고는, 부드러
운 빛이 되어서 그들을 속박하고 있던 수정을 깨부쉈다.

"뭐야……. 크윽……. 감히 내 인질들을 풀어주다니!"

"이제 남은 건 당신뿐이에요! 하아아핫!"

리시아가 검을 휘둘러서 쿄에게 덤벼든다.

쿄는 책을 앞으로 내밀어서 리시아의 검을 막아냈다.

무기와 무기가 부딪쳐서 빠직빠직 스파크가 튄다.

"이년이, 피라미 주제에 무슨 주인공 행세냐! 냉큼 뒈지
기나 하라고! 뭘 그렇게 죽어라 달려드는 거냐!"

쿄는 리시아에게서 거리를 벌리고, 다시 챙 하고 결계 같
은 것을 형성시킨다.

자신이 공격할 때만 해제되거나 하는 식이리라.

"슬슬 포기해야 할 건 오히려 네놈이다! 이제 인질도 없

으니까!"

라르크가 용사들을 보호하듯 앞을 막아섰다.

하지만 쿄는 느긋하게 라르크를 응시하며 웃음으로 대답했다.

"어차피 멸망할 세계의 힘을 유익하게 사용해 주지. 내 훌륭한 생각을 이해 못하는 녀석들이 나쁜 놈들이라고."

"헛소리 좀 작작 해! 해도 될 일과 해서는 안 될 일의 구분은 권속기가 설명해 주고 있잖아!"

라르크가 쿄를 노려보며, 그답지 않게 노성을 내지른다.

"아앙? 나는 권속기의 노예가 아니라고. 왜 내가 고작 무기 따위한테 지도를 받아야 한다는 거지?"

크윽……. 내가 이 상황에서 할 수 있는 일은 한정되어 있다.

레벌레이션 아우라의 효과가 유지되는 동안에 라스 실드로 바꿔서, 블러드 새크리파이스를 사용해서 오스트의 바람대로 코어를 파괴하는 것…….

실패하면 나는 전투 불능. 다만, 현 상황에서…… 적을 이길 수 있는 다른 방법이 없다.

사면초가다. 정말이지, 여기까지 버틴 내가 기특할 지경이다.

나는 입씨름을 벌이고 있는 녀석들이 알아채지 못하도록 방패에 손을 얹고, 라스 실드로 바꾸……려고 했던 순간,

퍽 하고 방패가 내 의지를 거부했다.

『아니에요……. 그 방패로는 코어를 부술 수 없습니다!』

응?!

목소리가 들려왔다.

가만히 그 목소리의 주인에게 시선을 보내니, 그녀는 고통에 신음하면서도 나에게…… 처음에 만났을 때와 같은 표정으로 애원하고 있다.

『자……. 제가 방패의 성무기에 남겨 둔 힘이 형체를 이룰 때가 왔습니다!』

스윽 하는 소리를 내며, 방패의 형상이 변화한다.

영귀의 마음 방패의 조건이 해방되었습니다!

시야에 저절로 방패가 표시된다. 지금까지 등장한 방패들 중에서 스테이터스가 가장 높은 방패임을 알 수 있었다.

그리고…… 이미 최소한의 강화를 마친 상태로 출현해 있다.

영귀의 마음 방패(각성) 80/80 AT

능력 해방 완료……장비 보너스, 「용맥법(龍脈法)의 가호」

전용효과 『그래비티 필드』「C소울 리커버리」「C매직 스내치」

「C그래비티 샷」「생명력 향상」「마법방어(대)」「전기 내성」「SP드

레인 무효」「마법보조」「스펠 서포트」

　특수 전용효과 『에너지 블러스트 100%』

　숙련도 100

　형태는 고래 마법핵 실드와 유사하다. 하지만 그 스펙은 가늠할 수도 없을 정도다. 장비를 바꿈으로써 지원마법의 배율에도 변화가 생겨서, 다른 방패를 쓸 때보다 두 배 이상의 능력 향상이 걸린다.

　『부탁드립니다. 부디…… 저를 해치워 주세요…….』

　방패의 에너지 블러스트에 불이 들어와 있다. 이걸 써 달라는 얘기일 것이다.

　하지만…… 이걸 쏘게 되면…….

　오늘 겪었던 일들이 뇌리에 되살아난다.

　그렇다. 오스트와 함께 싸운 시간은 채 하루도 되지 않는다.

　그런데도 아주 오랜 시간을 함께해 온 것 같은 느낌이 드는 건, 이번 싸움이 그만큼 처절했기 때문이리라.

　『왜 망설이고 계신 것입니까. 부디…….』

　"하지만…… 그건…….

　『원래 우리는 서로 얽힐 일이 없는 운명이었습니다. 용사는 영귀의 역할에 대해서밖에 모른 채 제 정체를 알아채지 못하고 물리치고, 저는 제 역할을 다하고 사라질 뿐…… 그

런 관계였던 것입니다.』

알고 있다. 머리로는 분명히 이해하고 있다.

하지만 손이 떨린다.

지금까지 대화를 나눌 수 있는 상대를 죽인 건 손으로 꼽을 수 있는 정도밖에 없었다.

아니, 교황 이외에는 없었다.

교황은…… 대화를 한다고 해서 이해할 수 있는 상대가 아니었고, 나를 죽이려 한 주범이었다.

더불어 녀석을 죽이는 게 살인이라는 걸 자각하고서도 죄책감을 느낄 만한 상대는 아니었다.

하지만…… 내가 여기서 에너지 블러스트를 쓰면, 영귀가…… 오스트가 죽는다.

그건 세계를 위한 일이고, 사람들을 위한 일도 된다.

하지만…… 지금까지 함께 싸워 온 동료를 죽이는 것을, 나의 감각, 본능이 차마 받아들이지 못하고 있었다.

『그 마음만으로도 저는…… 만족합니다. 방패 성무기의 소지자…… 방패 용사님, 부디…… 제가 역할을 완수할 수 있도록 해 주십시오.』

"운명을…… 원망하지는 않아?"

사람들에게 증오의 대상이 되고, 죽음을 강요당하고, 정의의 화신인 용사의 손에 죽기 위해 태어난 존재라니, 너무 슬프지 않은가.

『원망 같은 건…… 없습니다. 세계에 있는 모든 생명들이 저를 양식으로 삼아 살아남을 수 있다면.』

그 헌신적인 감정을…… 나는 이해하고 싶지 않았다.

어째서? 어째서 그렇게 아무 의심 없이 죽을 수 있단 말인가.

누명을 뒤집어쓰고, 무일푼 신세로 쫓겨나고, 이 세계를 저주하며 살아온 나로서는, 오스트의 헌신적인 마음을 이해하는 걸 거부하고 싶었다.

『아뇨……. 방패 용사님이라면 이해하실 터. 그렇지 않았다면 그렇게 오랜 시간 동안, 모두를 지키기 위해서 제 발을 묶어 두지는 못하셨을 테니까요.』

문득, 라프타리아가 나를 믿어 주었던 때의 기억이 떠오른다.

그렇다……. 나는, 나를 믿어준 사람을 지켜주고 싶다고 생각했던 것이다.

그리고 그 '지켜주고 싶다' 라는 마음의 범위는 세계로 확대되어 갔다……. 오스트가 하고자 하는 말뜻은 이해할 수 있었다.

『자……. 너무나도 괴로운 역할을 부탁드려서 죄송하지만…… 이것이 제가 할 수 있는 최후의 수단입니다.』

"이 자식, 무슨 꼼수를 쓰려는 거냐!"

쿄가 눈치를 채고 내게 종잇장을 날려 왔다.

퍽 하고 방패로 막아낸다.

그렇다, 지금의 나는 쿄의 공격 따위에 나가떨어지지 않는다.

"응? 아까처럼 나가떨어지질 않잖아? 그럼 이번엔 본격적으로 가 주지!"

"어림없어요! 제가 이츠키 님께 배운 정의는…… 당신을 용서하지 않아요!"

리시아는 갖고 있던 검을 쿄에게로 투척했다.

"어딜 감히! 설마 이 견고한 방어를 돌파할 수 있을 거라고 생각하는 건 아니겠지? 아까 돌파당했을 때보다도 훨씬 유연하게, 파괴가 불가능하게 생성해 냈다 이거야!"

노골적으로 얕잡아 보는 태도로, 쿄는 리시아가 던진 검을 종잇장으로 막아내려 했다.

하지만 종잇장은 그대로 관통되고, 검은 결계에 박힌 후에도 계속 밀고 들어간다.

"뭐야……. 그런데, 이 속도…… 큭, 너무 빠르잖아!"

리시아가 투척한 검이 쿄를 보호하는 결계를 뚫고, 둔탁한 소리를 내며 가슴에 박힌다.

"으윽…… 이년이이이이이이!"

지금이다! 나는—— 그때, 오스트가…… 가만히 고개를 끄덕였다.

시간이 천천히 흘러가는 것 같은 감각이 느껴진다. 이 시간을 인식하고 있는 건 나와 오스트뿐이리라.

나는 방패를 앞으로 내밀고 에너지 블러스트를 마음속에 연상한다.

방패에서 빛나는 네 가닥의 다리가 뻗어 나와서 방패를 떠받치고, 네 개의 총신이 표적을 조준한다.

그리고 방패 중심에 에너지가 응축되고, 영귀의 머리에서 발사되던 것과 같은 뇌전이 생성되었다.

철컥하는 소리와 함께 총신이 뻗어 나오고, 내 등 뒤에는 날개 같은 받침대가 놓인다.

십자와 사각으로 이루어진 조준점이 흔들흔들 움직이다가, 겨냥해야 할 위치에서 교차한다.

가자! 오스트의 소망을…… 이루어줘야 해!

그렇게 의식한 순간, 내 방패에서 고출력의 에너지가 발사되었다.

섬광에 시야가 하얗게 물든다.

"이런! 내가 당할 줄 알고?!"

쿄가 내 표적인 코어를 보호하려고 앞을 막아서지만, 강력한 출력을 버티지 못하고 나가떨어진다.

"우오오오오오!"

그 와중에도 나를 향해 공격을 날려 왔지만, 쿄가 영귀를 지배하고 조종해서 만들어낸 결계가…… 오히려 나를 보호해서 그 공격을 저지한다.

"뭐야?! 이런 때 훼방을 놓는 거냐?! 빌어먹으으으으으
으으으으을!"

이 방패에는 영귀의 힘이 깃들어 있다. 영귀의 마음인 오
스트가 나를 지켜주려는 것이다.

다시 말해 영귀 안에 있는 이상, 이 방패를 장비한 나에게
는 대미지가 들어오지 않는다.

그 힘으로 나는 영귀의 코어를 파괴한다.

그것이 오스트의 소망인 것이다.

그러니까…… 나는 그 소망에 보답할 것이다!

"크윽…… ."

뇌전이 증폭되어서 빠직빠직 출력이 증가한다.

코어를 보호하고 있던 결계에 콰직 하고 균열이 생겨났다.

그 균열이 벌어지고, 결계 안쪽에 에너지 블러스트가 명
중, 수없이 관통을 반복한다.

그리고 에너지 블러스트에 의해, 영귀의 코어는 째질 듯
한 소리를 내며

──산산이 깨져 나갔다.

……섬광 때문에 한동안 시력을 빼앗겼지만, 몇 번 눈을
깜박거리고 나니 보이기 시작한다.

"콜록……콜록…… ."

에너지 블러스트의 출력이 워낙 높아서인지, 나와 영귀의 코어를 연결하는 사선상으로…… 외부의 빛이 비쳐 들고 있다.

얼마나 강한 위력이었던 걸까.

우우우웅…… 하고, 주위의 소리들이 조용히 잦아드는 것 같은 느낌이다.

그러고 보니 영귀의 코어 주위에 있었던, 쿄가 외부 상황을 보기 위해 설치했던 스크린이 사라져 있었다.

슈우욱 하는 소리와 함께 연기를 피워 올리는 방패.

에너지 블러스트를 내쏘기 위해서 전개되었던 받침대와 총신이 빛으로 변해 산산이 흩어졌다.

그 자리에 있던 자들은 자세를 낮추어서 충격을 피하고 있었던 모양이다.

"나오후미 님……."

"꼬마……."

나는 동료들 쪽을 돌아보고, 평소처럼 행동한다.

"좋아, 다음 공격에 대비한다."

적은 아직 쓰러지지 않은 것이다.

지금은 승리감에 도취되어 있을 때가 아니다.

"감히……."

그렇다, 아직…… 사건의 범인을 처치한 건 아닌 것이다.

"감히 내 계획을 방해하다니! 멍청한 방패 용사 주제에!"

"멍청한 건지 어떤지는 네놈이 판단할 일이 아냐."

"맞아요!"

리시아가 가장 먼저 내 곁으로 다가와서, 손안에 마법 구슬을 생성한다.

파워업한 쿄를 상대로 벌인 아까의 공방 때도 그렇고, 크리티컬 히트도 그렇고, 리시아는 감정에 따른 전력의 기복이 심하군.

변환무쌍류의 극의를 이미 습득한 걸까?

부자연스러울 정도로 움직임이 좋다.

"여러분! 자! 어서…… 이 사람을 해치워요!"

리시아의 목소리에, 라프타리아와 필로를 비롯해서, 에클레르, 할망구……, 라르크, 글래스, 테리스가 각각 다시 전투태세에 들어간다.

그리고…… 빛을 휘감은 오스트가 내 뒤에 서 있었다.

"헛! 머릿수가 없으면 제대로 싸우지도 못하는 네놈들을 상대로 전력을 다해 싸워야 하다니, 짜증만 나네. 뭐, 슬슬 물러나도록 하지."

자신이 궁지에 내몰렸다는 걸 깨달았는지, 쿄가 벌레라도 씹은 것처럼 울분에 찬 표정을 지으며 말했다.

"싫어도 싸워 줘야겠어. 네놈이 저지른 죄…… 목숨으로 갚으시지!"

"흥! 나는 이미 목적을 달성했다 이거야. 빠져야 할 때는 빠질 줄도 아는 게 현명한 거라고."

쿄의 손에 어렴풋하게 빛이 응축되어 간다?!

뭐야? 저거, 영귀의 에너지 아냐?

오스트에게 시선을 돌리니, 그녀는 황급히 손을 뻗으려 했으나 미치지 못했다.

"이런."

글래스와 에클레르가 쿄를 향해 도약하지만, 쿄가 그들보다 약간 더 빨랐다.

"설마 코어를 파괴하면 에너지가 흩어져 버릴 거라고 생각했던 거냐? 안됐네! 이건 내가 독자적으로 가공한 거라서 안 흩어진다 이거야! 캬하하하!"

영귀의 에너지 덩어리가 사뿐히 쿄의 손을 떠나서, 어렴풋이 빛을 내뿜으며…… 공간이 일그러지는 것 같은 중력의 구멍을 생성한다.

"잘들 알았겠지? 난 간다!"

쿄는 그 구멍으로 뛰어들어서, 사라져 간다.

하지만…… 쿄는 사라지기 직전에 나와 리시아에게 삿대질했다.

"나에게 거스른 벌로 죽여주겠다. 목 씻고 기다리고 있어!"

뭐 저따위로 자기중심적인 녀석이 다 있어?!

"거기 서!"

쫓아가려고 내달렸지만, 쿄는 완전히 구멍 속으로 들어가서 모습을 감춘 후였다.

여기서 녀석을 고분고분 보내는 멍청한 짓을 할 생각은 추호도 없다.

호락호락 보내줬다가 녀석이 더 강해져서 돌아오면, 난 그야말로 바보나 다름없지 않은가!

하지만 구멍을 향해 내뻗었던 내 손은 탁 하고 튕겨 나오고 말았다.

──금칙사항.
용사는 타 세계에 대한 침공이 불가능합니다.

타 세계에 대한 침공……?

그 말은, 이 구멍이 이 세계가 아닌 다른 어딘가로 이어져 있다는 건가?

"나오후미 님!"

"나오후미 씨!"

다시 적을 쫓으려 했을 때, 라프타리아와 필로가 내 이름을 부른다.

뒤를 돌아보니, 오스트의 모습이 반투명해져서 당장에라도 사라져 버릴 것만 같았다.

그렇지만…… 괴로워 보이지는 않았다.

"어이……. 아니, 그렇겠지……."

영귀의 핵인 코어를 파괴했으니, 영귀에게 귀속된 존재, 아니 영귀 그 자체인 오스트도 사라지는 것이 운명.

코어에 에너지 블러스트를 쏠 때도 이미 얘기했었다.

후회하고 있을 틈은 없다.

하지만 나에게는, 조금이라도 남겨 두고 싶은 말이 없는지 물어봐야 할 의무가 있다.

그런 나와 엇갈려서 글래스, 라르크, 테리스가 쿄가 도망친 구멍을 향해 무기와 손을 겨누고 있다.

"지금, 녀석이 어디로 도망쳤는지 저희가 조사해 보고 올 테니 기다려 주세요!"

"알았어……."

우리가 쳐들어가려던 구멍을 글래스 일당이 조사해 준다는 건가.

그러고 보면 글래스는 파도의 균열에서 나왔었고, 그건 아마 라르크도 마찬가지일 것이다. 그렇다면 일시적으로는 이 녀석들에게 맡겨 둬도 괜찮겠지.

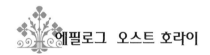 에필로그 오스트 호라이

……나는 오스트에게로 시선을 되돌린다.

아련한, 아니 마치 아지랑이처럼 존재 자체가 희미한 모습이지만, 그 표정은 어쩐지 흡족해 보인다.

"감사합니다. 방패 용사님…… 드디어 저를 처치했습니다."

"고맙다는 말은 안 해도 돼. 어쨌거나, 용사라면 반드시 해야만 할 일이었으니까."

사실은 후회하고 있다.

더 잘 싸울 수 있지 않았을까 하는 '가정'들만이 머릿속에 가득 떠올랐다가 사라져 간다.

"후후후……. 함께한 시간은 짧았지만…… 그렇게 말씀하실 줄 짐작하고 있었습니다."

"헛소리 마."

"나오후미 님, 이런 상황에서는 말씀을 좀……."

"……그래야지. 만난 지 그리 오래되지는 않았지만, 너는 나에게 있어 얼마 되지 않는, 신뢰할 만한 동료야."

"동료……. 그렇군요. 후후, 용사님 손에 처단당해야 하는 존재인 저를, 동료라고 하시는군요."

"그래, 너는 우리의 동료야. 비록 네가 영귀인지 뭔지 하는 괴상한 괴물이라고 해도 말이야."

지금까지 함께 싸우면서, 오스트는 온몸을 바쳐서 나를 지탱해 주었다.

오스트를 잃는 건, 전력이라는 면뿐만이 아니라 모든 면에서 아까운 일이다.

그만큼 나는 오스트를 신뢰하고 있다.

나 원 참……. 왜 내가 신뢰할 수 있다고 생각한 녀석들은 하나같이 적이 돼서 나타나는 건지.

"거북이 언니는 어떻게 되는 거야?"

"필로……. 진정하세요……. 오스트 양은, 이제야 사명으로부터 풀려나신 거예요. 우리에게는 그걸 지켜봐야 할 의무가 있어요."

뭔가 슬픈 분위기를 감지한 필로를 라프타리아가 타이른다.

……필로도 메르티와의 작별을 슬퍼했던 적이 있으니, 낯익은 사람의 죽음에 대한 감정 제어가 어려워질지도 모르겠다.

"그런 거야?"

"네……."

"멀리 떠나는 거야?"

"아무 데도…… 안 간답니다……. 저는 이 세계의 일부니까요."

"그런 거야?"

오스트는 미소를 짓고, 필로에게 다정한 거짓말로 대답한다.

……거짓말이 아닌지도 모른다.

세계의 수명을 늘리기 위해 막대한 희생을 발생시켜서 결

계를 생성하는 사서(四瑞) 중 하나인 영귀이니…… 세계의
일부라고 할 수도 있다.

세계가 자신의 수명을 늘리기 위해서…… 라고 표현할
수도 있겠군.

"필로리알의 여왕에게 감사 인사를 전해 주십시오. 당신
덕분에 희생을 줄일 수 있었다고."

"알았어~."

오스트는 다음으로 리시아에게 눈길을 돌린다.

"감사합니다……. 당신이 주의를 끌어 준 덕분에 코어를
파괴할 수 있었습니다. 여기까지 올 수 있었던 건, 당신과
메르로마르크의 여왕 덕분이랍니다."

확실히 일리 있는 얘기다.

사건의 범인이 영귀라는 것을 알아낸 건 여왕과 리시아였
고, 그 무지막지하게 두꺼운 자료를 군말 없이 읽는 등, 지
식 방면에서 여러모로 나를 지원해 주었다.

그리고 무엇보다 마지막의 그 전투.

리시아는 할 때는 하는 녀석이다.

"후에에……."

"그렇게 슬픈 표정 짓지 마십시오. 당신은 용사님들께 큰
보탬이 되는 존재입니다. 당신의 강인한 의지가…… 혈로
를 개척한 것입니다."

"그치만…… 저는 오스트 양이나 여기 계신 분들께 도움도

별로 못 돼 드리고……. 저는…… 좀 더 강해지고 싶어요. 그렇게 되면……."

내가 보기에, 지금 리시아는 이츠키에게 버려졌던 때 이상으로 자신의 무력함을 한탄하고 있는 것 같았다.

자신이 더 강했더라면 이런 결과에 이르진 않았을 테고, 좀 더 나은 미래가 찾아올 수도 있지 않았을까 하는.

항상 따라붙는 후회……. 이걸 뛰어넘었을 때, 인간은 한발 더 앞으로 나아갈 수 있다고?

웃기는 소리다. 그냥 그럴싸한 소리를 늘어놓고 있을 뿐 아닌가.

이 교훈을 살려 다음에 활용한다? 그러면 오스트가 안 죽기라도 하는 건가?

하지만 우리는 지난 실패를 되돌릴 수 없다.

앞으로 나아갈 수밖에 없다고는 해도, 나는 이번 일을 절대 잊지 못할 것이고, 좀 더 나은 대처 방법도 있지 않았을까 하는 후회는 평생 내 뒤를 따라다닐 것이다.

정말 대단한 선물을 나한테 떠넘기고 가는군, 오스트…… 아니, 영귀!

그렇게 원망함으로써 죄책감을 경감시켜서 납득하는 수밖에 없다.

"괜찮습니다. 저는 만족하고 있으니까요. 그리고 본래부터 저는 용사들과는 대립하는 위치에 있는, 세계의 자가 보

호 기관 같은 존재. 즉 이 세계에 살아가는 자들의 적인 것
입니다. 저의 죽음을 슬퍼하지 마십시오."

터무니없는 요구를 한다.

동료의 죽음을 슬퍼하지 말라니, 무슨 정신머리로 하는
소리란 말인가.

"그리고 제 걱정을 하실 여유가 있다면, 붙잡혀 계신 용
사님들의 용태부터 살피시는 게 어떨지……."

"아, 맞아요! 이츠키 님!"

"나도 같이 가지."

"저도 함께 갑지요!"

리시아를 비롯해서, 에클레르와 할망구가 쓰러져 있는 세
용사의 용태를 살피러 간다.

용케 자신에 대한 얘기에서 화제를 돌렸군.

내가 노려보니, 오스트는 미소 띤 얼굴로 얼버무렸다.

이 녀석, 생긴 건 악녀처럼 생긴 주제에 너무 착해빠진 거
아냐? 성격을 좀 통일하라고.

"다행이에요……. 숨은 쉬고 계세요."

"하지만 상당히 위험한 상태인 건 분명한 사실이다. 서둘
러 실어 나르지 않으면 생명에 지장이 있을지도 몰라!"

"제가 기를 보내서 치유력을 보태드립지요!"

리시아를 비롯한 세 사람이 세 용사들을 간호하고 있다.

생명에 지장이 없기를 기도하는 수밖에 없겠군……. 뭐,

이러니저러니 해도 목숨 하나는 질긴 놈들이다. 아마 괜찮을 거다.

"오스트……. 자기가 사라지는 걸 남들이 슬퍼하는 게 싫다면, 남들을 비아냥거린다든가 하는 식으로 좀 더 기분 나쁜 캐릭터를 연출하라고. 네가 사라진 후에 필로가 얼마나 슬퍼할지 생각해 보긴 한 거냐?"

"죄송합니다. 하지만, 그렇게 행동했더라면 방패 용사님…… 나오후미 씨께서 저를 믿어 주셨을까요?"

끄응…… 아픈 구석을 찌르는군.

하긴, 성격이 외모와 딱 들어맞아서, 남이 죽어라 버티고 있는 상황에 히죽히죽 웃으면서 명령조로 지시하거나 했더라면, 보나 마나 난 오스트를 버리고 도망쳤겠지.

"하아……. 내 마음대로 안 풀리는군."

"나오후미 님, 그런 터무니없는 소리를 하시면 어떡해요?"

라프타리아에게 혼나고 말았다. 뭐, 상대의 인격에 대해 감 놔라 배 놔라 한 나도 좀 심하긴 했지만.

"그 녀석을 놓치고 말았군."

"네, 저도 그것이 유일한 근심거리입니다……."

오스트가 내 말에 고개를 끄덕인다.

"아까 쫓아가려고 구멍으로 다가갔더니 튕겨 나왔어. 뭔가 아는 것 좀 없어?"

"사성은 이 세계의 수호자……. 타 세계에 대한 침략은

일탈행위로 간주됩니다. 그건 사성보다는 권속기의 역할이
겠지요."

권속기=침공? 예전에 한 얘기랑 너무 다른 거 아냐?

권속기는 성무기에게 힘을 빌려주는 무기라고 한 것 아니
었어?

"오스트. 아무래도 남은 시간이 많지 않은 것 같군……."

"네. 이제…… 시간이 없습니다. 그러니까, 무리한 부탁
인 줄은 알지만, 추격을 부탁드려도 될까요?"

"만약에 쫓아갈 수 있다면 말이지. 너를 이용한 녀석이
두 다리 쭉 뻗고 살아간다면, 너도 억울하지 않겠어?"

"우후후, 나오후미 씨는 말버릇은 거칠지만, 마음은 다정
하신 분이네요."

"맞아요……. 정말이지……."

어째선지 라프타리아가 동의하고 있다.

"만약 그자가 빼앗아 간 에너지를 되찾을 수 있다면……
아마, 파도가 올 때까지의 시간을 벌어주는 결계를 만들어
낼 수 있을 것입니다."

"그런 것도 할 수 있는 거야?"

"네. 원래 제가 생성한 에너지니까요. 방패 용사님께서
회수하시는 데는 아무 문제도 없을 것입니다."

영귀의 마음 방패가 반응하고 있다.

무슨 말인지 알 것 같다. 영귀의 에너지를 탈환할 수만 있다

면, 영귀의 원래 목적이었던 결계 생성도 가능해진다는 건가.

"에너지가 가득 차 있던 건 아니라서 몇 번째 파도까지 시간을 연기할 수 있을지는 모르지만, 시간은 벌 수 있을 것입니다."

"……나쁜 방법은 아니군."

"그리고 제가 퇴치당한 게 알려지면, 다음 사성…… 봉황의 봉인이 바로 풀리게 될 것입니다."

"그런 거야?"

"네. 봉황은 저보다도 한층 더 강력한 세계의 수호수……. 쇠약해지신 상태의 용사님들이 상대해 낼 수 있을지 장담할 수 없습니다."

큰일이군.

머지않아 그런 녀석을 상대로 싸워야 하다니……. 이 영귀의 심장 방패에 있는 에너지 블러스트라는 건 상당히 우수한 공격 수단이지만, 연사할 수 있을지 어떨지는 장담할 수 없다.

"그러니까 저는 제가 퇴치당했다는 걸 봉황에게는 전하지 않도록 하겠습니다. 그렇게 하면 당분간은 시간을 벌 수 있을 것입니다."

"고마워. 정말이지 하나부터 열까지 다 신세를 지는군."

"별말씀을……. 이 모든 건, 호락호락 몸을 강탈당한 제가 저지른 죄……."

"어쨌든 일단은 빼앗긴 에너지를 탈환해 달라는 거지? 시간을 좀 벌어 줄 수 있겠어?"

나에게 고개를 끄덕이고, 오스트가 방패에 손을 댄다.

"영귀로부터의 특례 신청…… 방패 용사에게 이계 침공 도항 허가를……."

방패가 빛을 내뿜고, 내 시야에 아이콘이 떠오른다.

특례허가.
타 세계에 대한 사성의 침공을 조건부로 허가합니다.

"아마 이제 추격하실 수 있을 것입니다."

"알았어. 네 소망을 들어주지. 그 망할 녀석에게 죗값을 치르게 해 주겠어."

"꼬마! 아무래도 이 게이트는 우리 세계로 이어져 있는 것 같아!"

"그랬군."

"우리는 지금부터 그 녀석을 추격할 거다. 그리고 녀석이 빼앗아 간 이 세계 수호수의 에너지를 반드시 되찾고 말 거야."

"저희가 보일 수 있는 성의는 이것밖에 없습니다. 부디 여기서 기다려 주세요."

라르크와 글래스가 그렇게 말했지만…….

"기다려 봐. 나도 따라갈 테니까. 너희를 못 믿어서 이러는 게 아니라, 남에게만 맡겨 둘 수가 없어서 그래."

솔직히 말해 글래스 일당의 실력은 상당한 수준이다.

적이기는 하지만, 지금까지 겪어 온 여러 경위들로 보아, 신뢰해도 좋은 인물들일 것이다.

하지만, 적도 만만치 않은 녀석인 만큼, 에너지 탈환의 성공은 장담할 수 없다.

그렇다면 최대한 내 힘으로 탈환하는 수밖에 없다.

그것이 지금껏 세계의 악역을 맡아 싸워 온 오스트를 위해서 내가 할 수 있는 일이다.

"솔직히, 그 자식의 그 태도, 행동, 사고방식, 그 모든 게 마음에 안 들어. 이 세계에서 장난질을 친 죗값을 목숨으로 치르게 해 줄 거야. 그리고 겸사겸사, 네가 끝내 해내지 못했던, 에너지를 세계에 되돌려서 파도까지의 시간을 버는 일도 해 주지."

"진심으로…… 감사드립니다."

문득, 내 손에 느껴지던 오스트의 감각이 사라진다.

그러고 보니 어느새 오스트의 하반신은 이미 빛이 되어 사라져 있었다.

이제…… 시간이 없는 것 같다.

"오스트 양!"

라프타리아가 절규를 내지른다.

리시아도 라프타리아의 목소리에 뒤를 돌아보고, 이리로

351

달려온다.

"오스트 양! 후에에……. 어쩜 좋아……."

남아있는 시간이, 이젠 없다.

그래도 오스트는 흡족한 듯 미소를 짓고 있다.

"외람된 말씀입니다만, 저…… 지금 조금 기쁘답니다."

"자신이 사라진다는 게?"

"그게 아니라…… 온 세계의 생명들에게 경멸당하고, 원망받고, 증오를 사고, 원수가 된 채 죽을 운명이었는데……지금은 제 죽음을 슬퍼해 주시는 분들이 계시니까요. 그것만으로도…… 기쁘다는 생각이 든답니다. 저는 만족해서는 안 되는 존재인데."

오스트는 눈물을 흘리고 있었다.

내 시야도 약간 흐릿해져 있다. 이건 단순히 피로 때문이야……. 그렇게 생각해 두기로 하자.

필로도 이 상황의 의미를 어렴풋이 이해하고, 눈두덩을 손으로 누른 채 눈물을 훔치고 있는 것 같았다.

"그러니까 저는 과분한 보상을 받았다는 생각이 든답니다. 악랄한…… 수많은 생명을 희생시킨 사악한 존재이건만, 저를 위해서 눈물 흘려 주시는 분들이 계신 덕분에……저는……."

마지막 빛의 물방울이 되어서, 오스트의…… 영귀의 말이 녹아들어 간다.

"만약…… 다음 기회가 있다면, 저는…… 여러분과 함께 하고…… 싶습니다."

오스트는 그런 말을 중얼거리면서…… 시체조차 남기지 않은 채, 사라져 갔다.

이렇게 해서…… 영귀가 일으킨 재앙은 막을 내렸다.

영귀의 마음이자 영혼인, 오스트의 소멸에 의해서…….

"후……."

나는, 에너지 블러스트에 의해 뚫린 구멍으로 비추어 드는 빛을 가만히 응시하고 있었다.

이 세계는 희생만을 강요하는 끔찍한 세계다.

파도로부터 세계를 구하기 위해 용사를 소환해서 싸움으로 내몬다.

파도를 이겨내고 세상의 수명을 연장시키기 위해, 온 세계의 생명을 영귀에게 바쳐야만 한다.

그 가혹한 연명(延命)을 저지하기 위해서는 영귀를 죽여야만 한다.

영귀 자신은, 가능하면 자신을 저지해 주기를 바라고 있었다.

용사는 파도로부터 세계를 구하기 위해 선택을 강요받는다.

자신과 영귀의 목숨을 희생시킬 것인가, 온 세계의 생명을 희생시킬 것인가.

세상을 구하려면 이렇게 할 수밖에 없는 것이리라……. 아마도.

거스르고 싶다. 이론을 제기하고 싶다. 하지만 이 선택은 하나의 엄연한 사실이 되어 내 눈앞에 나타나 있다.

스스로를 희생시킨다는 선택지는 죽어도 싫다. 하지만 다른 녀석들의 목숨을 희생시키는 것 역시 싫다.

물론 용사가 싸우는 건 당연한 일이고, 평화로운 곳에만 있으면서 자신의 목숨까지 남에게 떠맡겨 두고 살아가는 쓰레기 놈들의 목숨 따위는 어찌 되든 알 바 아니다.

하지만 영귀도, 영귀에게 맞섰던 자들도, 세계를 위해, 자신의 소중한 사람을 지키기 위해서 싸운 것이다.

그것을 잊어서는 안 된다.

"꼬마!"

"우리 세계로 이어지는 게이트가 닫힙니다! 어서요!"

라르크 일당이 알린다.

그와 동시에 에클레르 등도 목청을 높인다.

"어서 용사님들을 치료원으로 옮기지 않으면 목숨이 위태로워진다!"

나는…… 우리가 해야 할 일은…….

"추격에 나선다! 에클레르와 리시아와 할망구는 서둘러 용사 놈들을 치료원으로 데려가."

"알았다! 이와타니 님의 결의, 반드시 여왕님에게 전해 주지.”

“성가신 뒤처리를 떠맡겨서 미안하다는 말도 전해줘.”

“……알았다. 이와타니 님, 반드시 살아서 돌아오도록.”

“당연하지. 아, 맞아……. 덤으로 키르를 돌보는 일도 부탁할게.”

“알겠다. 이와타니 님이 돌아올 때까지, 제대로 싸울 수 있도록 단련시켜 두지.”

그렇게 대화를 마치고, 추격부대…… 라프타리아와 필로에게 시선을 보낸다.

“나오후미 님……. 가시는 거군요?”

“그래. 라프타리아도 같이 갈 거지?”

“네! 어디까지든 함께할게요!”

“필로도 갈래! 거북이 언니 몫까지, 그 책 든 사람을 걷어차 줄 거야!”

시원시원한 대답이다.

“좋아! 그럼 작전 개시다!”

“잠깐만요!”

그때 한 사람, 리시아가 이의를 제기한다.

“저도…… 저도 데려가 주세요.”

“너한테는 이츠키를 돌보는 일을 맡길 생각이었는데…….”

“물론…… 나오후미 님 말씀대로, 여기 남아서 이츠키 님을 도와드리고 싶다는 생각도 없는 건 아니에요. 하지만 이츠키 님에게서 배운 정의는, 저는 별 도움이 되지 않을지도 모르지만, 그런 악을 용서해서는 안 된다고 소리치고 있는걸요!"

리시아는 그렇게 말한다.

감정의 고양 정도에 따라 실력에 기복이 있는 건 문제지만, 본인이 원하는 일이라면 나로서는 거부할 이유가 없다.

"저는…… 제가 믿는 정의를 위해서, 이츠키 님 곁을 떠나서 그자를 쫓기로 했어요!"

리시아에게는 감춰진 힘이 있다. 이번 궁지를 벗어나는 데는 그 힘의 공이 컸다.

그걸 생각해 보면 리시아를 데려가는 것도 의미 있는 일이리라.

처음부터 나는 리시아를 강하게 만들어 주겠다고 약속하지 않았던가.

이것이 리시아 자신의 마음을 강하게 만드는 길이라면, 나는 당연히 힘을 빌려줄 것이다.

"알았어. 리시아, 너도 같이 가자."

"네!"

"언제까지 꾸물대고 있는 거냐! 갈 거면 빨리 와!"

"알았어, 지금 갈게! ……가자, 얘들아!"

이렇게 해서 우리는 영귀의 에너지를 탈환하기 위해, 라르크 일당과 힘을 모아 추격을 시작한다.

이 구멍은 글래스 일당이 사는 세계와 이어져 있다고 한다.

글래스 일당의 세계에서는 무슨 일이 기다리고 있을까.

파도란 무엇일까.

이 너머에 있는 세계는 무엇인가.

지금 우리는 아무것도 모른다.

하지만…… 해치워야 할 적의 이름은 알고 있다.

얼굴도 알고 있다. 목소리도 알고 있다. 행동거지도 알고

있다.

그렇다면, 해답은 간단하다.

적의 턱밑까지 파고들어서 죽여 버린다.

방패 용사인 내 힘으로는 불가능할지도 모른다.

하지만 나는 혼자가 아니다.

나는 주먹을 휘두를 수 없지만, 나를 대신해서 주먹을 휘

둘러줄 동료들이 있다.

그리고 나는 그 동료들을 지킨다.

그렇게 해서, 되찾는 거다.

영귀가…… 오스트가, 내 동료가 스스로의 모든 것을 바

쳐서 이루려 했던 모든 것들을!

이렇게 해서 우리는, 세계와 세계를 잇는 문으로 들어갔

다——빼앗긴 것을 되찾기 위해서!

『방패 성무기의 소지자이신, 다정하신 나오후미 이와타니 님…….』

빛이 되어 영귀의 시체 밖을 떠도는 의지가 기원한다.

『저를 구해 주신 것처럼…… 부디, 이 세계의 모든 생명들을 구해 주십시오.』

그 모습을 눈으로 좇고 있는 것은, 필로리알의 여왕이었다.

이세계로 이어지는 작은 균열이 빛의 기둥을 이루며 날아간다.

필로리알의 여왕 피트리아는 기도하듯 양손을 모은 채, 영귀의 혼과 함께 그 빛을 바라본다.

"바라건대, 방패 용사의 앞길에 행운이 가득하기를……."

『감사합니다……. 방패 용사 나오후미 님. 만약 기회가 있다면, 저는 이 세계에서 당신을 지키는 의지가 되어…… 함께하겠습니다…….』

번외편 혼유약을 찾아서

"이게 혼유약이라는 것인가요?"

"그래."

저는, 라르크가 제게 뿌려서 극적인 효과를 발휘했던 약에 대해서 물어보고 있었습니다.

"글래스 아가씨."

"나 참……. 물리쳐야 할 세계에 대해 알고 싶다면서 나가다니……. 기가 막힐 따름이지만, 이런 물건을 구해 오셨으니, 그 점은 높이 평가할 수밖에 없겠네요."

혼유약. 이 경이적인 약은 제 능력을 무서울 정도로 끌어올려 주는 효과를 갖고 있습니다.

하지만…… 이 약을 사용했는데도, 저는 적대 세계의 사성용사 중 하나인 나오후미를 쓰러트릴 수 없었습니다.

만약 라르크와 테리스의 도움 없이 나오후미 일당과 싸웠다면 어떻게 됐을까요?

아마도 패배했겠지요.

라르크와 테리스의 말에 따르면, 나오후미는 방어를 관장하는 방패 용사.

그 특유의 성질 때문에 공격에는 약하다고 합니다만…….

이건 어디까지나 만약의 경우입니다만, 만약 나오후미 이외의 다른 사성용사와 싸우게 된다면, 저는 승리할 수 있을까요?

문득, 부채로 눈길을 돌립니다.

이 부채는 권속기라 불리는, 세계를 지키기 위해 존재하는 무기 중 하나.

다양한 마물이며 소재를 흡수해서 성장하는 특수한 무기.

마물을 다른 소재로 변환시키는 변환기 기능도 내장되어 있는데, 과거에 제 세계에 소환되었던 용사는 그 기능에 '드롭'이라는 이름을 붙였다고 합니다.

저희는 거점으로 삼고 있는 도시에서 회의를 벌이고 있었습니다.

회의 주제는 지난번 싸움에 대한 반성회입니다.

우선, 나오후미의 급격한 성장은 그야말로 눈이 휘둥그레질 지경이었습니다.

세계와 세계의 싸움이라 할 수 있는 파도……. 나오후미에게서 들은 얘기에 따르면, 그 세계에서는 지난번 파도로부터 2주일이라는 짧은 시간밖에 경과하지 않았다고 합니다.

그런데 그 짧은 기간에 그 정도의 성장이라니.

지난번에 싸웠을 때, 용사라는 이름에 걸맞은 힘을 갖고 있던 건 나오후미뿐이었습니다.

확실히 강한 상대이긴 했지만, 위협적이라고 느껴질 정도는 아니었습니다.

저주받은 음침한 무기에 손을 물들이고…… 그러면서도 자아를 유지하는 강자라는 게 저의 인식이었습니다.

하지만 저주받은 무기를 쓴 상태에서의 힘이 그 정도라

면…… 다음에 만났을 때는 얼마든지 해치울 수 있을 거라고 방심했던 것이 사실이었습니다.

실력은 완전히 파악하고 있었습니다.

당해낼 수 없다는 걸 깨닫자마자 도망치는 길을 선택하는 결단력……. 그 부분에 대해서도, 성가신 상대라고 내심 생각하긴 했지만 충분히 제압할 수 있을 거라고 방심했습니다.

하지만 고작 2주일…… 아니, 2주일이나 되는 시간을 준 탓에, 그런 생각이 얼마나 안이한 것이었는지를 실감하게 된 것입니다.

역시 이세계의 사성용사답게, 나오후미는 경이적인 힘을 습득한 상태였습니다.

다음에는 우리가 궁지에 내몰릴지도 모릅니다.

……저에게도 비장의 수가 남아있긴 했지만, 라르크가 말린 탓에, 이번에도 승부는 보류되고 말았습니다.

"그렇지? 이런 건 우리 세계에는 없었던 거니까, 놀랄 줄 알았어."

혼유약 병을 손으로 만지작거리면서, 라르크는 득의양양하게 말하고 있습니다.

"그나저나 용케 알아챘군요. 그런 효과가 있다는 걸."

"아아, 전에 라르크 아가씨가 얘기했었잖아. 마력을 회복하려면 자연회복을 기다리거나, 흡수공격을 하거나, 동족으로부터 나누어 받는 수밖에 없다고."

"그랬습니다만……."

"그런데 그 흡수공격이라는 걸 얻어맞았을 때 혼력(魂力)이 깎여나갔으니까, 글래스 아가씨 같은 혼인(魂人)들의 에너지는 혼력이 아닐까 하고 생각하게 됐지."

대충 짐작이 갑니다. 라르크와 테리스는 저와 대련을 해 보았기에, 저의 에너지가 무엇인지를 알고 있는 것이군요.

혼력……. 이것은 권속기에게 선택받은 자가 아니면 의식할 수 없는 힘……. 그리고 저는 혼인이기에, 아마도 다른 개념으로 권속기를 다룰 수 있는 것 같습니다.

인간 권속기 소지자에게 혼력은 저의 에너지와 동등한 것이겠지요.

"논리는 잘 알겠습니다. 하지만 거기에 큰 문제점이 있다는 건 알고 계셨나요?"

"엉? 상한선을 넘으면 천천히 흘러나오게 된다는 것 말이야?"

"그렇습니다."

확실히 경이적인 전투 능력 향상을 기대할 수 있는 건 사실입니다.

저는 혼인…… 스피릿이라 불리기도 하는 저의 종족에게, 에너지는 힘과 직결됩니다.

인간들이나 그들을 추종하는 종족들처럼 레벨 개념에 따라 힘의 강약이 결정되는 게 아닙니다.

압도적인 스태미나를 가진 반면, 에너지 소실은 곧 스스로의 약체화를 초래하는…… 단기결전에 있어서 발군의 힘을 발휘하는 종족인 것입니다.

마물을 물리쳐서 레벨을 올리는 인간 종족과는 달리, 마물을 물리쳐도 약간의 에너지가 회복되는 정도가 다입니다.

다짜고짜 마물과 싸웠다가는 적자를 보는 게 혼인인 셈이지요.

하지만, 반면에 매 초마다 에너지가 회복되고…… 아무것도 하지 않아도 일정 수치까지 상승하게 된다는 장점이 있습니다.

강해지는 방법은 이 에너지를 사용해서 자신에게 능력을 습득시키는 것이지만…… 일단, 그걸 확인하는 건 다음 기회로 미루어 두도록 하죠.

라르크와 테리스도 그 정도는 알고 있을 테니까요.

그리고 혼인의 전력과 밀접한 관련이 있는 것이, 에너지의 총용량.

이것은 자신이 모아 둘 수 있는 최대 에너지양을 가리키는 것입니다.

하지만, 이 에너지 총용량을 늘리는 건 어지간한 방법으로는 불가능합니다.

권속기 덕분에 다른 동족들에 비해 비교적 쉽게 총용량을 늘릴 수 있는 저조차도…… 지금 이상의 힘을 얻으려면 꽤 오랜 시간이 걸리겠지요.

"혼유약으로 늘린 에너지의 양은 제 총용량을 크게 웃돌고 있습니다. 그 때문에, 약간의 시간밖에 유지할 수 없지요."

만약 그 에너지를 장시간 유지할 수 있었다면 나오후미를 이길 수 있었을지도 모릅니다.

솔직히 말씀드리죠.

그렇게 강해진 나오후미는, 지금 제 힘으로는 당해낼 수 없을 것입니다.

다음에 만나게 되면, 목숨을 대가로 제 비장의 수를 쓰지 않고서는…… 이길 수 없겠지요.

"그럼 용량이 늘어나면 이길 수 있다는 거야?"

"이론상으로는 그렇지요."

라르크는 항상 가벼운 말투로 얘기하는, 권속기 동료입니다.

본인은 나름대로 진지하게 세계를 위해 싸우고 있는 것이겠지만, 저는 항상 그에게는 기백이 부족하다고 느끼고 있기에 만날 때마다 설교를 늘어놓곤 합니다.

라르크의 얘기는 어디까지나 이상론에 불과하단 말입니다.

파도가 올 때까지 시간이 얼마 남지 않았으니, 인간으로 따지자면 레벨업에 해당하는 것도 그다지 큰 의미가 없는 상황입니다.

협력자로부터 마물이나 소재를 제공받아서 자신의 능력

을 높이는 것도 가능하긴 합니다만, 그것도 이제 한계에 봉착했으니, 이 상황을 어떻게 타개해야 할까요?

"그럼 말이야, 또 파도를 이용해서 이세계로 건너가자고."

"무슨 말씀을 하시는 거예요?"

"글래스 아가씨는 정말이지 성실한 게 도가 지나쳐서 고지식한 정도라니까."

발끈!

"누구 보고 고지식하다는 거예요?!"

"키즈나 아가씨가 보면 기가 막혀 할 걸? 마음을 좀 편하게 먹고, 머릿속을 좀 부드럽게 만들라고."

"비, 비겁해요! 키즈나의 이름을 들먹이다니!"

키즈나는 제 친구의 이름입니다.

제가 이 세계를 사랑하게 된 것도, 그 사람이 우리의 세계를 지키고 싶다고 얘기했기 때문이었습니다. 하지만 키즈나는 파도와의 싸움에 나설 수 있는 사람이 아닙니다.

그리고…… 지금은 어디로 갔는지 소식까지 끊어진 상태입니다.

"글래스 아가씨는 키즈나 아가씨 얘기만 나오면 재밌는 표정을 짓는다니까."

"사람 놀리지 마세요!"

"뭐, 내 입장에서 보자면 글래스 아가씨나 키즈나 아가씨나 똑같은 꼬꼬마지만."

"더 이상 얘기하면 모독으로 받아들일 줄 알아요!"

부채를 라르크에게 겨누고 위협합니다.

"좀 진정하라고, 글래스 아가씨."

"아시겠어요? 우리는 파도에 맞서기 위해 매일매일 정신 없이 바쁘게 보내고 있어요. 다른 세계로 갈 여유 같은 게 어디 있다는 거죠?"

"그렇게 말할 수도 있지만 말이야, 아직 모르고 있는 거 야? 저쪽 세계에서⋯⋯."

라르크는 저에게 어떤 정보를 제공했습니다.

그와 동시에 권속기의 가능성을 제시합니다.

이 세계의 마물이나 소재는, 일단 어느 정도 갖춰지면 한 계에 봉착합니다.

그건 어쩔 수 없는 일이겠지요.

세계는 결국 유한한 법이고, 무수하게 존재하는 것처럼만 보이는 마물이며 소재의 수에도 한도가 있으니까요.

하지만 이세계는 미지의 땅⋯⋯. 그 미지의 땅에는 수많 은 마물이며 소재, 약물⋯⋯ 즉 많은 가능성이 잠들어있는 것입니다. 그리고 이것 또한 경이적인 일입니다만, 그쪽 세 계에서 레벨을 올리면, 파도 때⋯⋯ 양쪽 세계의 효과가 중 첩된다는 것입니다.

다시 말해, 이쪽 세계에서의 레벨과 저쪽 세계에서의 레 벨이 합산된다는 것이지요.

"그러니까 말이야, 다음에 나오후미 패거리를 만났을 때 밀리지 않도록, 미리 그쪽 세계에서 다소 강해져 두는 편이 낫지 않겠어?"

"그건……."

하긴, 일리 있는 얘기이긴 합니다.

우리는 그 세계와 싸우면서, 아직 나오후미 이외의 다른 사성용사와는 만나지 못했으니까요.

하지만…… 우리가 승리하게 되면, 강해지기 위한 그때까지의 노력들은 결과적으로 헛것으로 전락하게 될 것입니다.

한시적으로밖에 쓸 수 없는 힘을 기르는 게 필요한 일일까요?

그보다는, 짧은 시간 안에 스스로의 세계에서 기량을 갈고닦는 게 더 의미 있는 일 아닐까요?

의문이 그치지 않습니다.

"그리고…… 글래스 아가씨도 눈치챘을 거 아냐? 저쪽 세계 녀석들도 바보는 아냐. 순순히 사성용사를 전선으로 내보내지는 않는다고. 파도가 일어나기 전에 쳐들어가서…… 해치우는 게 권속기의 역할 아니겠어?"

그렇습니다……. 파도 때만 싸워서 사성용사를 죽이는 건 보통 어려운 일이 아닙니다.

수단 방법을 가리지 않는다면 미리 쳐들어가서 각개격파하고, 파도가 일어났을 때 최후의 성무기 소지자를 해치우면 되겠지요.

"나오후미가 있는 세계에서도, 다른 사성용사의 존재를 완전히 파악하지 못했었잖아?"

"하긴 그렇죠. 수단을 가리면서…… 정정당당 운운하고 있을 상황이 아니겠지요."

만약에…… 저의 이 결단을 키즈나가 알게 된다면 어떤 표정을 지을까요.

그나저나 라르크는 참 팔팔하네요. 나오후미와의 싸움이 끝난 지 이틀밖에 안 지났건만.

"그러니까, 다음 파도에서 나오후미의 세계와 연결되거든 냉큼 쳐들어가자고!"

"하아…… 알겠습니다."

저는 그야말로 땅이 꺼질 것 같은 한숨을 짓습니다.

"그러고 보니 테리스는 어디 갔어?"

"테리스 양이라면 방에 있는 것 아닌가요?"

"뭐야, 아직도 쉬고 있는 거야? 빨랑빨랑 안 움직이면 파도에 늦을 텐데."

그렇게 라르크는 저를 데리고 테리스 양을 마중하러 갔습니다.

"하아……."

테리스 양이 방에서 팔찌를 움켜쥐고 있었습니다.

"테리스, 몸은 좀 어때?"

"하아……."

황홀한 얼굴로 팔찌를 들어서 응시하고 있습니다.

라르크의 목소리가 귀에 들어오지 않는 것처럼 보이는 건 제 착각일까요?

"어~이."

"하아…… 굉장해…… 이렇게 예쁘게 만들어주다니……."

그렇게 뇌까리고, 테리스 양은 팔찌에 박혀 있는 보석을 선망 가득한 시선으로 바라보며 어루만지고 있습니다.

이건 테리스 양 종족의 독자적인 개념일까요?

여기로 귀환하는 도중에, 테리스 양은 이세계에서 아주 근사한 팔찌를 얻었다면서 자랑했습니다.

테리스 양의 마법은 보석에 깃든 힘을 발현하는 독자적인 마법입니다.

그 매개체가 되는 보석으로서, 정말이지 훌륭한 물건을 얻었다는 것이었습니다.

그렇다면 왜 나오후미와 싸울 때 사용하지 않은 건지, 의문은 사라질 줄 모릅니다.

"좋구나……."

"테리스!"

"히익?! 라르크! 도대체 어느 틈에 제 방에 들어오신 거예요?"

"어느 틈이긴요, 몇 번이나 말을 걸었는데도 테리스 양이 귀를 안 기울이셨잖아요."

테리스 양은 화들짝하고…… 마치 춘화를 감추는 사춘기 남성처럼 팔찌를 등 뒤로 숨겼습니다.

종족이 달라서 이해하기가 힘든데, 이게 그렇게까지 부끄러워할 만한 일일까요?

"그, 그랬었죠. 똑똑히 다 듣고 있었다구요. 저한테 무슨 용건이죠?"

"정말 듣고 있었던 거 맞아? 그나저나 꼬마가 만들어 준 팔찌가 그렇게도 맘에 들었어?"

"당연한 걸 뭘 물어보는 거예요, 라르크! 라르크는 몰라보시겠어요? 보석의 이 환희를!"

"위력이 어마무시하다는 것밖에 모르겠는데."

"라르크 이 둔탱이!"

"으엑!"

테리스 양이 분노에 차서 라르크의 명치에 주먹을 꽂아넣었습니다.

완벽한 혹이군요. 저도 참고로 삼아야겠습니다.

"그렇게 굉장한 물건을 손에 넣었다면, 왜 나오후미랑 싸울 때 안 쓴 거죠?"

테리스 양의 마법은 보석을 사용합니다. 다시 말해, 그렇게 강력한 매개체를 손에 넣었다면 그만큼 강력한 마법을 쓸 수 있다는 뜻인데, 왜 사용하지 않은 것일까요?

"나오후미 씨와 싸울 때는, 이 아이가 힘을 빌려주지 않는걸요……."

"하아……."

"으억……. 테리스, 너…… 그렇게 있는 힘껏 후려치기냐?"

라르크가 배를 부여잡고 주저앉아 있습니다.

두 사람의 친근한 모습은 참 보기 좋지만, 가끔씩 지나치게 과격할 때가 있다니까요.

이것도 두 사람의 친밀한 관계를 나타내는 것이겠지만, 저로서는 아무래도 이해하기 힘든 행동입니다.

"그래서요? 그 보석은 왜 나오후미를 상대할 때 힘을 빌려주지 않는 거죠?"

내 질문에 테리스 양의 눈동자에 쓸쓸한 빛이 짙게 감돌았습니다.

무슨 일일까요? 제가 그렇게 무례한 질문을 한 걸까요?

"글래스 양은 이해 못하시겠어요? 이 아이 입장에서 생각해 보세요. 자신을 주워서 완벽한 상태로까지 연마해 준, 창조주에 필적하는 신을…… 자기 손으로 죽이라는 명령을 받는다고 해서 힘을 빌려줄 것 같나요?"

"무슨 말씀을 하시는 건지 이해가 잘 안 되는데……."

쉽게 말해, 나오후미가 만든 팔찌니까, 나오후미를 물리치는 데에는 힘을 내주지 않는다는 거겠지요.

"만약 나오후미 씨를 돕기 위한 일이라면, 이 아이는 자신의 몸을 희생해서라도 힘을 끌어내 줄 거예요."

아아, 라고 말하면서, 테리스 양은 보석을 뺨에 부비기 시작했습니다.

"크윽······. 테리스, 이제 제발 그 짓 좀 하지 말라니까."

"그럼 나오후미가 만든 팔찌보다 더 근사한 물건을 라르크가 만들어주면 될 거 아니에요."

"크윽······. 그 망할 꼬마······. 테리스의 허들을 엄청나게 끌어올려서 내 미래에 암흑의 씨앗을 뿌려 놓다니."

"그래서요? 여기는 무슨 용건으로 온 거죠?"

"네. 그러니까······."

우리는 테리스 양에게, 이제부터 파도와 싸우러 가서, 겸사겸사 적들의 세계에 쳐들어가자는 생각을 전했습니다.

"알았어요. 그럼 갈까요?"

테리스 양도 적극적으로 협조해 줄 것 같아서 참 다행입니다.

"그럼, 운이 좋으면 그대로 쳐들어가게 되겠네요."

이렇게 해서 우리는, 기일이 가장 가까이 다가온 파도에 맞추어 이동하기로 했습니다.

다행히도 나오후미 일당이 있는 세계와 이어져 있는 파도였습니다.

"글래스 아가씨, 알고 있겠지만, 이동하는 곳에서 싸우고 있는 녀석을 발견하더라도 무시하고 이동해야 해."

"저도 알아요."

균열을 넘어서, 우리는 주위를 확인해 봅니다.

멀리서…… 나오후미가 항상 데리고 다니던 조류형 마물과 비슷한 마물이 파도에서 나온 마물을 상대로 싸우고 있는 모습이 보입니다. 경이적인 속도로 이쪽으로 다가오고 있는 것 같습니다.

"서둘러요."

"좋아! 테리스도 도와줘."

"네."

테리스 양의 도움 속에, 우리는 비교적 안전하게 세계 이동을 완료했습니다.

등 뒤에 보이는 보라색의…… 파도의 균열이 닫혀 가는 모습을 관측합니다.

그때, 저는 하나의 문제점을 발견했습니다.

"으음? 장비의 효과가 적용이 안 되네요……."

마력도 상당히 저하되어 있습니다.

이것이 라르크가 설명했던, 세계를 이동한 영향일까요?

"아아, 그런 것 같아. 취향에는 안 맞겠지만, 글래스 아가씨는 이 갑옷을 입도록 해."

그렇게 말하면서, 글래스가 낫 속에서 갑옷 한 벌을 꺼내

주었습니다.

키즈나가 얘기했던 서양풍 가죽 갑옷이군요.

뭐, 어쩔 수 없지요. 효과가 없는 갑옷을 입는 것보다는 나으니까요.

저는 기모노를 벗고 갑옷으로 갈아입었습니다.

"우와……. 글래스 양……."

"완전 안 어울리네."

어쩐지 울화가 치밀었으므로, 저는 라르크의 정강이를 걸어찼습니다.

"아프잖아! 뭐 하는 짓이야?!"

"이 갑옷을 내놓은 건 당신이잖아요."

"어쩔 수 없잖아. 가진 게 그것밖에 없으니까."

"머리 모양을 바꾸면 조금이나마 어울려 보일 거예요."

그렇게 말하고, 테리스 양이 제 머리를 트윈테일로 묶어주었습니다.

"으음. 글래스 아가씨도 잘 보면 동안이긴 한데, 지금 모습이 어째 억지로 젊어 보이려고 애쓰는 것처럼 보이는 건 왜일까."

다시 한 번 라르크의 정강이를 걸어찹니다.

"아야! 폭력 좀 휘두르지 말라니까 그러네."

"부채로 때리지 않은 걸 고맙게 생각하세요."

"자, 익숙해지면 신경도 안 쓰일 거예요. 그만하고 어서

가요."

"알았어요. 그럼 라르크, 안내를 부탁해도 될까요?"

"물론이지. 그럼 먼저 밥부터 먹으러 가자고."

그렇게 해서, 우리는 나오후미가 있는 세계를 여행하기 시작했습니다.

며칠 후.

"그런데 말이지, 여기 음식이 제법 맛있더라니까."

"맞아요, 맞아요, 여기 명물인 나폴라타라는 빨간 면이 얼마나 맛있었던지!"

"흐음……. 아니, 생각해 보니까 가는 곳마다 지역 명물들만 먹고 있잖아요!"

군것질에 여념이 없던 테리스 양이, 방금 구입한 꼬치에 발라져 있던 팥앙금 같은 걸 툭 하고 떨어트렸습니다.

"그러고 보니까 그랬었네요!"

"그래도 이것저것 드롭 아이템도 모았고, 돈도 꽤 모였잖아."

우리의 목적은 어디까지나 레벨 등의 능력 상승과 혼유약일 텐데요.

이 혼유약의 레시피를 손에 넣고 재료를 조달할 수만 있으면 다음 싸움에서 큰 도움이 될 것입니다.

"자, 자, 그렇게 눈에 쌍심지를 켤 것 없잖아. 이것도 글래스 아가씨가 강해지기 위해 필요한 통과의례라고."

"……정말인가요?"

의심스럽기 짝이 없습니다.

확실히 우리 세계에서는 못 보던 이런저런 마물들과 싸우기는 했습니다만…….

"글래스 아가씨는 걱정이 너무 많아서 탈이야. 걱정할 것 없다니까."

"의심을 떨쳐 버릴 수가 없네요."

"그러니까…… 오? 아가씨, 이제 슬슬 장비를 새로 맞추는 편이 좋을 것 같은데?"

라르크가 건들건들 무기상에 들릅니다.

제 권속기는 부채……. 그리고 이 세계의 무기상점에서는 부채를 팔지 않는 것 같습니다.

뭐, 확실히 특이한 무기이기는 하니까요. 불만을 가져 봤자 소용없는 일이겠지요.

"왜 이 무기상이죠? 기모노라도 파나요?"

찾아보면 있기는 있는 것 같지만, 아무래도 성능이 너무 낮습니다.

주문 제작을 부탁해서 마련할 수도 있다고 하지만, 그러기엔 시간이 부족합니다.

그렇게 생각하며 무기상으로 들어가니, 라르크는 제게 다른 갑옷을 권했습니다.

지난번에 주었던 갑옷보다 품질 면에서나 성능 면에서나 뛰어나 보이지만, 디자인이 제 취향이 아니군요.

"내 생각에, 앞으로 마물과 싸우기 위해서 이 정도는 필요할 것 같단 말이지."

"……알았다니까요."

할 수 없이 노잣돈을 털어서 구입했습니다.

그런데 언제부턴가 테리스 양의 모습이 보이지 않습니다.

무슨 일인가 싶어 주위를 둘러보니, 액세서리 상점 앞에 있는 것 같았습니다.

"어서 오십쇼. 손님, 찾으시는 물건 있습니까?"

"아……. 아뇨…… 저기…….."

"경험치를 증가시켜준다는 소문이 있는 밀라카 광석으로 만든 목걸이는 어떻습니까? 카르밀라 섬에서 붐을 일으킨 걸로 유명한, 바로 그 물건입죠."

"카르밀라 섬에서 붐이라고? 우리도 카르밀라 섬에 갔었지만, 그런 건 들어 본 적도 없는데?"

"방패 용사님이 제안하신 상품이라고 그러던데…… 현재 인기가 대단한 상품이랍니다."

방패 용사라는 말에, 저는 저절로 손에 힘이 들어가는 것을 느꼈습니다.

그렇습니다……. 쓸데없이 나돌아 다니다가는 나오후미와 맞닥뜨릴 가능성이 있는 것입니다.

조심해서 행동해야만 합니다.

아무래도 지금의 우리는 상대방 진영에 원정을 온 상황이고, 그다지 강하지도 않으니까요.

"테리스."

액세서리 상점 안을 구경하고 돌아다니는 테리스 양을 라르크가 불러 세웁니다.

"뭔가 숨은 명품이라도 찾아냈어?"

그러자 테리스 양은 애석하다는 듯 고개를 가로저었습니다.

"역시 그 팔찌와 비슷한 급의 물건은 없네요……."

도대체 나오후미가 만든 팔찌에 얼마나 집착하고 있는 겁니까, 당신은…….

"라르크, 이 기회에 세공 기술을 연마해 놓는 게 좋을 것 같네요."

"젠장……. 나는 그런 섬세한 작업은 질색이라고. 언젠가 테리스의 안목을 만족시킬 만한 물건을 사 주면 될 거 아냐."

"그런 소리나 하고 있다가는, 테리스 양을 나오후미에게 빼앗길 걸요."

"그, 그럴 리가 있나. 무슨 소리를 하는 거야, 글래스 아가씨도 참……. 하하."

하아……. 왜 이렇게 갑자기 피곤해지는 걸까요.

"그래서 말인데, 글래스 아가씨. 아마, 이제 좀만 더 가면 지난번에 갔었던 그 지역에 진입할 텐데, 나오후미 패거리랑 맞닥뜨릴지도 모르니까 조심하라고."

"알았어요."

"혹시 모르니까 위장 마법을 걸어 둘 테지만요."

그렇게 말하며, 테리스가 보석 위에 손을 얹고 마법을 영창했습니다.

아마도 이렇게 하면 우리는 본래 외모와는 다른 모습으로 인식된다는 모양입니다.

라르크가 근처 술집에 가서 정보를 수집해 옵니다.

"레벨업을 하러 다시 카르밀라 섬으로 갈까 하는 생각도 했었는데, 그 섬의 활성화는 이제 얼마 안 남았다나 보더군."

"어쩔 수 없지요. 착실하게 소재를 모아 나가는 수밖에요."

"그러게 말이야. 자, 혼유약 재료를 떨어트리는 마물들이 많이 서식하는 지역으로 가자고."

그런 식으로, 우리는 느긋하게 마물을 물리쳐 나갔습니다.

혼유약 레시피를 떨어트리는 마물도 발견하고 했으니 이제 앞길은 순탄할 것……이라고 할 수 있을까요?

문제는 사성용사가 어떤 무기를 다루는가 하는 점이지만요.

방패 용사가 나오후미라는 건 알아냈습니다. '나오후미 이와타니' 라는 정확한 이름도 밝혀냈습니다.

다른 용사들에 대한 얘기들도 이것저것 듣긴 했습니다.

검, 창, 활 등, 역시 우리 세계의 용사들과는 다른 무기인 것 같습니다.

이렇게 말하기 좀 그렇지만, 단순한 무기들이죠.

그러고 보니…… 나오후미와 싸웠을 때, 제 앞에 나서서 자기들이 용사들이라고 주장하던 모험가들이 그런 무기를 들고 있었던 것 같기도 합니다.

약해도 너무 약했기에 그냥 용사를 사칭하는 가짜라고 생각하고 있는데…… 진짜들은 어디 간 것일까요?

라르크 때도 그런 가짜들이 있었지만, 나오후미를 제외한 사성용사들이 전부 다 피라미라고 생각하는 건 지나치게 낙관적인 전망이겠죠.

만약 정말로 다른 용사들이 약하다고 해도, 그런 약한 용사들을 최전선에 데려올 리가 없을 것입니다.

"그런데…… 여기는…… 메르로마르크라는 나라 맞나요?"

여기까지 오면서, 거북이 같기도 하고 박쥐 같기도 한 마물들과 여러 번 조우했습니다.

이것도 이세계의 독자적인 마물이겠지만, 지금까지는 별로 보이지 않던 종류였습니다.

"맞아. 카르밀라 섬에는 안 갈 거지만, 이 부근에 서식하는 마물 중에 혼유약 재료를 떨어트리는 녀석들이 제법 있으니까 말이지. 가자고."

여기가 나오후미가 있는 나라로군요.

우리 세계와는 여러모로 다르네요.

문자도, 문화도, 사고방식도, 여러모로 다르겠지요.

술도 뭔가 다른 것 같고…….

냇물에서 뛰노는 물고기도 다릅니다. 키즈나라면 새로운 낚시터를 발견했다면서 기뻐했겠지요.

좋은 추억담이 될 것 같습니다.

"참고로 나오후미를 비롯한 사성용사가 이 나라에 머물고 있다나 봐. 정보 수집에 딱 좋은 곳 아냐?"

"네……. 기왕 온 김에 나오후미 이외의 용사들에 대한 정보도 찾아보지요."

메르로마르크에 입국한 지 며칠 후.

현재 우리는 밀림 같은 지역을 걷고 있습니다.

주위의 식물에는 빨간 열매가 열려 있는데, 저건 먹을 수 있는 열매일까요?

"이 부근에 출현하는 마물들도 재료가 된다고."

솔직히, 혼유약의 재료를 찾아서 여기저기 돌아다니고 있지만, 라르크의 증언이 점점 의심스러워지기 시작했습니다.

요즘은 정체불명의 박쥐와 거북이 같은 마물과 만나는 확률이 높아져서 난감한 상황입니다.

그 마물은 혼유약의 재료도 안 떨어트리는데 말이죠.

"정말인가요?"

"뭘 의심이 그렇게 많아? 뭐, 여기보다 좀 약한 마물이 나오는 곳으로 가는 게 나을 거야."

저는 종족의 특성상 강한 마물을 잡을 필요가 딱히 없고, 소재는 라르크와 테리스에게서 받았으니 괜히 마물만 사냥하는 건 의미 없는 일일 뿐입니다.

"그러면 강해질 때까지 시간이 더 많이 걸리지 않나요? 쓸데없이 시간을 낭비하고 있을 때가 아닐 텐데요?"

"걱정할 것 없다니까요. 저희가 도와드릴 테니까 다음 파도 때까지 열심히 해 봐요."

"네……."

어쩐지 앞날에 대한 불안감에 휩싸이는 건 저뿐일까요…….

라르크와 테리스는 아무래도 기개가 좀 부족한 것 같습니다.

"글래스 아가씨, 어깨에 너무 그렇게 힘을 주고 있으면 피곤해진다고."

"제가 누구 때문에 이렇게 피곤한 건데요?!"

"그렇게 툴툴거리다간 나오후미처럼 될 걸."

그건 도대체 무슨 비유죠? 그런 생각이 들었지만, 그 통명스러운 표정을 떠올려 보면……. 하긴……. 그렇게 되고 싶지는 않다는 생각이 드네요.

그런 생각을 하며 며칠이 지나고, 다양한 마물을 사냥해서 강화하고 소재를 모았을 무렵, 권속기가 진동하는 것이 느껴졌습니다.

시야에 수호수가 활동을 개시했다는 표시가 나타납니다.

"아무래도…… 이 세계의 수호수가 활동을 시작한 것 같네요."

"그런 것 같군. 토벌할 건지, 아니면 결계를 생성하게 할지는 이 세계 녀석들이 알아서 결정하게 내버려 두자고."

"귀환 방법이 아주 없는 건 아니니까요."

그렇습니다. 이 세계의 파도는 일시적으로 정지되지만, 우리 세계의 파도는 여전히 발생합니다.

우리 시야에는 다음 파도의 도래 시간이 표시되어 있으니, 이 세계가 어떤 선택을 하건 결과는 달라지지 않습니다. 시간이 다 지나더라도 문제는 없지만……. 그런 생각을 하며, 저는 특수한 마물인 영귀의 사역마라는 마물을 해치웠습니다.

"어찌 됐건…… 나오후미 일당과 싸울 가능성이 낮아졌다는 건 좋은 일이라고 생각해 두죠."

영귀라는 수호수가 결계를 생성하면, 더 이상 싸울 필요가 없게 됩니다.

수호수를 토벌한다 해도, 한동안은 싸우지 않을 수 있습니다.

우리에게 있어 위협적인 적인 나오후미와 다음번에 싸울 때까지 시간을 벌 수 있다면, 그건 우리 입장에선 무조건 좋은 일입니다. 다음번 전투 때까지 우리가 더 강해지면 그만이니까요.

혼유약과 비슷한 약을 우리 세계에서 만들 수 있게 되면, 싸움을 유리하게 이끌어가는 것도 가능해집니다.

그렇게 생각하고, 우리는 영귀의 진군에 관여하지 않기로 결정했습니다.

그 후로 방패 용사가 영귀를 퇴치했다는 소식을 듣기까지는 그리 오랜 시간이 걸리지 않았습니다.

"역시 꼬마는 할 때는 하는 놈이라니까."

"그러게 말이에요……. 행동에 문제가 있긴 하지만, 그자가 용사라는 건 확실하겠지요."

그렇게 중얼거리면서, 얼마 남지 않은 우리의 이세계 체류일을 보내고 있던…… 바로 그날.

권속기가 느닷없이 울어대기 시작했습니다.

"이, 이건 대체 왜 이러는 거야?"

라르크 역시 곤혹스러운 표정으로 낫을 움켜쥐고 있습니다.

저는 권속기에게 말을 걸어 보았습니다.

그런데 시야 안에…… 낯이 익은 자가 당연하다는 듯이 시내를 활보하고 있는 것 아니겠습니까.

저는 그자를 가리킵니다.

그러자 라르크도 사태를 파악한 듯 꾸벅 고개를 끄덕인 후, 각자의 권속기를 들고 그에게 다가갔습니다.

상대도 눈치를 챘는지, 인적 드문 길에서 이쪽을 돌아보았습니다.

"이거 뭐야? 네놈들이 무슨 용건으로 여길 나돌아 다니고 있는 거야?"

"그건 우리가 할 질문이에요."

녀석은…… 권속기로부터 선택받은 사명을 내팽개치고, 권속기를 권력의 증표로 삼아 세계를 지배하려는 자.

명확하게 우리의 적으로서 존재하는, 용서받지 못할 자들.

그 가운데 한 사람, 쿄 에스니나라는…… 책의 권속기의 용사였습니다.

권속기의 경보는 아직도 울려 퍼지고 있습니다.

그리고 쿄의 권속기도, 비명이라도 내지르듯 우리에게 빛을 보내왔습니다.

순간…… 그야말로 엄청난 정보가 우리 시야에 나타났습니다.

쿄가 독자적으로 만들어낸 기술로 이 세계의 수호수를 지배해서 부리고 있다는 것이었습니다.

"너 이 자식……!"

"흥, 말 많은 권속기군. 어차피 네놈들이 멸망시킬 세계 아냐? 좀 유익하게 써먹자 이거야!"

"뭘 하려는 꿍꿍이예요?!"

"내가 왜 그걸 네놈들한테 얘기해 줘야 하는데? 멍청하긴!"

쿄의 손에 들린 권속기가 빛났습니다.

"오? 벌써 시간이 이렇게 됐잖아. 야단법석을 피우는 녀석들을 조금 더 구경하면서 웃다 가려고 했는데, 갈 때가 됐군."

슝 하는 소리와 함께, 쿄의 모습이 사라졌습니다.

기척조차 없는 걸 보면…… 전이 스킬을 이용해서 어디론가 이동한 게 분명합니다.

"글래스 아가씨…… 이거 보통 난리가 아닌 거 아냐? 이 세계의 수호수인 영귀를…… 저 녀석이 멋대로 조종하고 있다면……."

"네……. 파도에 의한 싸움을 벌일 때라 해도, 해도 될 일이 있고 안 될 일이 있어요. 이것은 규칙에서 일탈한 폭주행위……."

만약 수호수로부터 얻을 수 있는 에너지를 이용할 꿍꿍이를 갖고 있는 거라면 큰 오산입니다.

권속기로부터 얻은 정보에도, 그 위험성이 적혀 있습니다.

타 세계의 수호수를 이용해서 우리 세계의 연명을 도모하려 하면, 그 앞길에는 파멸이 있을 뿐……. 다리를 잃은 자가 남의 다리를 잘라다가 자신의 다리에 갖다 붙인다 해도, 걷게 될 수 있기는커녕 오히려 죽고 마는 것과 같은 이치…….

그런 사태만은 무슨 수를 써서든 막아야만 합니다.

"라르크, 테리스 양, 어서 가요."

"알았어!"

"네!"

혼유약은…… 다소나마 비축해 두었습니다.

이 정도면 이 세계에서도 어느 정도는 싸울 수 있겠지요.

목숨을 바치는 한이 있더라도, 쿄의 만행은 이 세계가 아닌, 우리 세계의 권속기 소지자들이 막아야만 하는 것입니다.

우리는 곧바로 영귀를 향해서 이동을 개시했습니다.

파도에 대비한 준비를 하고 있던 글래스 일행.

영귀를 조종하는 쿄를 저지하기 위해 나아간 길 끝에는 무엇이 기다리고 있을까.

이 이야기는 방패 용사에게로 이어진다.

원래는 마주칠 일이 없었던 이야기와 이야기.

세계와 세계를 일그러뜨리는 경계선.

그것은 그녀들에게 좋은 결과를 가져다줄지, 나쁜 결과를 가져다줄지.

각자 재앙에 맞서는 서로 다른 세계의 희망.

그것조차 거대한 파도를 멈추는 데에는 이르지 못했으니.

이윽고 모든 것이 멸망의 파도에 삼켜져 간다…….

오스트

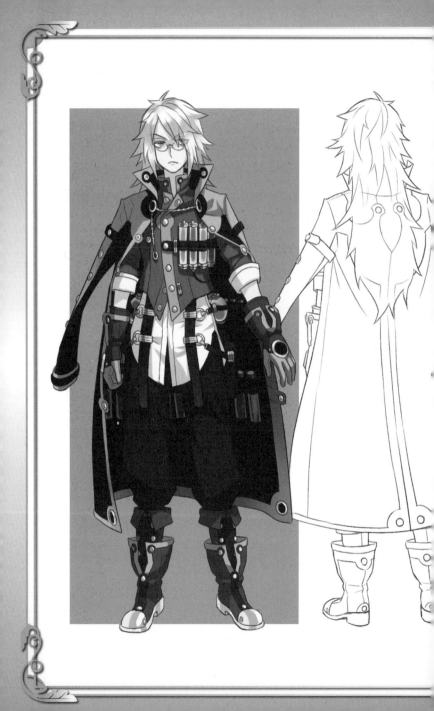

쿄

책

캐릭터 디자인안
영귀

영귀

방패 용사 성공담 7

2015년 04월 14일 제1판 인쇄
2019년 02월 14일 5쇄 발행

지음 아네코 유사기 | **일러스트** 미나미 세이라 | **옮김** 박용국

펴낸이 임광순 | **제작 디자인팀장** 오태철
편집부 황건수 · 신채윤 · 이병건 · 이홍재 · 김호민
디자인팀 한혜빈 · 김태원
국제팀 노석진 · 엄태진

펴낸곳 영상출판미디어(주)
등록번호 제 2002-000003호
주소 403-853 인천광역시 부평구 평천로 132 (청천동)
전화 032-505-2973(代) | **FAX** 032-505-2982

ISBN 979-11-319-0767-2
ISBN 979-11-319-0033-8 (세트)

Tate no yuusha no nariagari 7
ⓒ Tate no yuusha no nariagari by Aneko Yusagi
Edited by MEDIA FACTORY
First published in Japan in 2014 by KADOKAWA CORPORATION, Tokyo.
Korean translation rights arranged with KADOKAWA CORPORATION, Tokyo.

 노블엔진(NOVEL ENGINE)은 영상출판미디어(주)의 라이트노벨 및 관련서적 브랜드입니다.

세계를 상대로 싸우는 제국의 전쟁 영웅은 열 살 소녀!?

일본 웹소설 연재 사이트 Arcadia를 뜨겁게 달군 화제작!

귀재 카를로 젠이 선사하는 충격적 가상전기, 개막!

유녀전기(幼女戰記)
-Deus lo vult-
1

전쟁의 영웅, 그녀는……
나이 어린 소녀의 탈을 뒤집어쓴 괴물.

전장의 최전선에 있는 어린 소녀.
금발, 벽안, 그리고 투영하리만치 새하얀 피부를 지닌 소녀가 하늘을 날며 사정없이 적을 격추한다.
소녀답게 혀 짧은 말로 군을 지휘하는 그녀의 이름은 타냐 데그레챠프.
하지만 그 안에 든 것은 신의 폭주 탓에 여자로 다시 태어난 엘리트 샐러리맨.

일의 효율과 자신의 출세를 무엇보다 중시하는 데그레챠프는 제국군 마도사 중에서도 가장 위험한 존재가 되어가고, 시대는 바야흐로 '세계대전'에 돌입하는데──.

카를로 젠 지음 / 시노츠키 시노부 일러스트 / 한신남 옮김

영상출판
미디어(주)

어쩔 수 없는 나에게,
키네마의 천사가 내려앉았다!

소녀 키네마

삼수 끝에 중견 도련님 사립대학에 입학한 토쿠라 카즈나리, 20세.
어느 날 밤, 지어진지 100년 된 여자 출입 금지의 하숙집 다락방에서 세일러복 차림의 미소녀가 기어 나왔다. 그녀, 쿠로사카 사치의 외모와 행동은 멸종위기종 요조숙녀 그 자체! 그날부터 토쿠라의 생활이 급변한다.
영화 촬영 도중 의문사를 당한 영화 천재 사이조 키미히코. 토쿠라는 그 사고의 진상을 밝히는 사명이 있었는데……
사치 그리고 친구들과의 만남으로 사이조의 미완성 영화와 마주하게 된 토쿠라의 폭주와 폭상(暴想)이 향하는 곳. 수수께끼가 수수께끼를 부르고, 오락가락하는 진실 속에서 마침내 하나의 기적과 만난다!

영화와 소녀와 청춘.
열광과 폭주가 멈추지 않는 신감각 미스터리!

 니노마에 하지메 지음 / 나마니쿠ATK 일러스트 / 주원일 옮김
문학으로 탐닉하는 엔터테인먼트